Veröffentlicht von
DREAMSPINNER PRESS

8219 Woodville Hwy #1245
Woodville, FL 32362 USA
www.dreamspinnerpress.com

Feuerprobe des Schicksals
Urheberrecht der deutschen Ausgabe © 2024 Dreamspinner Press.
Originaltitel: Crucible of Fate
Urheberrecht © 2012 Mary Calmes
Original Erstausgabe. November 2012
Übersetzt von Melina Wilke.

Umschlagillustration
© 2012 Anne Cain
annecain.art@gmail.com
Umschlaggestaltung
© 2024 L.C. Chase
http://www.lcchase.com
Die Illustrationen auf dem Einband bzw. Titelseite werden nur für darstellerische Zwecke genutzt. Jede abgebildete Person ist ein Model.

Deutsche ISBN. 978-1-64108-737-7
Deutsche eBook Ausgabe. 978-1-64108-736-0
Deutsche Erstausgabe. Februar 2024
v 1.0

FEUERPROBE
DES
Schicksals
Mary Calmes

DAS WICHTIGSTE ZUERST

ALS ICH ankam – noch bevor ich eine Ansprache hielt oder irgendetwas anderes tat –, musste ich als Allererstes mein neues Heim ... ich sag's mal so: säubern. Ich überließ es meinem Verwalter Kabore Nour, das den Angestellten klarzumachen, die sich an dem Weg von der Eingangstreppe der Villa bis zur Empfangshalle in einer Reihe aufgestellt hatten.

Ich hatte einen schnellen Schritt drauf, Yuri Kosa zu meiner Rechten und Crane Adams zu meiner Linken. Die Wächter an den Türen knieten nieder und ich ließ sie wissen, dass sie das nie wieder zu tun brauchten. Sie sollten einfach nur das ausführen, was ich ihnen befahl – Kratzbuckeln und Verbeugen gehörten nicht dazu. Taj Chalthoum, mein Sheseru, gesellte sich zu mir und übersetzte meine englischen Worte mühelos ins Arabische. Die Wächter waren überrascht, doch dann nickten sie beflissen. Mir war klar, dass ich anders war. Sie würden Zeit brauchen, um sich an mich zu gewöhnen.

Ich hatte angeordnet, dass man Mitchell Rayne und Nelson Adams – die Väter von Jin und Crane – nicht in eine Zelle stecken sollte, obwohl sich ihre Situation natürlich geändert hatte. Der frühere Semel-aten hatte sie in seinem Heim willkommen geheißen – ich dagegen hatte sie unter Hausarrest gestellt, sodass sie sich auf eine Suite innerhalb der Villa beschränken mussten.

Als sich die Türen öffneten und ich den Wohnbereich der Suite betrat, traf ich die beiden Männer beim Frühstück an: Der eine las gerade die Zeitung, der andere trank ein Glas Orangensaft. Das würde der letzte Orangensaft sein, den er je wieder trinken würde.

„Wer seid ...“

„Hallo", sagte ich leise und beide Männer keuchten auf.

Nicht ich war der Grund dafür, dass der Mann, der jetzt das Glas fallen ließ, erzitterte, und dass die Hände des Mannes mit der Zeitung bebten. Diese Ehre gebührte Crane Adams, meinem Maahes. Seine Anwesenheit erfüllte beide Männer mit Schrecken.

„Früher einmal war ich der Maahes vom Stamm Mafdet", begann ich. Meine Reißzähne kamen zum Vorschein und ich schmeckte Blut. Die Fänge waren lang und rasiermesserscharf. Sicherlich gaben sie meinem Lächeln eine beunruhigende Note.

„Du", hauchte der kleinere, attraktivere Mann. Sein Gesicht hatte gerade genug Ähnlichkeit mit dem seines Sohnes Jin, dass es mich an die Gräueltaten erinnerte, die er an ihm verübt hatte.

1

Sie fielen auf die Knie und auf ihren Gesichtern spiegelten sich Angst, Schock und eine langsam durchsickernde Erkenntnis wider.

„Ja – ich", erwiderte ich, während ich mich vor ihnen hinkniete. Ich neigte den Kopf und sah sie prüfend an. „Ich habe den Sepat gewonnen. Ich bin der neue Semel-aten. Mein Name ist Domin Thorne." Ich zeigte auf den Mann zu meiner Linken. „Und Crane Adams ist der neue Maahes des ersten Stammes, des Stammes Rahotep."

Cranes Vater atmete stockend ein.

Ich blickte zu Jin Churchs Vater, Mitchell Rayne. „Und dieser Mann", sagte ich mit einem Nicken zu dem anderen Mann an meiner Seite, „ist Yuri Kosa, der frühere Sheseru des Stammes Mafdet, der Beschützer des Gefährten des Semel-netier, der einzigen männlichen Reah auf der Welt."

Mitchells Augen füllten sich mit Tränen. Es überraschte mich, dass zwei Männer, die jahrelang nur Tod und Zerstörung repräsentiert hatten, im Angesicht ihres eigenen Todes so feige reagierten.

„Ich bin hier", sagte Crane und breitete die Arme aus. „Immer noch. Und Jin ist zu Hause mit seinem Gefährten, Logan Church. Sie werden bald ein Kind haben. Nichts, was ihr getan habt, konnte ihn oder mich davon abhalten, unser Leben zu leben."

„Wenigstens wirst du nie Kinder haben", warf ihm sein Vater an den Kopf. Er sprach von der Kastration seines eigenen Sohnes, als wäre er stolz darauf, selbst das Skalpell geführt zu haben. Ich war mir sicher, dass dem tatsächlich so gewesen war.

„Doch, das werde ich", widersprach Crane. „Vielleicht werden sie nicht von meinem Blut sein, aber ich werde sie in meinem Herzen tragen. Und ich werde sie lieben. Ihnen wird es anders ergehen als Jin und mir, die wir nie geliebt wurden. Wir werden zusammen alt werden, und wenn ich sterbe, werden sie mich betrauern und vermissen. Doch sie werden sich an die Liebe und das Lachen erinnern und an alles, was ich ihnen beigebracht habe."

Die Tränen, die in seinen Augen schwammen, hatten nichts mit den Männern vor ihm zu tun, sondern mit der Liebe, die er einmal haben würde und zu einem Teil auch jetzt schon hatte. Als er mich ansah und mit tränenverschleiertem Blick anlächelte, zog sich meine Brust zusammen.

„Danke", sagte Crane. Dann machte er auf dem Absatz kehrt, verließ den Raum und schloss die Tür hinter sich.

Ich wandte meine Aufmerksamkeit wieder den beiden Männern vor mir zu.

„Mein Sohn ist eine abscheuliche Laune der Natur", brach es aus Jins Vater hervor. „Genauso wie Crane Adams, ansonsten wäre der in der Lage, ihn zu lieben."

Ich machte ein Geräusch, als würde ich zwei kleine Kinder schelten. Dieser Mann war so blind.

2

„Du", sagte Yuri und zeigte auf Mitchell, „hast zugesehen, wie dein Sohn fast zu Tode geprügelt wurde, als er sich zum ersten Mal verwandelte."

„Ich …"

„Und du", schrie Yuri nun Nelson an, „hast deinen eigenen Sohn kastriert. Du hast die Klinge geführt."

„Ich würde es wieder tun!", schrie dieser zurück. „Er ist für mich tot!"

„Genau das wirst du auch für ihn bald sein", sagte Yuri. Die Worte kamen kalt und mit einem beunruhigenden Unterton aus seinem Mund, als er begann, sich auszuziehen.

Beide Männer rappelten sich auf, um zu fliehen. Cranes Vater stieß den Tisch um und Jins Vater lief so lange rückwärts, bis er gegen eine Wand stieß.

„Ihr habt vor, uns zu töten", entfuhr es Mitchell.

„Ich habe vor, euch in Stücke zu reißen und dann mit dem nächtlichen Abfall zu verbrennen", meinte ich nonchalant. Ich konnte mir ein böses Grinsen nicht verkneifen.

„Das könnt ihr nicht tun! Begräbnisrituale müssen eingehalten werden und …"

„Ich bin der Semel-aten." Ich zuckte mit den Schultern, während Yuri sich vollständig verwandelte und dann an meine Seite stellte. Als riesiger, goldener Panther stand er neben mir und verströmte Kraft und ungezähmte Wut. „Ich kann machen, was ich will."

„Das ist unmenschlich!"

Yuris Brüllen erfüllte den Raum, dann warf er sich auf Nelson. Mann und Panther fielen über den Sessel und landeten schließlich mit einem harten Aufprall auf dem Boden. Dann folgten die Schreie, lang anhaltend und laut.

Mitchell fing an zu kreischen, als sich Blutspritzer auf die Vorhänge ergossen.

„Es ist traurig." Meine Worte übertönten Yuris Knurren. Nelsons Schreie wurden langsam zu einem Wimmern. Ich streckte die Hand aus und sah zu, wie dort scharfe Krallen erschienen, wo eben noch meine Finger gewesen waren. „Erst hier, am Ende deines Wegs, wirst du begreifen, dass du einen Irrweg eingeschlagen hast, Vater der einzigen lebenden Nekhene-Katze."

„Ich werde in der tiefen Überzeugung sterben, dass er eine Abnormität ist."

„Das ist dein gutes Recht", sagte ich, als ich auf ihn zuging. „Ich werde mir das aber ebenso wenig wie er noch länger anhören. Wir sollten mit deiner Zunge anfangen."

„Du bist ein *Monster*!" Dieses Wort, das sein letztes sein würde, stieß er hervor.

Aber ich wusste, wer hier das wirkliche Monster war.

1

JEDER WAR meine immer wieder gleichen Fragen leid, aber es ergab einfach keinen Sinn. Und solange ich keine Antwort erhielt, die ich verstehen konnte, war es unmöglich aufzuhören.

„Was hat dein Vater zu dir gesagt, als du Semel wurdest?", wollte ich von jedem Anführer wissen, der Sobek besuchte.

Auf diese Frage erntete ich verwirrte Blicke, so wie gerade jetzt von Maroz Amadu vom Stamme Serabit aus Gizeh. Er war ganz offensichtlich verunsichert.

Yuri übersetzte für mich. „Er möchte vor allem wissen, was mit dir geschehen wäre, wenn du dich als unwürdiger Semel erwiesen hättest. Wen hätte dein Stamm um Hilfe gebeten, wenn du zum Beispiel entschieden hättest, dass zwei Panther verschiedener Rassen auf deinem Territorium nicht als Ehepaar zusammenleben dürften."

„Aber das ist doch absurd", antwortete er Yuri. „Es ist doch völlig egal, wer …"

„Der Sekhem des Semel-Aten stellt nur eine Hypothese auf", erklärte seine Yareah, Hesi Amadu.

Scheinbar war es besser, wenn unsere Gefährten das Gespräch führten.

„Oh, ich verstehe." Maroz lächelte nun. „Nun ja, man hat mir gesagt, dass die Panther in meinem Stamm zum Semel-aten gehen könnten, sollte ich mich nicht als guter Anführer erweisen. Der Semel-aten würde sich den Fall anhören und ein Urteil fällen."

„Ganz genau." Ich zeigte mit einem Finger auf ihn und drehte mich dann auf dem Absatz um, um Yuri anzusehen. „Siehst du?"

Er verschränkte seine muskulösen Arme über seiner breiten Brust und warf mir einen Blick zu, der mich an meiner geistigen Gesundheit zweifeln ließ. „Was soll ich sehen?"

„Ich war ein schlechter Semel."

„*War*. Wir sprechen in der Vergangenheit. Was soll das …"

„Heißt das also, dass mich niemand an Ammon El-Masry verpfiffen hat, als ich ein schlechter Semel war? Das macht keinen Sinn, oder?"

„Ich weiß nicht. Wie sollte ich das auch wissen?"

„Und genau das ist die Frage."

Hinter mir räusperte sich jemand.

Ich drehte mich wieder um und blickte fragend zu Maroz und seiner Gefährtin. „Darf ich nun den großen Salon betreten, mein Herr? Wir sind beide völlig ausgehungert."

4

„Natürlich, nur zu", sagte ich und unterstrich meine Worte mit einer einladenden Geste.

Maroz ergriff die Hand seiner Gefährtin und zog sie mit sich fort. So endete das immer, offenbar waren sie sich nie ganz sicher, ob ich noch bei Trost war.

„Also, was nun?", fragte Yuri und stellte sich vor mich hin.

„Genau dasselbe hat man mir erzählt, als ich Semel wurde. Und Logan auch. Wir alle haben dasselbe gelernt."

„Dass dich der Semel-aten holt, wenn du ein böser Junge bist", scherzte Yuri. „So wie der schwarze Mann."

„Ja. Und wenn das stimmt ... Wenn Millionen von Panthern mich kontaktieren und anmailen und sich bei mir beschweren sollen, wo ist das dann alles?"

„Deine Frage ist also, ob es so etwas wie eine zentrale Einsatzstelle gibt? Einen Ort, wo diese ganze Korrespondenz aufläuft?"

„Genau das ist meine Frage. Wer passt auf, dass kein Panther entdeckt wird? Wer vertuscht einen Werpantherangriff? Wer ist dafür verantwortlich, dass wir bisher unter dem Radar geblieben sind?"

Er verengte die Augen zu Schlitzen und sah mich an.

„Vielleicht hat derjenige klein angefangen und hat jetzt ein weltumspannendes Netzwerk?"

„Du bist verrückt, das ist dir hoffentlich klar."

„Yuri, es muss noch etwas Größeres als den Semel-aten geben, eine nächsthöhere Instanz. So etwas wie die Werpanther-CIA vielleicht. Das *muss* es einfach geben. Irgendjemand kümmert sich darum, wenn Probleme auftauchen, und ich denke, wir sind uns einig, dass ich es nicht bin. Ich bin nur die Gallionsfigur. Wie jeder andere Semel habe auch ich nur Macht über meinen Stamm."

„Du erlässt Gesetze."

Den Einwand fegte ich mit einer Geste beiseite.

„Zudem ist der Stamm Rahotep der größte Werpantherstamm der Welt."

„Ja, schon. Aber wenn man das ins Verhältnis zu jedem einzelnen Panther auf der Welt setzt ..." Schon die Vorstellung ließ mir den Atem stocken. „Wer macht das? Wer ist für jeden einzelnen verantwortlich?"

„Ich denke, jeder ist für sich selbst und für seine Nächsten verantwortlich. Es war damals an Logan, dich aufzuhalten. Vielleicht läuft das überall so."

Ich schüttelte den Kopf. „Das ist zu einfach. Denk mal drüber nach. Was, wenn Logan und Christophe genauso korrupt wie ich gewesen wären? Wenn dem so gewesen wäre, wäre halb Nevada von verrückten Werpanthern bevölkert gewesen."

„Ja, aber Logan hat deinen Stamm ausgelöscht", erinnerte er mich. „Er hat deine Zeit als Semel beendet. Wieso sollte so etwas nicht jeden Tag irgendwo anders ebenso passieren?"

„Aber wenn nichts weiter passiert, als dass die Semel das Gesetz in die eigene Hand nehmen, wie kommt es dann, dass nicht alles wie ein Kartenhaus in sich zusammenstürzt und man über uns in den Hauptnachrichten berichtet?"

Er schüttelte den Kopf. „Du machst dir darüber viel zu viele Gedanken."

Das tat ich nicht, er wollte nur das Problem nicht erkennen. Es musste irgendwo einen Big Brother geben, doch wer oder was das war, blieb verborgen. Ich wollte nicht nur ein Strohmann sein. Ich wollte etwas bewirken und zwar über meinen eigenen Stamm hinaus. Nur leider hatte ich keine Ahnung, wie ich das anstellen sollte.

Allerdings lag es in meiner Macht, die Gesetze zu ändern, und genau darauf würde ich meine ganze Energie lenken, sobald ich mich entschieden hatte, womit ich beginnen sollte. Alles musste umgekrempelt werden, doch ich erstickte unter der Last dessen, was ich tun *sollte* im Gegensatz zu dem, was ich tatsächlich tat. Ich war schon bei der zweiten Schimpftirade des Abends. In der ersten ging es um ein vermeintliches Schweigekartell und jetzt um das Thema Veränderung.

Yuri war der Meinung, dass die Zeit, in der ich einfach nur *da* war, vorbei wäre. Ich müsste die Revolution, die ich anstoßen wollte, auch verkörpern, anstatt nur auf ihr Eintreten zu hoffen, denn nur ich allein könnte der Auslöser für Veränderung sein.

„Wie soll das gehen?", legte ich los. Ich tigerte in unserem Schlafzimmer vor dem Bett hin und her, auf dem er ausgestreckt da lag und mich beobachtete. So war das immer: vom Brandstifter zum Drückeberger, ich schwang jeden Tag zwischen den beiden Extremen hin und her. „Wie soll ich, der Ungläubige, tausende Jahre von *So haben wir das schon immer gemacht!* beenden?"

Er wackelte mit den Augenbrauen.

„Was?", brach es aus mir heraus.

„Du sagst einfach: *Von jetzt an machen wir das so!*

Du tust, was wir besprochen haben: Du rufst dich selbst als Akhen-aten aus und beginnst ein neues Spiel. Diesmal stehen aber deine Spieler auf dem Feld."

Ich starrte ihn an.

„So einfach ist das nicht."

„Ich denke doch."

„Das liegt nur daran, weil du nicht Semel-aten bist."

„Und du auch nicht." Er neigte den Kopf. „Naja, zumindest willst du es nicht sein."

„Yuri …"

„Du hasst, wie es hier ist", unterbrach er mich. „Das soll nicht heißen, dass du Ägypten hasst. Aber dir gefällt nicht, wie die Oberschicht die Unterschicht behandelt. Dir gefällt nicht, wie der Priester mit seinem Tempel verfährt, und dir gefällt nicht, wie du mit deinen eigenen Dienern umgehen sollst. Du hasst, dass das hier eine Klassengesellschaft ist anstatt eines Stammes, der zusammenhält. Und insgeheim wirfst du den unzähligen Semel-aten, die vor dir da waren, vor, dass sie dafür gesorgt haben, dass diese Stadt noch immer im Mittelalter verharrt."

„Ja!"

„Dann tu gefälligst was dagegen." Die höfliche Anrede *mein Herr* schob er nach.

„Das ist nicht so einfach."

„Veränderung ist nie einfach." Er zuckte mit den Schultern. „Wie kommst du darauf, dass es jetzt anders sein könnte?"

Ich ließ mich aufs Bett fallen.

Einen Moment später spürte ich, wie sich die Matratze hob und senkte. Er bewegte sich irgendwo hinter mir. Als sich seine starken Arme um mich schlossen, seufzte ich und ließ mich in seine Umarmung sinken.

„Du wirst das Richtige tun." Er klang vollkommen überzeugt.

„Wie kannst du das wissen?"

„Weil du das immer tust."

„Das stimmt nicht." Ich schloss die Augen und genoss das Gefühl von Haut auf Haut und die Art, wie sein Dreitagebart an meinem Kinn kratzte.

Wusste er eigentlich, wie beruhigend seine Berührung auf mich wirkte? Wie konnte sich nicht jeder auf der Welt nach einem Gefährten sehnen? Nach jemandem, der sich deine Sorgen anhört und an den du dich nachts ankuscheln kannst? Ohne das war ein glückliches Leben doch wohl kaum möglich.

„Du bist im Innersten gut", sagte er und seine Stimme vibrierte tief an meiner Kehle. „Und wenn du dich erst mal auf eine Sache eingeschossen hast, kann dich nichts mehr davon abbringen."

Damit hatte er so recht.

Alles, was geändert werden musste, prasselte jeden Tag auf mich ein, während ich unter der Last des Status quo ächzte. Der Ansturm von Verpflichtungen – von lebenswichtig bis völlig nebensächlich – riss niemals ab. Ich wurde von Erwartungen und zahllosen Pflichten schier erdrückt.

Und ich hasste es.

SECHS MONATE waren vergangen und ich hatte immer noch das Gefühl abzusaufen. Jeden Morgen fragte ich mich aufs Neue, ob dieser Tag wohl derjenige sein würde, an dem ich mich endlich in meinem neuen Leben zurechtfinden würde. Ich wartete immer noch darauf, dass dieser Moment endlich eintrat. Ich wollte zurück zu dem Tag, an dem Logan Church sich in seinem Flugzeugsitz mit einem schelmischen Glitzern in den Augen zu mir umgedreht hatte, und ihm sagen, dass er zur Hölle fahren sollte.

„Du solltest wieder Semel sein", hatte er mit seiner typisch tiefen Stimme gesagt. Ihm war überhaupt nicht bewusst, welchen Effekt er auf mich – auf jeden! –

hatte. So war er einfach. Er war einfach Logan. „Du bist jetzt bereit, Domin. Du musst endlich den nächsten Schritt tun."

Zwei Jahre vor diesem Gespräch hatte er meine Zeit als Semel beendet. Ich war Semel eines Stammes Werpanther namens Menhit gewesen. Logan hatte in der Arena gegen mich gekämpft und gewonnen. Er hätte mir mit seinen Klauen das Herz herausreißen können, doch stattdessen … stattdessen hatte er mir einen Neuanfang ermöglicht. Er hatte sein Haus für mich geöffnet und hatte mich sowohl in seinem Stamm als auch in seinem Leben willkommen geheißen. Man vertraute mir, legte Wert auf meine Meinung, und man setzte auf meine Stärke. Dieses neuerliche Aufblühen einer Freundschaft, die uns bereits während unserer Jugend verbunden hatte, war ein Geschenk gewesen. Ich hatte mir Sorgen gemacht, dass mich Bitterkeit ergreifen und dazu treiben würde, mich gegen ihn zu wenden. Ich fürchtete, ihn zu betrügen und zu töten. Doch ich hatte die Rechnung ohne mein eigenes Herz gemacht.

Ich liebte Logan. Nicht auf die sexuelle Art, sondern – so klischeehaft das auch klang – wie den Bruder, den ich nie gehabt hatte. Es war mir viel zu wichtig, ihn wieder in meinem Leben zu haben, als dass ich einen Gedanken daran verschwendete, ihm wehzutun.

Ich war ein schlechter Anführer gewesen – egoistisch und nachtragend. Die Art, von der man sich wünschte, dass er endlich starb, sodass man jemand Besseren bekam, jemanden, dem das Ganze wenigstens ein bisschen bedeutete. Und so ergab ich mich einfach, als Logan mich in der Arena besiegte, meinen Stamm übernahm und mir einen Platz an seiner Seite anbot. Logan war eine Naturgewalt und ich war es müde, gegen ihn anzukämpfen. Ich wollte mich nicht länger gegen seine Ethik, seine Stärke und seine Moral zur Wehr setzen. Also ließ ich der Bitterkeit keinen Raum, sie hatte mir ohnehin nicht gutgetan. Es war an der Zeit, etwas Neues zu wagen.

Sein Maahes zu sein, der Prinz seines Stammes, hatte von Anfang an für mich funktioniert. Ich war der zweitmächtigste Mann im Stamm. Er traf die Entscheidungen und ich führte sie aus. Er bestimmte die Richtung und ich saß hinterm Steuer. Ich konnte sein Botschafter sein und mit seiner Stimme sprechen anstatt mit meiner eigenen. Das war so einfach gewesen.

Die Veränderung in mir hatte mich trotzdem überrascht. Ich ließ meine Wut und meine Eitelkeit los, ebenso den Schmerz. Und so wurde ich zu dem Mann, den er schon immer in mir gesehen hatte. Sein Vertrauen hatte mich zu einem besseren Menschen gemacht und das wiederum führte dazu, dass mir auch der Stamm, dessen Sicherheit und Wohlergehen wichtig wurden. Ich war ein anderer Mann geworden und das verdankte ich nur meinem alten Freund und neuen Semel – Logan Church.

Ich erhob deshalb auch keine Einwände, als er mich mit seinen honiggoldenen Augen ansah und aufforderte, mich meinem Geburtsrecht zu stellen. Denn *er* glaubte an mich. Er war nicht nur der Meinung, dass ich *ein* Semel sein konnte: ich könnte *der* Semel sein, der Semel-aten – der Anführer der gesamten Werpantherwelt. Ich wäre in der Lage, andere zu führen, eben weil ich selbst eine solche Veränderung durchgemacht hatte. Ich wäre fähig, zu den Werpanthern durchzudringen, die vom Weg abgekommen waren und den Glauben verloren hatten. Und ich könnte es schaffen und verstreute Schafe wieder zur Herde zurückführen. In all dem war sich Logan ganz sicher.

„Du spinnst", hatte ich erwidert. „Die Position sollte an dich fallen. Du bist der Stärkste."

Er schüttelte den Kopf. „Das stimmt nicht, du bist es."

Doch niemand war stärker als Logan Church. Er war Semel-netjer, der einzige Panther der Welt, dessen Partner eine Nekhene-Katze war.

Seine Reah Jin Church war der furchteinflößendste Werpanther, dem ich je begegnet war. Nur Logan hatte ihn zähmen können, denn Logan war sein wahrer Gefährte. Es war einfach lächerlich zu glauben, dass ich der Stärkere, der Bessere von uns beiden wäre.

„Du kannst überall hingehen und alles tun, was du willst", erklärte er mir. „Ich muss an dem Ort bleiben, an dem ich geboren wurde. Ich werde nie von dort weggehen und stattdessen einfach nur meinen Stamm führen. Alles, was ich will, ist jeden Abend neben meinem wunderbaren Gefährten einzuschlafen und am nächsten Morgen wieder in seine wunderschönen grauen Augen zu schauen. Verstehst du das? Du bist besser geeignet als ich, weil du sein kannst, wer immer du willst. Ich kann nur ich selbst sein."

Ich schüttelte den Kopf. „Das ergibt überhaupt keinen Sinn."

„Du wirst Semel-aten sein."

Ich war sicher, mich verhört zu haben. „Du hast wohl den Verstand verloren."

„Nein." Er hob eine goldene Augenbraue und starrte mich an. „Hör mir zu und dann sag mir, was du tun willst."

Und dann hatte er mir auf dem langen Flug nach Beijing von seinem Plan erzählt und ich fragte mich, ob er überhaupt wusste, wovon er da sprach.

„Was, wenn irgendetwas schiefgeht? Was, wenn wir beide nicht zur selben Zeit in der Arena sind? Wenn stattdessen du allein dem Semel-aten Ammon El Masry gegenüberstehst?"

Er schüttelte den Kopf. „Das wird nicht passieren. Auf keinen Fall. Er wird sichergehen wollen, dass ich sterbe. Das Gesetz besagt, dass mir der Semel-aten allein oder zusammen mit seinem Maahes gegenübertreten kann. Und so wird er es auch machen, daran habe ich keinen Zweifel."

„Aber er wird jemand anderen finden, Logan", insistierte ich. „Wenn er dich wirklich tot sehen will, wird er sich einen Totschläger suchen, jemanden von einem anderen Stamm vielleicht."

„Das ist nebensächlich", versicherte er mir. „Ich kann jede Katze besiegen, die kein Semel ist. Aber du bist derjenige, der Ammon töten muss. Kannst du das?"

9

Konnte ich?

Hatte mich mein Weg zu dem Punkt geführt, an dem der Gedanke an Führerschaft wieder möglich wurde? War ich bereit, aus Logans Schatten herauszutreten? Er glaubte an mich, aber tat ich das auch?

Beseelt von seinem Vertrauen in mich gab ich ihm meine Antwort: „Ja."

Logan lächelte, ganz offensichtlich glücklich über meine Antwort. „Du wirst ganz großartig sein."

Ich hoffte nur, dass er recht behalten würde.

Alles ging dann so schnell. Ich wurde Semel-aten und alles fügte sich so, wie Logan es vorausgesagt hatte. Doch nun war ich in der altehrwürdigen Stadt Sobek, war Semel des Stammes Rahotep, und alle erwarteten von mir, dass ich sie führen würde. Jeder ging davon aus, dass ich schon irgendwie wissen würde, was zu tun war. Doch stattdessen wuchs mir alles über den Kopf. Ich wusste nicht, wo ich anfangen sollte, und verfluchte Logan Church als egoistischen Scheißkerl. Er hatte mich zum Semel-aten gemacht, weil er die Rolle selbst nicht ausfüllen wollte, obwohl er sich am besten dafür geeignet hätte. Ich zweifelte nicht einen Moment daran, dass er sich viel klüger angestellt hätte als ich.

Diese Gedanken teilte ich mit Yuri und sonst niemandem. Sogar als alles um mich herum zusammenzustürzen drohte, war er der einzige, dem ich meine Selbstzweifel anvertrauen konnte.

DAS PROBLEM war, dass auch die Leute, die mich von früher kannten und die ich mitgebracht hatte, davon ausgingen, dass ich jetzt aufgrund der neuen Position einfach wissen würde, was zu tun war. Wenn man Vater wurde, war das vermutlich ähnlich. Von einem Moment auf den anderen sollte man Dinge wissen, die man vorher nie zu wissen brauchte. Die offensichtliche Erwartungshaltung meiner Freunde führte dazu, dass ich mich ständig mit ihnen stritt.

An diesem Morgen machte ich wie jeden Tag einen Spaziergang mit meinem engsten Kreis – meinem Maahes, meinem Sylvan und meinem Sheseru. Ich ließ meinem Frust freien Lauf und nichts konnte meine Schimpftirade stoppen. Zwar versuchte ich es und hatte die besten Absichten, doch in dem Moment, in dem sie sich auf der Suche nach Führung an mich wandten, ließ ich sie barsch abblitzen. Ich gab eine furchtbare Gesellschaft ab und wusste das selbst nur zu gut. Meinem Maahes Crane Adams gegenüber benahm ich mich wie ein Arschloch. Normalerweise schoss er mit derselben Munition zurück, denn er hatte kein Problem damit, für sich selbst einzustehen. Warum er das jetzt nicht mehr tat und stattdessen einfach nur hinnahm, was auch immer ich ihm an den Kopf warf, bescherte mir schon seit einem Monat Kopfzerbrechen. Ich wollte die Situation zwischen uns ein für alle Male klären.

„Dieser Elham", begann ich mit leiser Stimme, während ich mit Crane, Taj Chalthoum – meinem Sheseru – und Mikhail Gorgerin – meinem Sylvan – durch die Villa spazierte. „Er hält mit seiner Meinung über mich nicht hinter dem Berg."

„Das stimmt", sagte Crane. „Ich werde mich darum kümmern."

„Das soll heißen …?"

„Das soll heißen", seufzte er, „dass ich mit ihm sprechen werde. Das könnte dazu führen, dass die Situation eskaliert und wir uns in der Arena wiedersehen. Oder sie eskaliert nicht und wir sehen uns nicht in der Arena."

Mikhail räusperte sich.

Als ich mich daraufhin Mikhail zuwandte, sah ich, dass er kaum merklich den Kopf schüttelte. Doch wie sollte ich so etwas einfach übergehen?

„Crane." Ich atmete tief ein. „Dir ist klar, dass Elham der Bruder von Ammon El Masry ist, der letzte …?"

„Ich weiß ganz genau, wer er ist." Crane grinste mich auf so untypische Weise an, dass er mich damit kurzzeitig aus dem Konzept brachte.

Crane Adams tat nie etwas halbherzig. Er lachte laut und herzhaft, er hatte sehr ausgeprägte Meinungen zu Themen, die ihn überhaupt nichts angingen, und er nervte und stichelte, bis man ihm schließlich sein Herz ausschüttete. Er war stark, zuvorkommend und gerecht, und gleichzeitig konnte er unglaublich nervtötend sein. Doch niemals hatte ich ihn kleinlaut und unterwürfig erlebt. Dass ihn seine Leidenschaft und Lebensfreude so komplett verlassen hatte, trieb mich in den Wahnsinn. Er war nicht mehr er selbst. Er war einfach nur da.

„Was zum Teufel ist eigentlich mit dir los?" Ich blieb wie angewurzelt stehen.

Er lief weiter.

Alle anderen hielten inne und unsere kleine Prozession kam zum Stillstand.

„Crane!", herrschte ich ihn an.

Er seufzte hörbar und drehte sich dann zu mir um.

Ich sah ihn erwartungsvoll an.

Er neigte den Kopf, offensichtlich erwartete er, dass ich etwas sagte.

„Crane …"

„Mein Semel."

Ich ging auf ihn zu und zeigte mit dem Zeigefinger auf seine Brust. „Komm mir nicht mit: *Mein Semel*! Was ist verdammt noch mal mit dir los?"

„Inwiefern?"

„Generell!", blaffte ich.

Er verschränkte die Arme vor der Brust. „Bin ich nicht der Maahes dieses Stammes?"

„Du weißt selbst sehr gut, dass du der Maahes bist! Was hat das bitte …"

„Dann erlaube mir bitte, meine Position auszufüllen und Entscheidungen zu treffen. Wenn ich Hilfe brauche, werde ich darum bitten. Und wenn ich Mist baue, wirst du garantiert davon hören. Doch bis es so weit ist, solltest du aufhören, dir Sorgen zu machen."

„Ich muss mir Sorgen machen! Elham El Masry hat bereits verkündet, dass er meinem Maahes gern in der Arena gegenübertreten würde!"

„Dessen bin ich mir bewusst."

„Crane! Er stammt aus der Blutlinie des vorigen Semel-aten. Weil ich Ammon getötet habe, kann er nicht mehr auf diese Position hoffen. Darum will er jetzt Maahes werden. Er würde meine Pläne sabotieren, nachdem er deinen Platz eingenommen hat."

„Noch einmal:" Crane klang genervt. „Das weiß ich."

„Laut Gesetz kann dich jeder herausfordern."

„Mein Semel …"

„Crane", sagte ich und meine Stimme wurde vor Wut und Frustration noch lauter. „Ich möchte Ammon El Masrys kleinen Bruder nicht in meinem engsten Kreis haben. Als Maahes hätte er viel Macht und könnte schließlich die Menschen auf seine Seite ziehen."

„Domin …"

„Alle haben erwartet, dass er Maahes werden würde. Der neue Priester, Asdiel Kovo, fragt mich ständig, wann das endlich passiert. Wie jeder andere hier hat er einfach nicht auf der Agenda, dass jemand anderes als Elham Maahes werden konnte. Er meinte, dich auszuwählen …"

„Das ist mir völlig egal", unterbrach mich Crane. „Der neue Priester ist ein Idiot."

Taj, der die ganze Zeit schweigend zugehört hatte, ließ ein Schnauben hören. Als ich mich zu ihm umdrehte, machte er große Augen und zuckte mit den Schultern.

„Was? Crane hat recht: Der Typ ist ein Idiot."

„Er ist verliebt in seine eigene Stimme", fügte Mikhail hinzu.

„Was auch immer er glaubt oder nicht glaubt, muss uns nicht interessieren. Crane hat recht: Du solltest dich nicht mit diesen kleinen Ärgernissen auseinandersetzen müssen. Erlaube deinem Maahes, diese Situation selbst zu lösen."

„Danke", grummelte Crane. Dann machte er sich davon, zunächst den Flur hinunter und dann eine Treppe hinab, die in die Gärten hinausführte.

Ich sah Mikhail an. „Hast du den Verstand verloren?"

Sein Gesicht spiegelte seinen Ärger wider. „Folgendes wird vermutlich passieren", sagte er. „Elham wird auf einem Kampf bestehen und es wird auf ihn und einen anderen Panther gegen Crane und einen Panther dessen Wahl hinauslaufen."

Ich dachte, er würde noch mehr sagen, doch als ich feststellte, dass Mikhail fertig war, starrte ich ihn an. „Zum Teufel noch mal, das weiß ich alles! Aber du kannst es nicht sein, genauso wenig wie Taj oder irgendeiner meiner Khatyu oder einer der Shu. Aber es gibt hier sonst niemanden, den es kümmern würde, was mit Crane in der Arena geschieht. Das ist genau der Punkt, den ich ihm vermitteln wollte: Wen auch immer er mitnimmt, wird einknicken. Dann wird Crane zusammengeschlagen oder Schlimmeres. Und wenn Crane irgendetwas passiert, wird Jin ...“

„Dann hättest du ihn nicht mitbringen dürfen“, wandte Mikhail scharf ein. „Wenn du mich entschuldigen würdest, ich muss das Treffen der Sylvan leiten.“

Er machte auf dem Absatz kehrt, noch bevor ich ihm die Erlaubnis gegeben hatte zu gehen. Taj nickte mir zum Gruß zu und verschwand dann in die entgegengesetzte Richtung.

„Danke“, rief ich. „Diese morgendlichen Spaziergänge genieße ich jedes Mal!“ Niemand hörte mir zu.

EIGENTLICH GEHÖRTE mir die Villa, doch es fühlte sich nicht so an. Das Haus des Semel-aten war zwar ein Heim, doch es fühlte sich eher an wie ein Resort oder ein riesiger Unicampus. Meistens wusste ich nicht einmal, wo all die Menschen im Moment waren, die hier den Haushalt führten. Das Anwesen war einfach zu groß. Es gab zu viele Marmorsäulen und Treppengänge und Götterstatuen und Balkone und Alkoven. Es gab schlicht viel zu viel Platz. Das hier sollte mein Zuhause sein, doch etwas, das mit Mosaiken und Fresken verziert war, konnte nie mein Rückzugsort sein. In der Villa des Semel-aten zu leben, war, als lebte man in einem Museum. Frieden empfand ich hier nur, wenn ich mich in meine eigenen Gemächer zurückzog.

Im Vergleich zum Rest der Villa war der Bereich, den ich mit Yuri bewohnte, klein. Er befand sich hinter einem Papyrus-Busch in der Nähe der Dachgärten. Um in unser Schlafzimmer zu gelangen, erklomm man eine Wendeltreppe, die zu einem geschmiedeten Eisentor führte, das immer abgeschlossen war. Nachdem man es aufgeschlossen hatte, betrat man eine riesige Terrasse, von der aus man den großen Innenhof überblicken konnte. Dahinter erstreckten sich Berge und die Wüste. Wenn man den Patio durchquerte, gelangte man zu zwei gläsernen Schwingtüren, hinter denen sich unsere Zimmer befanden.

Im Inneren gab es zur Linken eine Reihe bodentiefer Fenster, die dem Stil den Glastüren ähnelten. Wenn alle geöffnet waren, blies ein sanfter Wind durch die Gemächer und alles fühlte sich offen und luftig an. Der Raum war einhundert Quadratmeter groß. Am anderen Ende schlossen sich ein Badezimmer und ein kleiner Balkon an. Auf der großen Terrasse, die man auf dem Weg zu unseren Räumen überqueren musste, befand sich unter anderem ein Garten mit Akazien, Papyrus und blauem Lotus, der in der Nähe der spiegelglatten Teiche wuchs. Außerdem gab es Bougainvilleen, einen Tisch, Stühle und viele gemütliche Sessel. Alles wurde von einer Markise beschattet und es gab Abflüsse für das Regenwasser. Allerdings befanden wir uns in Ägypten – vermutlich wurden diese Abflüsse selten gebraucht. Es war friedlich und still und bereits in meiner zweiten Woche in Sobek hatte ich hier mein Schlafzimmer eingerichtet. Das hier sollte eigentlich der Ort sein, an den der Semel-aten zum Nachdenken ging, doch Yuri und ich hatten uns hier häuslich eingerichtet.

Die Bediensteten hatte es schockiert, dass ich diese malerischen Räumlichkeiten für mich ausgewählt hatte. Es schockierte sie noch mehr, dass ich die großzügig eingerichteten Räume des vorherigen Semel-aten in mehrere kleinere Gästezimmer umwandelte. Niemand verstand, warum ich solchen Wert auf meine Privatsphäre legte. Ich brauchte niemanden, der meine Zimmer putzte und abstaubte. Ich wollte nicht, dass irgendjemand außer Yuri meine Sachen anfasste. Man wusch uns die Wäsche und das war auch schon alles. Niemand kam hier herein, das Essen wurde am Eisentor abgestellt und wieder abgeholt. Ich wusste, dass sie das alles seltsam fanden – dass sie *mich* seltsam fanden. Das Wort *kadish* fiel häufig.

„Was heißt das?", hatte ich Taj gefragt.

Er antwortete in sanftem und freundlichem Ton: „Domin, sie bezeichnen dich als *kadish*, also *unrein*, weil du den Wert deiner Position nicht erkennst. Du musst ihnen gestatten, dir zu dienen."

„Das tue ich doch! Man kocht für mich, man putzt die Villa, man kümmert sich um Besucher … ich verstehe das nicht."

„Du musst in deinem Zuhause auch sichtbar sein. Du kannst dich nicht die ganze Zeit dort oben in deinen Gärten verstecken."

„Ich verstecke mich nicht!", widersprach ich.

Er hob eine Augenbraue und sparte sich einen Kommentar.

Jetzt, da ich allein war, nutzte ich die Zeit, um über meine Situation nachzudenken, während ich mich an eine riesige Steinsäule lehnte.

Es schien sich um ein unlösbares Problem zu handeln. Die Menschen in meinem Zuhause schienen sich nur zugehörig zu fühlen, wenn ich sie herumkommandierte. Ich aber wollte sie besser behandeln als niedere Diener, wollte sie bitten, anstatt ihnen zu befehlen, wollte *Bitte* und *Danke* sagen. Doch scheinbar hielten sie das für schlechtes, unangemessenes Benehmen meinerseits. Es war ermüdend: Ich konnte nicht der freundliche Semel sein, der ich so gern gewesen wäre. Zurück zum egoistischen Arsch zu mutieren, erschien mir auch nicht der richtige Weg zu sein, wobei wohl alle, die mich in den letzten zwei Wochen erlebt hatten, zustimmen würden, dass ich mich wie ein Tyrann aufführte.

Mir wurde klar, dass meine Stimmung und meine Einstellung besser wären, wenn mein Gefährte hier wäre. Dass ich die letzten vierzehn Tage hatte ohne ihn verbringen müssen, setzte mir langsam zu. Es war mir nicht einmal möglich, mit ihm zu sprechen, da er das falsche Telefon mitgenommen hatte. Ich vermisste ihn und wollte ihn sehen und berühren. Es war alles ein einziges, riesiges Durcheinander. Ich hätte ihn gar nicht gehen lassen sollen. Ich war ein Idiot.

„Ich hasse das", sagte ich zu dem leeren Raum.

„Was ist los mit dir?"

Ich drehte mich und sah, dass Mikhail wieder aufgetaucht war. Er sah mich an, als wäre ich der hiesige Dorftrottel.

„Ich dachte, du wärst in einem Meeting", grummelte ich.

„Es ist auf vier verschoben worden." Er klang nicht gerade glücklich.

„Von wem?"

„Von einem deiner Aker, einem Manu namens Alhaji Yacouba. Er ist für einen Tag nach Kairo gereist und hat sich verspätet."

„Wieso sollte dich das stören?"

„Das tut es nicht. Offensichtlich stört es aber Ammons Sylvan, Traore Uago, denn er hat beschlossen, auf den Mann zu warten."

Ich sah ihn prüfend an und fragte mich, wieso er das durchgehen ließ. Es sah Mikhail nicht ähnlich, dass er anderen erlaubte, so über seine Zeit zu verfügen. „Was wirst du unternehmen?"

Mikhail atmete langsam ein. „Ich werde Traore daran erinnern, dass er nicht länger Sylvan ist. Jetzt ist er Shefdew …"

„Ich glaube, du hast den Mann gerade als Papyrusrolle bezeichnet", warf ich ein.

„Habe ich das?"

Ich hob eine Augenbraue.

„Was heißt dann Schriftführer?"

„Ich werde es nachschlagen", versprach ich. „Oder ich frage einfach irgendjemanden."

Er gab ein leises Grunzen von sich. „Na, wie auch immer. Traore ist der Ansicht, dass er immer noch Macht besitzt. Doch das tut er nicht und daran werde ich ihn erinnern. Alhaji muss verstehen, auf wen er eigentlich hören sollte. Auch er wird daran erinnert werden."

„Wie?"

„Ich werde deinen Sheseru bitten, sie zu disziplinieren."

Als hätte man ihn gerufen, erschien plötzlich Taj mit einer furchteinflößenden Peitsche in der Hand.

„Tut mir leid", sagte Mikhail. „Ich weiß, dass du es vorziehst, Leute nicht zu bestrafen, aber ich sehe hier keine andere Möglichkeit."

„Ihnen sollte es leidtun", erwiderte Taj. „Sie dürfen dich nicht beleidigen. Das ist nicht *maat*."

Das sah Mikhail überhaupt nicht ähnlich. „Du …"

„Sie provozieren mich immer und immer wieder. Ich habe sie angezählt, ich habe Geldbußen verhängt und niemand reagiert. Mir reicht es."

Ich hätte nie gedacht, dass Mikhail zu körperlicher Züchtigung greifen würde. „Das sieht dir überhaupt nicht ähnlich."

„Respekt verdient man sich, klar, doch davon abgesehen funktioniert in der Zwischenzeit auch Furcht. Ich habe es satt, dass sie hinter meinem Rücken auf Arabisch und Ägyptisch und Farsi über mich sprechen. Sie glauben, ich wüsste nicht, was sie sagen, doch da irren sie sich. Sie glauben, ich kenne mich mit dem Gesetz nicht aus, doch das tue ich. Ich bin der Sylvan meines Stammes, und jeder kann gern das Gesetz mit mir diskutieren. Doch ich werde gewinnen. Wenn ihnen nicht gefällt, wie ich meine Position ausfülle, dann können sie mich gern in der Arena herausfordern. Aber ich werde mich nicht länger so anmaßend behandeln lassen."

„Ich kann mich nicht erinnern, dass du in Logans Stamm jemals jemanden hast auspeitschen lassen."

„Tut mir leid, aber solange du nicht daran glaubst, dass du Semel-aten bist, werden es auch deine Untertanen nicht tun. Niemand hat je infrage gestellt, dass Logan Church als Führer geboren wurde. Der Respekt, der ihm entgegengebracht wurde, hat sich auf mich übertragen."

„Das soll also heißen, dass mich niemand respektiert?"

Seine dunkelblauen Augen sahen mich an. Er wartete. Er hatte ein gut aussehendes Gesicht, fein geschnitten und mit scharfen Linien. Man merkte sich dieses Gesicht, obwohl er nicht schön war, nicht so wie Yuri. Normalerweise war Mikhail nicht die Art Mann, die einem auffiel. Doch hier, mitten in Ägypten, stach er heraus. Mit seiner hellen Haut und seinen fast zwei Metern Körpergröße fiel er auf, wenn er sich zwischen den Einheimischen bewegte. In Nevada, wo wir alle herkamen, war er einer unter Tausenden gewesen, doch hier erregte er Aufmerksamkeit.

Sobek lag zwischen Kairo und Gizeh und funktionierte fast wie ein Staat im Staate. Es gab Grenzkontrollen und eine Zone, die nicht überflogen werden durfte. Die Pharaonen hatten uns das Land überlassen.

„Domin?"

Ich schüttelte den Kopf. „Es ist nur … musst du das wirklich tun?"

„Ja." Seine Stimme, die normalerweise seidenweich klang, war jetzt hart und kalt. „Ich muss es tun. Niemand außer mir ändert meinen Terminplan. Niemand."

Damit ging er, Taj an seiner Seite.

Die Veränderungen, die ich in meinen Freunden sah, gefielen mir nicht.

Nachdem ich eine der vielen endlosen Treppen hinabgestiegen war, betrat ich die riesige Bibliothek. Es handelte sich um einen schier endlos großen Raum, in dem sich unzählige deckenhohe Regale aneinanderreihten, in denen sich alte Bücher und Texte fanden. Um diese Schriften zu studieren, kamen Werpanther aus der ganzen Welt hierher.

Als ich den Raum durchschritt, hoben die Anwesenden die Köpfe und grüßten mich, so wie es Brauch war.

„*Sah'eed nahharkoo*", grüßten sie.

Das bedeutete auf Arabisch *Guten Tag*. Ich hatte begonnen, die Sprache zu lernen, doch dabei handelte es sich um eine herkulische Aufgabe. Also winkte ich ihnen zu und ging weiter. Als ich an einigen Alkoven vorbeikam, entdeckte ich den Ort, an dem ich meinen Gefährten das letzte Mal berührt hatte, bevor er vor zwei Wochen nach Ipis aufgebrochen war. Ich fiel fast über meine eigenen Füße, als ich zu dem Fenster stürzte, an dem er gestanden hatte. Dort war er gewesen: Er hatte bewegungslos am Fenster gestanden und auf den Innenhof hinabgeblickt.

Ich stellte mich hinter ihn und legte ihm die Hände auf die Hüften.

„Ist dir klar, dass der Semel-aten deinen Kopf von den Schultern trennen wird, weil du es wagst, seinen Gefährten zu berühren", versprach Yuri.

„Wird er das?", flüsterte ich. Ich sog seinen männlichen Geruch ein und schob meine Nase in seine Halsbeuge, um ihn dort zu küssen.

„Das wird er", sagte er. Er nahm eine meiner Hände und zog mich näher zu sich, bis ich mit der Brust an seinem Rücken lehnte. Die Hand, die er ergriffen hatte, legte er auf sein Herz. Dann verschränkte er seine Finger mit meinen. „Er ist sehr besitzergreifend."

„Warum lässt du dich auf so etwas ein?"

„Weil es mich umbringen würde, wenn er damit aufhörte."

Ich stellte mich so hin, dass mein Unterleib an seinem runden Hintern rieb. Er hatte einen wirklich schönen Hintern, gleichermaßen weich und unnachgiebig. Er bot ein weiches Kissen, wenn ich ihn von hinten nahm, und es war mir unmöglich, die Finger von ihm zu lassen. Yuri war ein Muskelpaket; Muskelstränge verliefen über seine Schultern, Arme und Beine. Unter seiner Kleidung war er breit und hart. Gleichzeitig konnte er sich so eng an mich schmiegen, konnte mich mit seiner Wärme umschließen …

Yuri.

Alles war Mist. Alles außer Yuri.

Plötzlich wollte ich ihn unbedingt nackt in meinem Bett haben. Ich wollte es so sehr, dass ich sogar das Atmen vergaß. Ich brauchte ihn; seine Nähe war die Antwort auf alle Fragen. Bei all meinen anderen Liebhabern hatte ich auch hinter verschlossenen Türen stets die Kontrolle gehabt.

Bei Yuri war das anders. Yuri konnte ich mich hingeben.

„Komm mit mir nach …"

„Siehst du das?", fragte er plötzlich. Er nickte in Richtung Innenhof.

Überrascht sah ich, wie Ebere El Masry, die Yareah des vorigen Semel-aten, aus einer Stretchlimo ausstieg. Sofort waren Bedienstete an ihrer Seite, um sie willkommen zu heißen.

Sie brachten eine Schüssel Wasser und ein Handtuch, damit sie sich die Hände waschen konnte. Dann beschirmten sie sie mit einem riesigen Palmwedel, damit sie vor der Sonne geschützt war. Ich fand es immer noch erdrückend, dieses Protokoll, diesen Aufwand zu sehen, der in meinem Haushalt herrschte.

„Du solltest deine Mastaba begrüßen", schlug Yuri vor. Er tätschelte meine Hand und drehte sich dann in meiner Umarmung um. Die Wärme in seinem Blick, als er mich ansah … Gott. Wie sollte ich je in der Lage sein, mich davon loszureißen?

„Domin?"

Erst vor sechs Monaten hatte ich ihn für mich beansprucht, und seitdem hatte ich den Eindruck, dass das Gefühl zwischen uns mit jedem Tag stärker und dringlicher wurde. Ich konnte mich kaum von ihm trennen.

Natürlich hätte ich mir lieber die Zunge herausgeschnitten, als ihm das zu beichten. Ich breitete nicht gern meine Gefühle vor anderen aus. Ich war kühl, sogar kalt. Davon zu sprechen, was unter der Oberfläche lag, konnte nichts Gutes bewirken.

„Mein Herr!"

„Ich komme", blaffte ich die Dienerin an, die gekommen war, um mich von Eberes Ankunft in Kenntnis zu setzen.

Sie schreckte zurück. Ich erkannte an ihrer Reaktion, dass ich sie mit meiner erhobenen Stimme erschreckt hatte. Sie zuckte zurück, als hätte ich sie geschlagen, anstatt nur meine Stimme zu erheben.

„Dein Semel wird gleich da sein", versprach ihr Yuri mit einer Stimme voller Freundlichkeit. Eigentlich lustig, dass er einmal wie Taj ein Sheseru gewesen war. Man merkte ihm das nicht mehr an, keine Spur mehr von dem früheren Vollstrecker. Jetzt war er einfach mein Fels in der Brandung und das war alles.

„Ja, Sekhem", sagte die Frau. Sie verbeugte sich und ging dann rückwärts. Ihre Körpersprache suggerierte, dass Yuri die Wogen geglättet hatte.

„Warum nimmst du dir dafür Zeit?"

„Wofür?", fragte er und sah mich an, als ich mich aus unserer Umarmung löste.

Erst da bemerkte ich, welche Kleidung er trug. Er sah aus, als wollte er sich auf eine Safari begeben. Ihm fehlte nur der passende Hut. „Sie beruhigen – wo zum Teufel willst du hin?"

Er blinzelte. „Domin, ich breche in zwanzig Minuten mit Constantine auf. Ich dachte, du bist gekommen, um mich zu verabschieden."

„Verdammt", stöhnte ich. „Das ist heute?"

„Das ist *jetzt*", sagte er und sein Mundwinkel hob sich amüsiert.

Wie sollte ich ohne meinen Gefährten klarkommen? „Warum musst du …"

„Der Semel des Stammes Tegeret, Ehivet Milar, sagt, dass man ihn von seinem Sohn Garai fernhält, der vor einem Monat losgeschickt wurde, um mit dem Semel von Feran, Hakkan Tarek, zu verhandeln. Er hat wiederholt Boten geschickt, auch eine Reise nach Ipis war nicht von Erfolg gekrönt. Der Semel weigert sich, ihn zu empfangen, und …"

„Was? Dieses Recht kann ein Semel dem anderen nicht verweigern."

„Ich weiß. Genau deshalb bittet er dich zu intervenieren."

18

„Wie kommt dieser – wie hieß er gleich?"

„Hakkan Tarek." Er soufflierte mir den Namen, während sein Blick voller Bewunderung über mein Gesicht glitt. Ich liebte es, wie er mich ansah.

Ich räusperte mich. „Wie kommt dieser Hakkan Tarek dazu, einem Semel seinen eigenen Sohn vorzuenthalten? Das ist völlig wahnsinnig. Damit kann er eine Stammesfehde auslösen."

„Ja, ich weiß", stimmte mir Yuri mit ernster Stimme zu. „Ehivet hat um Hilfe gebeten, um genau das zu verhindern. Und er ist sehr gnädig, denn er geht davon aus, dass der Semel einfach nur von dem Konflikt auf seinem eigenen Land so abgelenkt ist, dass er ihm bisher nicht geantwortet hat."

„Welcher Konflikt?"

„Offenbar gibt es in Ipis einige Streitigkeiten um Land, denen sich der Semel-aten bei Gelegenheit widmen sollte."

„Ich – aber …"

„Der Stamm Feran lebt unweit der Katakomben von Abtu, um die sich der Streit dreht. Ehivet sagt, es habe wohl schon einige Todesfälle gegeben."

„Warum schickt dieser Mann seinen Sohn zu solch einem unsicheren Stamm?"

„Das musste er. Vor Jahren hatte er einem Bündnis mit Tarek zugestimmt, dass ihre Kinder heiraten würden, wenn sie alt genug wären. Tarek hat eine sechzehnjährige Tochter."

„Sechzehn? Sie sollte zur Schule gehen!"

„Domin", seufzte Yuri. „Das sind nicht …"

„Ich werde ein Gesetz erlassen. Alle Kinder werden in den Genuss einer Ausbildung kommen. Alle, Jungen und Mädchen. Es wird keine Ausnahmen geben."

„Letztendlich wird immer jeder einzelne Semel entscheiden, was mit den Kindern in seinem Stamm geschieht. Das kannst du nicht ändern, Domin."

„Warte es ab."

Er lächelte mich warmherzig an. „Du trägst das Herz am rechten Fleck."

„Also, weiter", forderte ich ihn auf, unser eigentliches Gespräch wieder aufzunehmen.

„Eigentlich hat Ehivet seinen Sohn nur nach Ipis geschickt, um den Semel wissen zu lassen, dass sie mit der Hochzeit warten würden, bis Marisa achtzehn ist."

„Aber?"

„Aber er hat seitdem nichts mehr von seinem Sohn gehört. Auch von den zehn Männern, die mit ihm gereist sind, fehlt jede Spur. Alle seine Bemühungen, mit seinem Sohn in Kontakt zu treten, sind fehlgeschlagen, deshalb wendet er sich nun hilfesuchend an dich."

„Dann sollte ich mit dir kommen."

„Domin, du hast sowieso schon viel zu viel um die Ohren, darum werde ich …"

„Nein."

„Das ist unvernünftig."

„Nein, dieser Hakkan Tarek ist unvernünftig. Was stimmt nicht mit seinem Stamm?"

Yuris Blick blieb sanft und erhob nicht die Stimme. Es schien, als wäre er in dem Moment, als er mein Gefährte wurde, zu einem anderen Mann geworden. Er war jetzt mein Ruhepol. Das hieß nicht, dass er mir nicht auch mit Leidenschaft begegnen konnte, doch sein aufbrausendes Temperament war einfach verschwunden. Er hatte sich verändert, genau wie alle anderen. Doch während sie härter und unnachgiebiger geworden waren, war er den entgegengesetzten Weg gegangen.

„Es gibt in seinem Stamm zwei unterschiedliche Lager: die Peq, hauptsächlich Bauern und Schafhirten, die in den Bergen leben, und die Shen, die als Kaufleute in Ipis leben. Offensichtlich erwächst der Streit aus der Frage, wem die Katakomben gehören. Es wurden dort wohl einige Entdeckungen gemacht und die Frage steht im Raum, wer der eigentliche Besitzer ist."

„Woher weißt du das alles?"

„Aus den Archiven über die Stämme."

„Ah", stöhnte ich. „Du hast dich wieder in der Bibliothek vergraben."

Er gluckste amüsiert. „Das ist irgendwie Voraussetzung, wenn man der Gefährte des Semel-aten ist, oder? Ich schwöre, ich habe keine Ahnung, wie der Stamm von Hatheret das …"

„Was?"

„Der Stamm von Hatheret aus Paris. Der Semel ist Emi Lefevre. Seine Familie sammelt seit der Zeit der Kreuzzüge Aufzeichnungen."

„Ich kenne den Stamm von Hatheret!", blaffte ich.

„Warum hast du dann gefragt?"

Ich grummelte. „Das heißt, alles, was du mir erzählt hat, findet sich in den Aufzeichnungen?"

„Wie du weißt, ist es die Aufgabe eines jeden Semel, eine wöchentliche Zusammenfassung an den Stamm von Hatheret zu schicken, damit dieser die Informationen in die Aufzeichnungen aufnehmen kann."

„Das ist nicht verpflichtend", wandte ich ein.

„Nein, aber vielleicht sollte es das sein."

„Das ist eine ziemliche Mammutaufgabe." Ich fühlte mit diesen Menschen, die ich noch nie in meinem Leben getroffen hatte.

„Ich denke, die Aufwandsentschädigung, die sie von jedem Stamm auf der Welt empfangen, versüßt die Arbeit enorm."

„Vielleicht."

Er küsste mich auf die Stirn, was mich daran erinnerte, dass er dabei war aufzubrechen. „Wenn das Territorium in Ipis dem Semel gehört, verstehe ich nicht …"

„Aber davon sprechen wir nicht, wir sprechen von dem Land."

„Es gibt also eine Familie, der das Land gehört, unter dem sich die Katakomben befinden."

„Ja."

„Und wer ist das?"

Er warf mir ein schelmisches Grinsen zu. „Das weiß ich nicht, Schatz. Das muss ich wohl herausfinden, wenn ich dorthin reise."

Ich stöhnte auf.

„Bisher scheint es so, dass Hakkan Tarek keine Lösung für dieses Problem gefunden hat. Doch da es sich auf niemanden sonst auswirkt, hat er es seinen beiden Djehus überlassen, sich damit zu befassen."

„Aber jetzt wirkt es sich auf Menschen außerhalb seines Stammes aus."

„Allerdings erst seit Kurzem. Bisher hat niemand gewusst – und es hat auch niemanden interessiert –, was in Ipis vor sich geht. Ammon zumindest hat sich nicht damit beschäftigt. Es gibt keine Aufzeichnungen darüber, dass er den Ort jemals besucht hätte."

„Doch plötzlich interessiert es uns wegen des Semel des Stammes von Tegeret."

„Genau."

„Wenn er nicht wäre, müsstest du die Reise nicht unternehmen."

„Nein", sagte er mit tiefer Stimme und sah mir in die Augen.

„Und was genau willst du tun?"

„Zunächst werde ich mich mit Hakkan Tarek treffen und verlangen, dass er Garai Milar sofort nach Hause zu seinem Vater schickt. Dann werde ich mich mit den Djehus treffen, die die beiden Lager innerhalb des Stammes Feran anführen, und mich dann mit dir beraten. Wenn es sich einfach um eine Frage des Gesetzes handelt, schicke ich vielleicht nur nach Mikhail. Wenn es mehr ist, werde ich …"

„Sobald du dich um die Sache mit Garai gekümmert hast und dich mit den Anführern der unterschiedlichen Fraktionen besprochen hast, kommst du zurück nach Hause", befahl ich. „Versuche, nichts anzustoßen, außer, dass der Junge zurück zu seiner Familie kommt. Ich möchte, dass du Informationen sammelst, weiter nichts."

„Ich soll nicht bleiben und das Problem lösen, auch wenn es mir möglich wäre?", wollte Yuri wissen.

Ich konzentrierte mich zwar auf seine Worte, doch das fiel mir zunehmend schwerer. Es war fast unmöglich, den Schwung seiner Lippen nicht zu bemerken, das Grübchen an seinem Kinn zu ignorieren und seine ausdrucksstarken Augenbrauen zu übersehen.

„Domin?"

Ich räusperte mich. „Nein, du präsentierst mir alle Informationen und ich entscheide dann, wie wir weiter vorgehen."

21

„Ja, mein Herr", sagte er in gespielter Ernsthaftigkeit. Die Ironie entging mir nicht.

„So meinte ich das nicht", lenkte ich ein. Ich war nicht in der Stimmung für Neckereien. Es brachte mich schier um, dass er dabei war zu gehen. „Du sollst einfach nur so bald wie möglich nach Hause kommen!"

„Warum?"

„Weil es deine Pflicht ist."

„Meine Pflicht?" Er zog mich immer noch auf.

„Es ist deine Aufgabe, an meiner Seite zu stehen!", rief ich aufgebracht. Er sah mich überrascht an, offensichtlich ging ihm erst jetzt auf, dass ich tatsächlich um meine Fassung rang.

„Dann werde ich das tun", sagte er ruhig. „Ich werde so schnell wie möglich zurückkommen."

Ich atmete hörbar ein. „Ich kann mich nicht erinnern, dass du mir irgendetwas davon bereits erzählt hättest."

„Doch, habe ich. Ich habe dir das alles ausführlich gestern Abend erklärt, genau wie mehrmals zuvor letzte Woche."

Hatte ich ihm zugehört? Jemals?

„Dein Verwalter …"

„Kabore, ja", sagte ich scharf. „Ich habe ihn getroffen."

Das Leuchten in seinen Augen wies eindeutig darauf hin, dass er sich großartig amüsierte. „Er hat vorgeschlagen, dass ich dir diese Verantwortung abnehme und an deiner Stelle nach Ipis reise."

„Und was, wenn ich nicht möchte, dass du gehst?"

Seine Augen bestachen mit dem klarsten Blau, das ich je gesehen hatte. Als unsere Blicke sich trafen, ergriff mich eine innere Ruhe. „Bittest du mich darum, nicht zu gehen?"

Ich dachte einen Augenblick nach. „Haben sich andere Gefährten mit solchen Angelegenheiten beschäftigt?"

„Natürlich", sagte er. „Solche wohltätigen Reisen sind etwas, was die Gefährten wichtiger Männer stets tun."

„Was, wenn es gefährlich ist?"

„Ist es nicht. Wie könnte es das sein? Ich werde einen Jungen nach Hause schicken, dessen Anwesenheit dem Semel von Feran vermutlich nur entfallen ist. Immerhin hat er es mit einem Bürgerkrieg auf seinem Territorium zu tun. Ich wette mit dir, der Junge ist einfach nur vergessen worden. Er wird mich mit offenen Armen empfangen, und wenn ich ihm erst einmal erzähle, dass ich für den Semelaten Informationen sammle, sodass dieser ihm bei der Entscheidungsfindung behilflich sein kann, wird er mich vielleicht sogar küssen."

„Lieber nicht."

Er schenkte mir einen liebevollen Blick. „Mach dir um mich keine Sorgen. Jeder weiß, dass es den Tod bedeutet, wenn man dem Gefährten des Semel-aten etwas antut. Das würde niemand riskieren."

Diese Argumentation überzeugte mich nicht. „Du wirst dreißig Männer mitnehmen."

„Werde ich?"

„Hör auf, meine Befehle mit Fragen zu beantworten!"

„Tue ich das?" Er war völlig ruhig.

„Ja!", rief ich wie ein kompletter Idiot. „Und das ist sehr herablassend!"

„Hör auf zu schreien", bat er. Er grinste, und sein Gesicht hatte einen gleichzeitig aufreizenden und beruhigenden Effekt auf mich.

„Also, hör zu. Dreißig Männer auf einer Mission, die nur Gesprächen dient, ist einfach zu viel des Guten."

„Da muss ich widersprechen", meinte ich, plötzlich in der Defensive.

„Ich war mal Sheseru", erinnerte er mich. „Ich weiß, wie viele Männer ich mitnehmen sollte, Domin. Reg dich nicht auf."

„Ich rege mich nicht auf!", meinte ich ungehalten. „Ich möchte nur, dass du in Sicherheit bist."

„Was soll schon passieren? Ich treffe mich mit einem Semel und den Djehus. Wenn ich zu viele Männer bei mir habe, wird das aussehen, als wolle ich ihnen deinen Willen aufdrängen, anstatt mit ihnen zu diskutieren. Ich bitte dich, in dieser Sache meinen Rat zu beherzigen."

Schon zum zweiten Mal benutzte er dieses Wort. „Was ist ein Djehu? Mir ist klar, dass es sich um eine Art Anführer handelt, aber das Wort selbst ist mir neu."

„Ein Djehu ist eine Art Aker, außer, dass er gewählt wird. Offensichtlich funktioniert das so im Stamm Feran. Hakkan Tarek hat seinem Volk erlaubt, die Djehus zu bestimmen, anstatt das dem Sylvan zu überlassen."

„Warum?"

„Weil es sich um zwei sehr unterschiedliche Gruppen handelt, die in verschiedenen Territorien leben und sich nicht vermischen. Eigentlich haben sie überhaupt keine Gemeinsamkeiten."

„Außer, dass es sich um Panther handelt."

„Ja, davon mal abgesehen."

„Weißt du, du musst mir das nicht so erklären. Ich bin kein Kind."

„Nein, das bist du nicht", sagte er und seine Stimme war honigsüß und verführerisch.

Ich schluckte schwer.

„Also. Ich werde mich mit dem Semel treffen, Garai nach Hause schicken und mir dann die Sorgen und Nöte der Djehus anhören, um dir dann berichten zu können."

„Gut", grummelte ich, immer noch frustriert.

„Gut", beruhigte er mich. „Wollest du mich vielleicht küssen?"

„Geh einfach."

Anstatt mir zu gehorchen, nahm er mein Gesicht in seine großen Hände, zog mich zu sich und küsste mich leidenschaftlich und besitzergreifend. Als ich den Kopf in den Nacken legte und den Mund öffnete, stieß er mit seiner Zunge vor und ließ sie mit meiner tanzen.

Ich griff nach den Aufschlägen seiner schweren Jacke und hielt mich wie ein Ertrinkender daran fest, während ich vor Erregung wimmerte. Ich brauchte mehr, wollte mehr und hasste doch die gesamte Situation, denn Semel-aten zu sein bedeutete, meinen Gefährten nicht zu jeder Zeit und an jedem Ort für mich beanspruchen zu können.

Es gab Regeln und Protokolle und Audienzen und unzählige Menschen, die mich mit ihren Nöten und Fragen von meinem Gefährten fernhielten. Und wenn ich ihn dann tatsächlich sah, war ich so frustriert, dass es meistens damit endete, dass ich meine Wut an ihm ausließ.

Ich wollte, dass wir im Guten auseinandergingen. Also legte ich dieses Gefühl, alles, was ich dachte und hoffte, in diesen Kuss. Er musste wissen, wie sehr ich ihn liebte. Ganz tief in seinem Inneren musste er das verstehen.

Ich saugte an seiner Zunge, umschloss sie mit meiner und hoffte, das Ende des Kusses ewig hinauszuzögern. Ich spürte, wie ein Zittern seinen Körper durchfuhr. Ich stöhnte laut, als sich seine Hände um meinen Hintern schlossen.

„Domin", flüsterte er. Ich küsste ihn, bis er sich von mir losriss, weil er Atem schöpfen musste. „Versuchst du, mich zu umzubringen?"

„Ich möchte nur einen Eindruck hinterlassen", sagte ich und näherte mich seinem Mund, bereit für den nächsten Kuss. Ich umarmte ihn fester und zog seinen Kopf zu mir hinunter.

„So werde ich nie loskommen", beschwerte er sich mit ironischem Unterton und ließ sich dann auf einen weiteren Kuss ein.

Als er mich Sekunden später zur Seite stieß, sah ich ihn überrascht an. „Was?", keuchte ich.

„Ich muss los."

„Yuri …"

„Schatz." Seine beruhigende Stimme, die Bewunderung in diesem einen Wort, klärte meine pheromongeschwängerten Gedanken.

„Ich muss los", wiederholte er.

„Nimm dein Handy mit."

„Es ist in meiner Hosentasche."

„Gut."

„Du bist einfach hinreißend."

Ich konnte nicht einmal böse sein, als ich in die klaren, blauen Augen meines Gefährten sah. Stattdessen lächelte ich ihn an, um zu verstecken, wie viele Sorgen ich mir machte. Er sollte nicht sehen, wie schwer mir ums Herz wurde. „Wie lange?", fragte ich so unverfänglich wie möglich.

„Zwei Wochen, schätze ich."

„Wie weit ist es bis Ipis?"

„Zehn Stunden mit dem Auto", sagte er. Er legte eine Hand an mein Kinn und seine Lippen berührten sachte meinen Mund. „Ich bin wieder da, bevor du mich vermissen kannst. Ich liebe dich."

Ich entließ ihn mit einer hingeworfenen Geste aus dem Handgelenk. Das Leuchten in seinen Augen sagte mir, dass ich ihn mit meiner Scharade nicht hinters Licht führte.

Zuzusehen, wie er wegging, bereitete mir beinahe körperliche Schmerzen. Wie zum Teufel sollte ich zwei Wochen ohne meinen Gefährten überstehen?

2

YURI HATTE von unterwegs angerufen und sich dafür entschuldigt, dass er das falsche Handy mitgenommen hatte. Er hatte das ganze normale Handy anstatt des Satellitentelefons eingesteckt, weshalb er wohl meistens keinen Empfang haben würde. Ich war nicht begeistert gewesen.

„Das hast du mit Absicht gemacht", maulte ich.

„Wirklich nicht", meinte er und ich konnte sein Grinsen förmlich durchs Telefon hören. „Aber mach dir bitte keine Sorgen. Ich stehe unter deinem Schutz. Wer würde es wagen, mich anzugreifen?"

Das beruhigte mich überhaupt nicht. Seither hatten wir nicht mehr miteinander gesprochen. Ich machte mir nicht wirklich Sorgen, vielmehr war ich genervt, dass er nicht umsichtiger gewesen war. Doch nicht einmal für dieses Gefühl hatte ich ausreichend Zeit, da um mich herum so viel los war. Ich hatte Glück, dass von einem neuen Semel-aten erst in seinem zweiten Jahr verlangt wurde, das Fest des Tales auszurichten. Wäre dem nicht so gewesen, wäre ich völlig verloren gewesen, denn das Fest hätte in drei Wochen stattfinden müssen. Die Tatsache, dass bereits Juli war, erwischte mich kalt.

„Elham", sagte Ebere. Sie stand auf, als ich den Raum betrat. Ich wusste nicht, was sie in Sobek wollte. Vielleicht war es an der Zeit, das herauszufinden.

„Was?", fragte ich kurz angebunden. Ich hatte das Gefühl, mich plötzlich in einem Gespräch wiederzufinden, das bereits im Gange war.

„Wir haben noch nicht über ihn gesprochen."

„Zuerst einmal: Was machst du eigentlich in Sobek? Ist dir Kairo plötzlich zu langweilig?"

„Dazu wäre ich noch gekommen." Sie war genervt, versuchte aber, es sich nicht anmerken zu lassen. „Und nein, ich liebe Kairo. Ich bin gekommen, um mit dir über Elham zu sprechen."

„Was hast du mit den Kindern gemacht? Sie irgendwo ausgesetzt?"

Sie warf mir einen Blick zu. „Meine Kinder sind bei meiner Mutter und ihrer Tante, mein Herr. Es ehrt mich, dass du dich um sie sorgst."

Ich stöhnte. „Du willst also reden? Seit du hergekommen bist, hast du es nicht für nötig befunden zu reden."

„Ich weiß und das tut mir leid."

„Und dann willst du über den Bruder deines verstorbenen Mannes sprechen?"

„Ja, bitte."

„Warum sollte ich über ihn sprechen wollen?"

„Weil es nötig ist."

Noch einmal stöhnte ich. „Warum?"

In den letzten sechs Monaten waren wir Freunde geworden, darum konnte ich sie hinter verschlossenen Türen behandeln, wie ich wollte. Sie war die Yareah des letzten Semel gewesen, und nachdem ich ihn in der Arena getötet hatte, hatte ich sie davor bewahrt, ihren Status zu verlieren. Dass ich sie als Mastaba, als Herrin meines Hauses, aufgenommen hatte, stellte sie und ihre Kinder unter meinen Schutz. Wenn ich ohne eigene Nachkommen bliebe, würden ihre Kinder meine Erben sein. Und obwohl sie zwei Mädchen hatte, die niemals Semel-aten sein konnten, würden auch sie unter dem Schutz dessen stehen, der als nächstes benannt wurde. Das war für alle eine gute Lösung und gefiel mir. Ihr ging es genauso. Doch nun gab es ein Problem, über das sie offensichtlich mit mir reden wollte.

„Weil Elham Ammons Bruder ist", sagte sie. „Wenn er gegen Crane in der Arena kämpft und gewinnt, kann er, wenn er Maahes ist, um mich bitten. Und da er die älteren Rechte hat, dürftest du ihm diese Bitte nicht abschlagen."

„Das sind doch alte Kamellen", wandte ich ein.

„Du nimmst das nicht ernst", erwiderte sie. „Wo ist dein Sylvan? Er sollte dich beraten."

„Ich brauche meinen Sylvan nicht für ..."

„Elham wird dein Maahes werden und mich dir wegnehmen, wenn er Crane Adams in der Arena besiegt."

„Crane kann ihn schlagen", beruhigte ich sie. Ich ging hinüber zu dem riesigen Schreibtisch, den man als Semel-aten offenbar benötigte. Er war aus irgendeinem ausgestorbenen Holz handgeschnitzt worden. Der dazugehörige Baum hatte sicherlich besser ausgesehen, als er noch irgendwo einen Bach beschattet hatte.

„Es geht in der Arena nicht nur um Kraft, und das weißt du auch."

Ich warf ihr einen Blick zu.

„Ernsthaft", sie hob ratlos die Arme, „du hast keine Ahnung ..."

Ein Klopfen an der Tür unterbrach ihre Tirade.

Ich grummelte und rief dann der Person auf der anderen Seite der Tür zu, sie solle eintreten.

Die Tür öffnete sich und Kahore Nour betrat das Zimmer. Er war der Verwalter und damit verantwortlich für die Villa und die Menschen, die hier arbeiteten. Ich hatte den Eindruck, dass er mich nicht leiden konnte, obwohl das scheinbar nichts damit zu tun hatte, dass ich schwul war. Yuri mochte er nämlich ziemlich gern, doch das ging eigentlich allen so.

„Ja?", fragte ich gereizt.

„Draußen wartet ein Besucher, mein Herr, Korneiley Church aus Nevada. Er hat um eine sofortige Audienz gebeten."

Das war die absolute Krönung meiner Woche: Koren.

„Er soll reinkommen."

27

Es hatte eine Zeit gegeben, da hätte mein Herz einen Freudensprung gemacht, wenn man mir gesagt hätte, dass Koren Church in der Nähe war. Ich war unsterblich, unrettbar in ihn verliebt gewesen, und unsere immer wieder auflodernde Bettgeschichte hatte dem nur ständig neue Nahrung gegeben. Ich hatte ihn gewollt, aber nicht haben können. Er hatte mich gewollt, aber der Zeitpunkt war schlecht gewählt gewesen. Und so war das immer weiter gegangen. Wir waren beide dumm und egoistisch gewesen, und wir beide hatten darauf gebaut, dass der jeweils andere nachgibt. Als er mich das letzte Mal verließ, brachte mich das fast um. Mein Herz war gebrochen gewesen und Eifersucht hatte an mir genagt. Man konnte sich nicht ständig fragen, ob die Person, die man liebte, einen ebenfalls liebte. Man musste irgendwann an den Punkt kommen, wo man es einfach wusste.

Ich stand auf, als er eintrat.

Im Türrahmen hielt er inne. Der Mann war immer noch ein echter Hingucker. Das kurze, dicke, blonde Haar, die olivgrünen Augen, die Lachfältchen, die gerade, römische Nase, die vollen Lippen, die goldene Haut, die anmutigen Bewegungen … es war schwer, diese offensichtliche Schönheit nicht wahrzunehmen.

Ich wollte ihn gerade begrüßen, als Samani Baro, die Hathen meines Hauses, an ihm vorbei in den Raum schlüpfte.

„Ich muss mit dir sprechen", sagte sie schnell.

Ich bemerkte, wie Korens Augen auf der atemberaubenden Frau ruhten. Ihm gefiel, was er sah.

Manchmal gab einem das Leben Ratschläge, ohne dass irgendjemand sonst etwas davon mitbekam. Für einen Augenblick hatte ich meinem Herzen erlaubt, sich ihm zu öffnen, weil ich mich so freute, ihn zu sehen. Doch als ich nun sah, wie er sich für jemand anderes interessierte, waren alle Worte nur leere Hülsen. So einfach war das. Wenn ich in der Nähe war, sah Yuri niemanden sonst. Ich hatte mich daran gewöhnt, das Wichtigste für ihn zu sein. Für nichts auf der Welt würde ich das aufgeben.

„Ich war …", begann Koren.

„Warte." Ich unterbrach ihn und konzentrierte mich auf Samani, die sich von dem gut aussehenden Mann in unserer Mitte nicht ablenken ließ.

„Ja?"

„Der Besuch vom Stamm Aswanet hat mir untersagt, mich um die Konkubinen in ihrem Quartier zu kümmern. Deine Khatyu müssten die Tür einschlagen, um sich Zugang zu verschaffen. Aber nichts in diesem Haus darf ohne deine Zustimmung zerstört werden."

Warum wurde ich mit solchen Nichtigkeiten belästigt? Wusste sie nicht, dass mir so etwas völlig egal war?

Sie zog ein Gesicht. „Ich weiß, dass du dich nicht gern mit derartigen Angelegenheiten beschäftigst, aber der Sekhem, der das normalerweise übernimmt, ist nicht da. Darum muss ich zu dir kommen."

„Was sagt er für gewöhnlich?"

„Er sagt, ich solle tun, was ich für richtig halte."

„Das klingt nach einem guten Rat. Tu das."

„Und ich habe die Erlaubnis, in deinem Namen zu handeln?" Sie wollte ganz sichergehen.

„Hast du."

Sie trat den Rückzug an.

„Warte."

Sie sah mich an.

„Denk daran, mich wissen zu lassen, falls den Mädchen etwas zugestoßen ist."

„Natürlich." Sie verbeugte sich vor mir, nickte Ebere zu, und ging dann.

Koren sah ihr nach.

„Ich habe sie immer gemocht", sagte Ebere gut gelaunt. „Sie ist immer so gut mit Ammon klargekommen. Wie oft ist er wutschnaubend zu mir gekommen, weil sie ihn wieder und wieder mit seinen eigenen Waffen geschlagen hatte."

„Dein Gefährte hat sich bei dir über eine andere Frau beschwert?"

Sie legte den Kopf schief und deutete ein Lächeln an.

„Es ist ein Wunder, dass du ihn nicht selbst getötet hast."

Unsere Blicke trafen sich.

„Und es freut mich, dass du mich nicht hasst."

„Da gibt es nichts zu hassen", sagte sie im Brustton der Überzeugung.

Ich räusperte mich. „Ich mag Samani."

„Es war ein kluger Schachzug, sie zur Hathen zu befördern."

„Irgendjemand muss die Arbeit ja machen und du hast sehr deutlich gemacht, dass du mit dem Harem nichts zu tun haben möchtest."

„Ganz sicher nicht", bekräftigte sie.

„Tut mir leid."

Wir wandten uns beide Koren zu.

„Du hast einen Harem?"

Ich wackelte mit den Augenbrauen.

„Jeder Semel-aten hat einen Harem", informierte ihn Ebere, so als würde sie einem kleinen Kind etwas erklären. „Das weiß doch jeder."

„Ich wusste das nicht", beichtete ich.

„Nicht?"

Ihre Augenlider flatterten, als ich lachte. Dann warf sie Koren einen Blick zu.

„Darf ich fragen, wer du bist?"

Er ging mit ausgestreckter Hand auf sie zu. „Koren Church."

Sie schüttelte ihm die Hand. „Ach ja, jetzt sehe ich die Ähnlichkeit mit dem Semel-netjer. Freut mich, dich kennenzulernen."

„Du kennst Logan?"

„Ich hatte das Vergnügen, ihn und seinen Gefährten kennenlernen zu dürfen. Dein Stamm ist gesegnet."

„Das sehen wir auch so."

„Wann wird Yuri wieder hier sein?" Jetzt konzentrierte sie sich wieder auf mich.

„In ein paar Tagen."

„Sag mir noch einmal, wohin er wollte?"

„Noch einmal: Er wollte für mich mit einem Semel sprechen", erwiderte ich verstimmt.

„Ja, aber wohin genau wollte er? Ich habe nicht nachgefragt und du hast es nicht gesagt."

„Du hättest Kabore fragen können."

„Es ist unhöflich, deinen Verwalter auszufragen, wenn ich eigentlich dich fragen sollte."

Ich stöhnte auf. „Er ist nach Ipis gefahren, um sich mit dem Semel und den Djehus zu treffen."

„Warum?"

„Der Semel vom Stamm Tegeret …"

„Ehivet Milar, oder?"

„Er vermisst seinen Sohn."

Ihre Augen verengten sich zu Schlitzen. „Was hat Yuri damit zu tun, dass Ehivet seinen Sohn vermisst? Und warum würde er dazu nach Ipis fahren? Er müsste nach Minya fahren, denn dort …"

„Ehivet hat seinen Sohn nach Ipis geschickt."

„Irgendetwas entgeht mir hier."

„Er und der Semel vom Stamm Feran haben eine Vereinbarung, dass ihre beiden Kinder heiraten werden."

„Ah, ich verstehe."

„Yuri wird auch mit den beiden Djehus von Tarek sprechen. Es gibt einen Konflikt um ein Stück Land. Irgendwas mit Katakomben."

Sie hielt vor Aufregung den Atem an. Das überraschte mich. „Und er wird die Katakomben besuchen, während er dort ist?"

„Das nehme ich an. Warum?"

„Oh, ich wollte schon immer die große Höhle besuchen, aber Ammon hat mich nie mitgenommen."

„Warum nicht?" Ich war sofort beunruhigt. „Ist es gefährlich?"

„Nein, ganz im Gegenteil. Meines Wissens sind die Katakomben wunderschön und sehr sicher."

„Warum also?"

„Ammon meinte, er würde den Semel nicht mit seiner oder meiner Anwesenheit ehren, bis nicht dieser unwürdige Streit beendet wäre. Er war der Meinung, dass – oh, ich habe den Namen vergessen …"

„Hakkan Tarek."

„Genau, Tarek", meinte sie erleichtert. „Er war der Meinung, dass er als Semel seinen Stamm disziplinieren und die Dinge selbst in die Hand nehmen sollte."

„Ich stimme nur ungern einem machthungrigen Tyrannen zu, aber ja. Hakkan Tarek sollte seinen Sheseru und die Kathyu zu den Djehus schicken, um sie zu ihm zu bringen. Dann finden sie entweder zusammen eine Lösung oder er lässt sie exekutieren und fängt von vorn an."

„Domin!"

„Was? Stimmt doch!", beharrte ich auf meinem Standpunkt.

„Du musst auch ihre Probleme verstehen, anstatt nur mit gezogener Waffe zu verhandeln."

„Ich denke, du missverstehst da etwas. Es würde keine Verhandlungen geben."

„Es handelt sich um zwei sehr unterschiedliche Gruppen", erklärte sie. „Sie müssen lernen, miteinander auszukommen."

„Sie sind alle Panther. Das sollte ausreichen, um sich zusammenzuraufen."

„Dir ist klar, dass du nicht nur über Ipis sprichst, oder? Man kann diese Idee auf die ganze Welt anwenden. Warum kommen Menschen nicht einfach miteinander aus? Sie sind schließlich alle Menschen."

Ich schüttelte den Kopf. „Das ist nicht das Gleiche."

„Natürlich ist es das."

„Panther müssen sich an das Gesetz halten. Wir sind alle an den Stamm und unseren Semel gebunden. Der Semel hat den Fehler gemacht, dieses Nebeneinander in seinem Stamm durchgehen zu lassen. Er hat diesen Fehler manifestiert, indem er ihnen erlaubt hat, jeweils ein Oberhaupt zu wählen, an das sie sich wenden können."

„Schon, aber nun müssen sie lernen, innerhalb dieses selbstgeschaffenen Konstrukts miteinander auszukommen."

„Das ist Blödsinn. Wenn Yuri wiederkommen und mir erzählen sollte, die beiden Djehus seien uneinsichtig, dann reise ich mit Männern dorthin, setze mich mit allen zusammen und diskutiere das aus. Und sollte das nicht fruchten, werde ich zu disziplinarischen Maßnahmen greifen."

Sie starrte mich an.

„Was?"

„So einfach ist das nicht", versuchte sie, mir klarzumachen.

„Manchmal ist es das", sagte ich. Mir fiel etwas ein. „Ammon wusste von diesen Problemen?"

„Ja."

„Also geht das schon lange so?"

„Es gibt schon lange Auseinandersetzungen zwischen diesen beiden Gruppen. Jeder weiß, dass es innerhalb des Stammes einen Konflikt gibt. Aber der Semel hat sich nie an Ammon gewandt."

„Das hat er auch jetzt nicht getan. Es war Ehivet Milar, der mich kontaktiert hat, weil er von seinem Sohn ferngehalten wird. Wenn Hakkan Tarek nicht wollte, dass sich jemand in seine Angelegenheiten einmischt, dann hätte er den Jungen zu seinem Vater zurückschicken sollen."

„Vielleicht gibt es einen Grund für sein Schweigen?"

„Nun, das wird Yuri herausfinden. Vielleicht hat er es schon herausgefunden. Er wird mich in Kenntnis setzen, sobald er wieder hier ist."

Sie sah traurig aus.

„Warum ziehst du so ein Gesicht?"

„Ach, nichts – ich wünschte nur, ich hätte gewusst, dass Yuri dorthin unterwegs ist. Ich wäre gern mitgefahren, um mir die Katakomben anzusehen."

„Das kannst du tun, sobald wir wissen, was dort eigentlich vor sich geht. Ich werde dich mit einer Delegation losschicken, die für deine Sicherheit sorgt."

„Vielleicht bei meinem nächsten Besuch", sagte sie und sah mich warmherzig an. „Wie viele Männer würdest du mir mitgeben? So viele, wie du Yuri zur Seite gestellt hast?"

Sie wollte witzig sein, doch ihre Frage machte mir bewusst, dass ich sie nicht beantworten konnte.

„Domin?"

Warum wusste ich das nicht?

„Wie viele Männer sind mit Yuri aufgebrochen?"

Ich hatte keine Ahnung. „Ich bin mir nicht sicher, wen er außer Constantine mitgenommen hat. Den hat er zumindest namentlich erwähnt."

„Das heißt, es wäre möglich, dass er nur mit einem deiner Khatyu unterwegs ist?"

„Der immerhin der Hauptmann der Wache ist."

Sie warf mir einen prüfenden Blick zu. „Du weißt wirklich nicht, wer deinen Gefährten begleitet hat?"

Das wusste ich nie, denn Yuri passte auf sich selbst auf. Dazu war er mehr als in der Lage, schließlich war er einmal Sheseru gewesen. Er wusste sich selbst zu schützen, oder? „Ich muss Yuri nicht in Watte packen oder ihn bevormunden."

Sie zog die Stirn in Falten. „Du reagierst sehr defensiv, dabei habe ich dich gar nicht angegriffen."

„Ich ..."

„Und tut mir leid, dir widersprechen zu müssen, aber ich finde doch, dass du das solltest. Der Mann ist dein Gefährte, der Gefährte des Semel-aten. Er tut nichts mehr allein und du bist verantwortlich für ihn. Du stellst die Regeln auf und er folgt."

32

Doch ich hatte gesehen, wie Logan und Jin über diese Fragen gestritten hatten, und Logan hatte nie gewonnen. „Ein Semel sollte seinen Gefährten nicht beherrschen. Er sollte ...“

„Ein Semel sollte mit seinem Gefährten sprechen und ihn seine eigenen Entscheidungen treffen lassen. Aber der Gefährte des Semel ist auch ein sehr wertvolles Gut und sollte dementsprechend behandelt werden.“

„Das weiß ich.“

Sie schien nicht überzeugt. „Ich vermute, du behandelst Yuri, wie du ihn immer behandelt hast. Du zeigst ihm keine Grenzen auf.“

„Ich möchte, dass er seine Freiheiten genießen kann.“

„Zu welchem Preis?“

„Zu keinem Preis“, blaffte ich. „Er ist sicher. Ich weiß, wo er ist, und wenn sein blödes Telefon Empfang hätte, würde ich dir das beweisen.“

„Ich dachte, er hat ein Satellitentelefon?“

„Hat er auch.“

„Wieso funktioniert es dann nicht?“

„Es ist nur ... ach, denk nicht weiter drüber nach.“

Ihre Augen wurden groß. „Er hat es verlegt?“

„Er hat das falsche mitgenommen.“

„Und du hast nicht darauf bestanden, dass er zurückkommt und das richtige Telefon holt?“

„Nein, natürlich nicht.“

„Warum nicht?“

„Weil er schon – warum stellst du meine Entscheidungen infrage?“, rief ich mit erhobener Stimme.

„Weil Ammon, obwohl er ein Monster war, mir gegenüber viel besitzergreifender war, als du es gegenüber Yuri bist. Er hat mich nie geliebt und trotzdem hat er sich mehr Sorgen um meine Sicherheit gemacht als du dir um Yuris.“

„Das stimmt nicht.“

„Doch, das stimmt. Du denkst, für Yuri sind nicht dieselben Vorkehrungen nötig, weil er ein Mann ist. Doch da liegst du falsch. Dein Gefährte ist dein wertvollster Besitz. Das solltest du immer im Hinterkopf behalten. Nicht er bestimmt, sondern *du*. Du bist der Semel, er ist der Gefährte.“

Und doch: Ich hatte gesehen, wie Logan und Jin diesen Kampf wieder und wieder ausgefochten hatten. Logan hielt Jin fest und dieser testete seine Grenzen. Ich wollte diese Diskussionen nicht mit Yuri haben, vor allem, da er auch mein Freund und nicht nur mein Gefährte sein sollte.

„Denk darüber nach, was ich gesagt habe. Ich möchte nicht, dass du irgendwann etwas bereust.“

„Ich werde darüber nachdenken.“

„Domin", unterbrach uns Koren. Er stand immer noch in der Tür. „Du machst dir nicht wirklich Sorgen um Yuri, oder? Wie weit ist Ipis denn weg?"

„Zehn Stunden." Ich wiederholte die Information, die mir mein Gefährte gegeben hatte. Dabei sah ich weiterhin Ebere an. „Du kannst ja veranlassen, dass Jamal ihm einige Shu hinterherschickt. Immerhin hast du die Befehlsgewalt über sie", schlug Ebere vor.

„Ja", stimmte ich zu.

„Du kontrollierst die Shu?" Koren klang überrascht.

Ich warf ihm einen Blick zu. Dafür musste ich aber aufhören, Ebere anzustarren. „Das tue ich. Darum muss ich nicht mehr den Priester bitten, sie zu befehligen, so wie alle anderen Semel-aten vor mir. Ich kann das selbst tun."

„Wie?", wollte er wissen und kam näher.

„Als Asdiel Kovo den Rat von Ennead aufgelöst hat, sind die Shu an mich gefallen."

„Ich habe keine Ahnung, wovon Du sprichst."

„Der Phocal hat verkündet, dass die Shu nicht länger den Tempel von Satis, sondern stattdessen mich beschützen würden."

„Warum?", wollte Koren wissen.

„Ich habe Jamal vor die Wahl gestellt zu entscheiden, wen er für wertvoller hält: mich oder den neuen Priester."

Ebere seufzte. „Ich erinnere mich, dass ich diese Taktik schon damals sehr klug fand."

„Shahid Alon, Jamals Stellvertreter, wollte davon nichts wissen."

„O ja", nickte sie. „Daran erinnere ich mich. Er meinte, dass es falsch wäre, wenn die Shu ihre traditionelle Stellung als Beschützer des Priesters aufgeben und stattdessen dich beschützen würden."

„Das war eine ziemlich beeindruckende Ansprache", meinte ich sarkastisch. „Wer hätte gedacht, dass er so traditionsbewusst ist?"

„Ach, aber das war er ja gar nicht", lachte sie. Die Anspannung fiel von uns ab. „Sonst wäre er wohl nicht in deinem Bett gelandet."

„Wer ist in deinem Bett gelandet?", wollte Koren wissen.

„Das ist Jahre her", zog ich meine Mastaba auf.

„Und doch war er der Ansicht, dass der Priester dir vorzuziehen sei."

„Er fand, der Priester sei heilig, ich dagegen profan."

„Mit wem hast du geschlafen?" Korens Stimme wurde lauter.

„Was lustig ist; schließlich bist du in einem Sepat Semel-aten geworden, dem der alte Priester vorgestanden hat", meinte sie. „Und Kovo wurde zum neuen Priester, gleich nachdem er den Rat von Ennead auflöste. Der gleiche Rat, der ihn in sein Amt gehoben hatte."

„Ich hätte ihn nie aufgelöst."

„Aber das wussten sie nicht. Sie dachten, du wärst der Teufel."

„Und das, obwohl Hamid Shamon, der alte Priester, mich mochte und mir vertraute."

„Das beweist nur, dass die Menschen tatsächlich das fürchten, was sie nicht kennen. Der Rat hat Asdiel statt dir vertraut, und doch war er es, der sie aus dem Tempel vertrieben hat. Er sagte, dass sie nutzlose, alte Männer seien."

„Du weißt nicht, ob er das gesagt hat", wandte ich ein.

„Und ob ich das weiß. Ich habe mit jedem der neun ausführlich gesprochen und sie haben alle dasselbe gesagt. Asdiel war der Ansicht, man hätte sie zusammen mit dem verstorbenen Hamid Shamon begraben sollen. Er hat festgelegt, dass sie nie wieder einen Priester beraten dürfen."

„Und das werden sie nicht", stimmte ich zu. „Jetzt beraten sie meinen Sylvan."

„Ja, das war ein ziemlicher Coup."

„Wie meinst du das?"

„Als du den Rat von Ennead bei dir aufgenommen hast – genau die Männer, die dich einen Verräter nannten –, war das der Moment, in dem Jamal anfing, darüber nachzudenken, ob es eine gute Idee sei, den Priester zu beschützen."

„Vielleicht."

„Nicht nur vielleicht. Das war dein Plan."

„Du hast eine zu hohe Meinung von mir."

„Das glaube ich nicht", flüsterte sie. „Du bist ein sehr kluger Mann. Ich habe gehört, dass du dich mit Asdiel Kovo getroffen und ihm erzählt hast, dass er nie wirklich machtvoll sein würde und du ihn nie fürchten würdest, solange der Rat bei ihm in Satis wäre."

„Das soll ich gesagt haben?"

Sie grinste. „Ja, genau du."

„Aha."

„Und als Kovo den Rat so hinterhältig betrogen hat, warst du da, um ihnen Schutz anzubieten."

„Das war doch sehr nett von mir, oder?"

„Ja, das war es. Und jetzt unterrichten sie im Forum, arbeiten in der Bibliothek und beraten deinen Sylvan in allen Angelegenheiten. Er kann auf alle diese Männer mit jahrelanger Erfahrung zurückgreifen, spricht sie mit dem Vornamen an und ist gleichzeitig ihr Herr und Meister."

„So habe ich das auch gehört."

„Du hast ihnen ein Dach über dem Kopf und eine neue Aufgabe gegeben. Ich habe sie seit Jahren nicht so glücklich gesehen."

Ich zuckte mit den Schultern, denn eigentlich war das Ganze Mikhails Plan gewesen.

„Von wem sprecht ihr?", mischte sich Koren ein. „Mit wem hast du geschlafen?"

Er würde nicht aufhören zu fragen, bis ich ihm antwortete. Ich wusste, dass es so war, denn ich kannte ihn. „Warum kümmert dich etwas so …"

„Shahid Alon", sagte Ebere. „Eine der vielen Errungenschaften des Domin Thorne."

„O, ich erinnere mich, dass du mir von ihm … und ich dachte, es ginge um jemand Neuen", murmelte Koren.

„Nein." Ebere verzog das Gesicht. „Im Gegensatz zum vorherigen Semelaten schläft unser neuer Herr nur mit seinem Gefährten."

„Bei dir klingt das so gewichtig."

„Das ist wichtiger, als du denkst", sagte sie mit ernster Miene. „Loyalität sollte man nie unterschätzen."

„Und die brauche ich von jedem, jetzt, da der neue Priester es auf mich abgesehen hat", meinte ich lächelnd.

„Du solltest seine Intrige ernster nehmen", warnte sie mich.

Ich rollte mit den Augen. „Als ob es einen Unterschied macht, was er tut. Der Priester hat keinen Einfluss und überhaupt keine Ressourcen, seit er aus seinem alten Stamm verbannt wurde."

„Ich war überrascht, dass sein Bruder sich von ihm lossagte."

„Ich nicht", entgegnete ich. „Er hat mir offen den Krieg erklärt. Sein Bruder Selem, der Anführer des Stammes Dosret, hat seinen Maahes geschickt, um mit Crane zu sprechen. Selem wollte sichergehen, dass wir wussten, dass er mit seinem Bruder nicht einer Meinung ist. Er und sein Stamm wollten mit diesem Verrat nichts zu tun haben."

„Wie traurig, wenn man von seiner eigenen Familie fallen gelassen wird."

„Aber so sollte ein echter Semel doch handeln, oder?"

„Ich weiß nicht", meinte sie nachdenklich. „Setzt man als echter Semel seinen Stamm über alles und jeden?"

„Ja."

„Also hatte der Semel deiner Meinung nach keine andere Wahl."

„Nein, hatte er nicht."

Koren mischte sich wieder in unsere Unterhaltung ein. „Ich denke auch manchmal über die Rolle des Semel nach."

„Wie meinst du das?" Meine Stimme hatte einen scharfen Unterton, der fehlte, wenn ich mit Ebere sprach.

„Ich meine: Würde ein Semel, der seinen Gefährten liebt, immer noch den Stamm über alles andere stellen?"

„Das denke ich schon", sagte ich. „Ein guter sollte das zumindest."

Er lächelte schief. „In diesem Fall sticht der Stamm Rahotep also Yuri aus."

Schon die bloßen Worte klangen falsch.

„Also?", hakte er nach.

„Denkst du, das würde ich tun?"

„Ja", erwiderte er. „Das denke ich."

36

Ebere ergriff das Wort. „Ich glaube das nicht. Ich denke, zuerst kommt Yuri und dann der Stamm."

„Aber so sollte ein echter Semel nicht handeln." Koren ließ da nicht mit sich reden. „Ein echter Anführer stellt das Wohl der Allgemeinheit immer über das Wohl des Einzelnen."

Ich schwieg und er sah mich an.

„Ich denke, du würdest tun, was am besten für den Stamm wäre."

„Warum habe ich nicht den Eindruck, dass das als Kompliment gemeint ist?"

„Ich denke, jeder echte Semel würde das tun. Sogar Logan."

„Du denkst, dass Logan sich für den Stamm entscheiden würde, wenn es hieße: seine Reah oder der Stamm?"

„Ja." Er klang sehr sicher.

„Warum?"

„Wenn er sich für Jin entscheiden würde, würde er für den Rest seines Lebens die Enttäuschung auf dem Gesicht seiner Reah sehen und wissen, dass er versagt hat. Darum denke ich, dass er sich im Ernstfall für den Stamm entscheiden würde."

„Ich denke, du liegst falsch."

„Nun ja, hoffen wir, dass wir das nie herausfinden müssen", schlichtete Ebere und ihr Blick wurde weich.

„Also, wirst du später mit mir zu Abend essen?"

„Natürlich."

„Gut." Sie lächelte, als sie auf mich zukam, um sich umarmen zu lassen. Sie küsste mich, bevor sie sich verabschiedete, und winkte Koren kurz zu. Als die Dienerschaft das zum ersten Mal gesehen hatte, waren alle verblüfft gewesen. Scheinbar war unser Umgang miteinander liebevoller, als man es von ihr und ihrem verstorbenen Gefährten gewohnt war.

Gerade, als Ebere den Raum verlassen wollte, kam Samani zurück. Die beiden Frauen fassten einander kurz bei den Händen, als sie aneinander vorbeigingen.

„Was?", grummelte ich in Richtung meiner Hathen. Ich saß auf der Kante meines Schreibtischs und sie blieb vor mir stehen.

„Nichts, ich wollte dich nur wissen lassen, dass es allen gut geht. Allerdings ist der Sohn des Semel der Meinung, sich verliebt zu haben. Er hat versucht, Salome aus der Villa heraus zu schmuggeln."

„Welche ist Salome?"

„Die mit den schwarzen Locken und den grünen Augen", half sie mir auf die Sprünge.

Ich konnte mich nicht an sie erinnern, aber das war auch wenig überraschend. Ich war den Mädchen, die dem Harem angehörten, nur einmal begegnet.

„Möchte sie mit ihm gehen?"

„Wer?"

„Das Mädchen." Ich schnippte mit den Fingern. „Salome. Möchte sie mit ihm gehen?"

„Nun ja, schon, aber …"

„Dann lass sie gehen", sagte ich schnell. „Wenn der Sohn des Semel sie will, sie einverstanden ist und auch der Semel selbst seine Zustimmung gegeben hat, dann lass sie gehen. Wie du dich vielleicht erinnerst, versuche ich die Anzahl der Mädchen ja ohnehin zu verringern."

„Natürlich erinnere ich mich daran, aber …"

„Wenn es keinen Harem mehr gibt, dann hast auch du keinen Grund mehr, hier zu sein. Dann könntest du dein Leben außerhalb dieser Hölle weiterleben. Würde dir das nicht gefallen?"

„Ich …"

„Nicht?", bohrte ich nach.

„Ich … also", begann sie. „Es ist keine Hölle. Wir leben im Luxus und ich …"

„Domin", rief mir Mikhail zu, der plötzlich den Raum betrat. „Du musst sofort mit mir in den Innenhof kommen."

„Ich spreche gerade mit ihm", meinte Samani mit erhobener Stimme. Sie sah Mikhail pikiert an.

„Bin ich unsichtbar?", rief Koren und riss resigniert seine Arme in die Höhe.

„Geht es bei deinem Anliegen um Leben und Tod?", fragte Mikhail.

„Ich …"

„Ein einfaches Ja oder Nein ist ausreichend."

„Nein, aber …"

„Also gut." Mikhail warf mir einen Blick zu. „Du musst mit mir in den Innenhof kommen. Jetzt sofort."

„Warum?"

„Ich war dabei, meine Gegenspieler zu disziplinieren, als einige von ihnen mich herausgefordert haben. Du musst als Zeuge mitkommen."

Mein Magen zog sich zusammen. „Mikhail."

„Tu es einfach", sagte er und war schon wieder auf dem Weg nach draußen, als er Koren entdeckte. „Was machst du denn hier?"

„Mehr hast du zur Begrüßung nicht zu sagen?" Koren zog die Stirn kraus. „Du freust dich nicht, mich zu sehen?"

„Warum zum Teufel sollte ich mich freuen, dich zu sehen?", brummte dieser und hielt auf die Tür zu.

„Seit wann hasst er mich?" Koren schien völlig überrumpelt.

Ich kicherte. „Er hat dich schon immer gehasst."

„Hat er?"

Ich nickte ihm väterlich zu.

Samani rannte Mikhail hinterher und fasste ihn am Arm, bevor er durch die Tür verschwinden konnte. Er hielt inne und ihre Blicke trafen sich.

„Ein Sylvan kämpft nicht in der Arena. Du hast Verbündete, die für dich antreten werden", sagte sie.

„Ich kann für mich selbst einstehen", widersprach er mit zusammengebissenen Zähnen.

Vom ersten Tag an war die Feindseligkeit zwischen den beiden mit Händen zu greifen gewesen. Sie waren wie Öl und Wasser – sie kamen auf keinen Nenner. Mich amüsierte diese Abneigung, Yuri dagegen fand, dass ich völlig falsch lag: Was ich als kalt und frostig interpretierte, war seiner Meinung nach das genaue Gegenteil.

„Aber das solltest du nicht. Was, wenn …"

„Das kriege ich schon hin", murmelte er und befreite seinen Arm aus ihrem Griff, um endlich gehen zu können.

Sie stellte sich vor ihn und bremste ihn dadurch erneut aus. „Das kannst du nicht."

„Ich muss es aber tun", sagte er in freundlichem, aber bestimmtem Ton.

Sie hob eine Hand an sein Gesicht, hielt mitten in der Bewegung inne und ließ die Hand dann wieder sinken. „Das könnte ich nicht ertragen."

„Dann sieh nicht zu", brachte er hervor und ging um sie herum.

„Du solltest vorsichtig sein!", rief sie mit fast brechender Stimme.

Er blieb wieder stehen und hob den Blick zum Himmel, als fände er sie einfach nur unglaublich ermüdend.

„Du solltest dich deinem Rang entsprechend verhalten."

Sie schien vor Wut zu kochen, als er schließlich den Raum verließ.

„Samani?"

„Dieser Kerl!"

Ihre Wut überraschte mich. Sie hielt auf die Tür zu und wurde dabei immer schneller, als plane sie, ihm hinterherzulaufen. „Warum muss er ständig etwas beweisen?"

Eigentlich brachte sie nichts aus der Fassung. Ich hatte nicht einmal gewusst, dass sie überhaupt in der Lage war, wütend zu werden. Diese offene Feindseligkeit richtete sich tatsächlich immer nur gegen Mikhail.

„Samani?"

Als sie mich schließlich ansah, bemerkte ich, dass sie die Lippen fest aufeinanderpresste, dass ihre wunderschönen nussbraunen Augen rotgerändert waren und in Tränen schwammen und dass sie die Hände zu Fäusten geballt hatte.

„Warum kann er nicht einfach nachgeben? Warum kann er es nicht einfach ruhen lassen?"

Um Himmels willen, wie konnte ich so blind gewesen sein? „Du willst ihn", flüsterte ich, vollkommen perplex.

Ihr stockte der Atem. „Mehr als alles auf der Welt."

Ich war völlig von den Socken – das hier war komplett an mir vorbeigegangen.

„Und will er dich auch?"

„Ja!" Sie fing an zu weinen.

Yuri musste wirklich bald zurückkommen, damit er sich an meiner statt mit solchen Sachen beschäftigen konnte.

„Aber er möchte, dass ich die Welt sehe und dass ich die Ausbildung zu Ende bringe, die ich angefangen, aber wegen der Schulden meines Vaters nie beendet habe. Er hasst die Tatsache, dass ich Hathen bin. Er will mich, aber er erlaubt mir nicht, mich niederzulassen."

Ich machte eine Geste in Richtung der geöffneten Tür. „Wie kann man es als *sich niederlassen* bezeichnen, wenn man mit ihm zusammen ist?"

„Frag ihn, nicht mich!", beschwerte sie sich.

„Darum willst du die Mädchen nicht gehen lassen."

„Ich muss nachsehen, was er macht", sagte sie und flüchtete dann ohne meine Erlaubnis aus dem Zimmer.

Ich eilte ihr hinterher und sah, wie sie den Flur hinunterrannte. In meinem Bestreben, sie nicht aus den Augen zu verlieren, bemerkte ich erst nach einer ganzen Weile, dass Koren neben mir her rannte.

„Bei dir geht es ja ziemlich aufregend zu", neckte er mich.

„Und dabei hast du kaum was gesehen", murmelte ich.

Weil ich mich bewegte, waren plötzlich auch alle anderen in Bewegung. Die Wache räumte den Flur für mich und auch Kabore war im nächsten Moment neben mir.

„Wo gehen wir hin, mein Herr?", fragte er mit ausgesuchter Höflichkeit, während er neben mir her joggte.

„Wir folgen Samani und Mikhail."

„Hervorragend", sagte er, als wäre das alles völlig normal.

Der Innenhof wurde von Papyrus und Indischem Goldregen eingerahmt, die an heißen Nachmittagen Schatten spenden sollten. Als ich den Platz erreichte, sah ich auf der einen Seite Mikhail und etwa fünfzehn Meter entfernt einen anderen Mann. Taj stand hinter meinem Sylvan, der gerade begann, sich auszuziehen.

„Wartet!", rief ich von der obersten Stufe der Treppe, die zum Hof führte.

Samani war auf dem ersten Absatz. Sie lehnte sich über die Brüstung und rief: „Bitte!"

„Ich sagte *Nein*!", bellte Mikhail.

Ich hielt neben ihr an und legte ihr eine Hand in den Rücken. „Was?"

Sie zitterte. „Es ist mir verboten, dort hinunter zu gehen, und er kann mir befehlen, hier oben zu bleiben, weil ein Sylvan über der Hathen steht."

„Ich gebe dir die Erlaubnis."

Sie war flink wie der Wind, als sie die Treppe hinab eilte. Ich sah ihr nach.

„Liebst du ihn?", rief ich ihr hinterher.

„Oh, du hast keine Ahnung!", rief sie zurück, als sie am Fuß der Treppe ankam und auf ihn zu lief.

Mein Sylvan machte auf dem Absatz kehrt und Samani erstarrte. Jeder Teil ihres Körpers strebte danach, zu ihm zu eilen. Das war klar ersichtlich.

„Mikhail, du Idiot!", schrie ich. „Warum hast du mir das nicht erzählt?" Aller Augen richteten sich auf mich.

„Weil es meinen Semel nichts anging und das tut es auch immer noch nicht", erwiderte er, als er sich das Hemd vom Leib riss, um es Taj zuzuwerfen. Dann wandte er sich seinem Gürtel zu.

„Wer ist der Herausforderer?", fragte ich, als ich die Treppe hinabstieg. Kabore folgte mir. Meine Wache sorgte dafür, dass Koren zurückblieb.

„Traore Uago, Ammons alter Sylvan."

Während meines Abstiegs konnte ich Mikhail für ein paar Sekunden nicht sehen, doch hören konnte ich ihn gut. Ich ging in die Richtung, wo er und mein Sheseru standen.

„Taj."

Er sah mich an.

„Bring den alten Sylvan und seinen Sekundanten hierher."

Als er ging, sah ich, wie Mikhails Blick an Samani haften blieb.

Sie hob das Kinn, obwohl sie am ganzen Leib zu zittern schien.

„Bekenne dich zu ihr und ich werde sie von ihrer Pflicht als Hathen befreien. Sie wird nur deine Gefährtin sein, nichts weiter. Ich werde das Ritual eurer Vermählung durchführen, sobald Yuri wieder da ist. Wenn es von einem Semel durchgeführt wird, muss dessen Gefährte als Zeuge anwesend sein. So steht es im Gesetz."

„Nein", krächzte Samani flehend. „Ich habe dabei auch ein Wörtchen mitzureden."

„Einverstanden", sagte Mikhail und hielt ihr eine Hand hin. „Komm zu mir und wir sind von nun an eins."

Sie war hin und her gerissen. Wenn sie sein Angebot annahm, wäre sie Mikhails Gefährtin und niemand außer ihm hätte Befehlsgewalt über sie. Doch dann würde sie tun müssen, was immer er befahl, würde den Weg gehen müssen, den er für sie wählte. Viele Frauen stemmten sich heutzutage dagegen, weil es ihrem Partner das Recht gab, über sie zu bestimmen. Normalerweise gab es heutzutage nur noch bei einem Semel solch eine traditionelle Vermählung, denn hier unterstand die Frau von vornherein dem Mann: entweder, weil sie Mitglied seines Stammes war, oder die ausgewählte Gefährtin.

„Samani", sagte Mikhail. Als er ihren Namen sagte, wurde sein Blick weich, wie ich es noch nie bei ihm erlebt hatte. Nie hätte ich geahnt, dass er eine andere Person so anschauen konnte.

Sie warf sich in seine Arme und er drückte sie fest an sein Herz. Sie sahen wunderschön aus zusammen: Ihre dunkle Haut bildete einen eindrucksvollen Kontrast zu seinem hellen Teint. Es machte mich glücklich zu sehen, dass er sie festhielt, als wäre sie wertvoll und zerbrechlich. Ich liebte es zu sehen, wie Mikhail

41

seine Gefühle so offen zur Schau trug, als er sein Gesicht in den Haaren der Frau vergrub, die er liebte. Ich wünschte, Yuri wäre hier, um das zu sehen.

„Du gehörst jetzt zu mir", versicherte ihr Mikhail. „Und du wirst das Leben zurückbekommen, das Ammon El Masry dir genommen hat, als dein Vater dich an ihn verkauft hat."

Diesen Teil der Geschichte kannte ich, weil sie mir davon erzählt hatte. Ihr Vater hatte seine Spielschulden beim Semel-aten damit beglichen, dass er ihm seine Tochter verkaufte. Sie hatte im Ausland studiert, als die Werpantherwelt plötzlich über ihr normales Leben hereingebrochen war. Sie zog im Haus des Semel-aten ein, wurde Haremsdame und man erwartete von ihr, nicht nur dem Semel-aten selbst, sondern auch seinen Gästen zu Diensten zu sein.

„Du verstehst das nicht", weinte sie. „Ich möchte nur dich, du einfältiger Kerl."

Er lachte leise und sie legte die Arme um seinen Hals und hielt sich fest, als hinge ihr Leben davon ab.

Ich kapitulierte. „Ich kriege nichts mit."

Ich hörte Koren lachen. Taj begleitete Traore Uago und seinen Sekundanten zu mir. Beide schienen bereit zu sein für einen Kampf.

„Mein Sylvan wird heute nicht kämpfen", stellte ich klar. „Das übernehme ich."

Einige Zuschauer keuchten erschrocken auf, Mikhail hob überrascht den Kopf und plötzlich sprachen alle durcheinander.

„Ruhe!", donnerte Taj und im Innenhof, wo sich mittlerweile an die hundert Leute versammelt hatten, wurde es plötzlich still. „Mein Semel macht Scherze. *Ich* kämpfe heute."

Obwohl ich liebend gern Ammon El Masrys früheren Sylvan in der Luft zerrissen hätte, wusste ich, dass dies nicht meine Aufgabe war. Ich verbeugte mich vor Taj, der vortrat und anfing, sich auszuziehen.

Traore Uago kam näher. „Mein Herr", begann der ehemalige Sylvan und legte sich eine Hand aufs Herz. „Ich müsste ein Dummkopf sein, eine solche Herausforderung anzunehmen."

„Wohl wahr." Ich nagelte ihn mit meinem Blick an Ort und Stelle fest. „Darum frage ich dich, Traore Uago: Wirst du von dieser Rebellion absehen und meinem Sylvan die Treue schwören, sodass wir nie wieder etwas von Respektlosigkeiten hören müssen, die sich als Verspätungen tarnen?"

Er starrte mich an und ich hielt seinem Blick stand, bis er nachgab und zu Boden blickte.

„Vergib mir, mein Semel."

„Mein Herr", berichtigte ich ihn.

„Mein Herr. Bitte vergib mir."

„So soll es sein", sagte ich gelangweilt und nickte meinem Sylvan zu. „Nun bitte ihn um Vergebung."

Mikhail drehte sich um, um den Mann anzusehen, doch Samanis Hand ließ er nicht los.

„Seit wann hat Mikhail eine Freundin?", fragte Koren überrascht. Als ich mich nach ihm umsah, entdeckte ich auch Jamal. Der Phocal kannte Logan und hatte vermutlich sichergestellt, dass meine Männer wussten, dass vom Bruder des Semel-netjer keine Gefahr ausging.

„Was, wenn er versuchen würde, mich zu töten?", fragte ich Jamal und zeigte dabei auf Koren.

„Dann wäre er tot, bevor er nach seiner Waffe greifen könnte, mein Herr."

„Das sagst du", brummelte ich.

Sein Seufzen klang ironisch. Offensichtlich begriff er, dass ich ihn nur aufzog. Es hatte eine Weile gedauert, bis er Scherze und Sarkasmus verstanden hatte, aber mittlerweile klappte das ganz gut.

„Domin ..."

„Nein." Ich sah Koren an. „Nimm dir nicht heraus, mit mir zu sprechen, als wären wir Freunde."

„Domin, ich ..."

„Nein." Wieder unterbrach ich ihn. Dann wandte ich mich an Kabore. „Bitte kümmere dich um sein Wohlergehen. Bringe ihn in einem Gästezimmer unter. Ich werde nur in Gesellschaft meiner Mastaba zu Abend essen."

„Ja, mein Herr."

„Domin ..."

„Der Semel-aten wird mit: *Herr* angesprochen", informierte Kabore meinen früheren Liebhaber.

Ich wartete nicht ab, was Koren darauf erwiderte.

3

Ebere sah mir dabei zu, wie ich im Zimmer auf und ab lief.

„Und mein eigener Gefährte hat vor mir geheimgehalten, dass mein Sylvan und meine Hathen ineinander verliebt sind!"

Als mir auffiel, dass sie nicht antwortete, drehte ich mich schwungvoll zu ihr um.

Sie strickte.

„Was tust du da?"

„Ach, sprichst du mit mir?" Sie tat überrascht.

„Siehst du hier noch jemandem, mit dem ich sprechen könnte?"

Sie seufzte, um mich wissen zu lassen, wie anstrengend sie mich fand.

„Nun, es ist keine große Überraschung, dass dein früherer Gefährte die Gesellschaft anderer Frauen vorgezogen hat, wenn du dich damals als ähnlich aufregende Gesprächspartnerin gegeben hast."

Sie ließ sich nicht ködern. Stattdessen gähnte sie. „Vielleicht geht dein Gefährte auf Reisen, um sich von deiner Gesellschaft zu erholen."

Ich kniff die Augen zusammen.

Sie hob eine Augenbraue und konzentrierte sich dann wieder auf ihre Handarbeit.

„Was ist das?"

„Eine Mütze für Ilia, den Sohn des Semel-netjer."

Ich verschränkte die Arme und sah auf sie hinunter. „Das ist sehr nett von dir. Ich muss ihm noch ein Geschenk schicken. Yuri wollte ihn besuchen, doch mir war es lieber zu warten, bis wir die Reise im Herbst zusammen antreten können."

„Warum?"

„Was, wenn er nicht wiederkommt?"

„Dieser Mann würde niemals willentlich von deiner Seite weichen", spottete sie.

„Aber genau das tut er doch gerade!", entgegnete ich. „Er ist nach Ipis gereist!"

„Herrje, mir war nicht klar, dass du ihn so sehr vermisst."

„Er hat mich verlassen", beschwerte ich mich mit weinerlicher Stimme.

„Für eine diplomatische Mission, die nur er auf sich nehmen konnte", sagte sie in der Hoffnung, meine Stimmung zu heben. „Aber er hat vor, so schnell wie möglich zurückzukehren. Ich habe gesehen, wie er dich anstarrt. Er wird immer so schnell wie möglich zu dir zurückkehren."

Ich stöhnte laut auf, als ich mich ihr gegenüber in einen Sessel fallen ließ.

„War dein Gefährte verärgert, als er erfuhr, dass ihr Jin und Logans Sohn erst später besuchen würdet?"

Vielleicht war er das gewesen. Ich war mir nicht so ganz sicher. In letzter Zeit schaltete ich einfach auf Durchzug, wenn Yuri sprach, und konzentrierte mich stattdessen auf die Sommersprossen auf seiner Haut oder das Spiel der Muskeln unter der Haut seines Rückens oder seine sinnliche Unterlippe, in die er sich manchmal biss, wenn ich an einem seiner Nippel saugte ...

„Das war ein geradezu obszönes Geräusch."

Ich sah überrascht auf. „Was?"

„Du hast gestöhnt und für mich hörte es sich an wie Sex."

Ich sah sie finster an.

Sie gackerte. „Da du dich offenbar auskennst, erkläre mir doch bitte, wie Jin und Logan jetzt schon ein Kind haben können."

Sie hatte mich geistig abgehängt. „Was?"

„Ich muss da irgendwas verpasst haben."

„Hinsichtlich ...?"

„Wie können sie nach so kurzer Zeit schon ein Kind haben? Erkläre mir das!"

„Wie meinst du das: *Wie?*"

„Das Kind wurde vier Monate, nachdem sie aus der Mongolei zurückgekehrt sind, geboren. Wie?"

„Ach so, das ist einfach. Jins Kind ist der Sohn einer Nekhene-Katze", dozierte ich. „Man hat es mir so erklärt, dass der Werpanther in ihm alles andere übertrumpft hat. Darum hat die Schwangerschaft so lange wie bei einer Katze gedauert."

„Das bedeutet?"

„Die Trächtigkeit bei Großkatzen dauert neunzig bis sechsundneunzig Tage, bei Leoparden sind es 101 Tage. Jins Kind wurde drei Monate, nachdem die Leihmutter schwanger wurde, geboren."

„Das ist unglaublich, oder?"

„Das wäre es sicherlich für jeden außer für Jin Church."

„Seine DNA muss was ganz Besonderes sein. Ich bin mir sicher, jeder Wissenschaftler auf der Welt würde sie unheimlich gern in die Finger bekommen."

Ich schnaubte. „Logan würde weder Jin noch das Kind oder die Leihmutter jemals in die Nähe eines Menschenkrankenhauses lassen."

„Das behaupte ich ja gar nicht. Es war nur eine Feststellung."

„Ich weiß."

„Ist es wahr, was sie über das Baby sagen?"

„Was denn?"

„Dass es in seiner Werpantherform geboren wurde?"

„Ja."

„Es gibt also keinen Zweifel, dass es sich um einen Semel handelt."

„Nein. Alle meinten, sie hätten noch nie etwas Ähnliches gesehen. Immerhin hat sich niemand von uns vor der Pubertät verwandelt. Und dann erblickt Jins und Logans Kind das Licht der Welt als Panther."

„Nun, Jins und Delphines Kind", berichtigte sie mich.

„Täusche dich da nicht", warnte ich sie. „Logans Blutlinie und Jins – das ist einzig und allein ihr Kind."

„Nein, ich weiß … es ist nur … Ich kann es mir einfach nicht vorstellen."

„Ich weiß", stimmte ich zu. „Es heißt, das Baby habe sich erst in seine menschliche Form verwandelt, als Logan es in den Arm genommen hat."

„Nicht Jin?"

„Nein, so wie ich es verstanden habe, haben Jins Pheromone bewirkt, dass das Kind sich vollends in einen Panther verwandeln wollte."

„Warte mal", unterbrach sie mich. Sie wollte sichergehen, dass sie mich richtig verstanden hatte. „Die einzige Katze, die die Reah in Jin nicht beruhigen kann, ist sein eigener Sohn?"

„Ja, und scheinbar macht ihm das schwer zu schaffen. Ich weiß, dass du Jin nicht besonders gut kennst, aber es ist einfach unmöglich, dass ihn so etwas kalt lässt. Ich bin sicher, dass ihn das sehr verletzt hat. Vermutlich kommt er sich auch überflüssig vor."

„Aber er ist doch trotzdem der Vater des Kindes."

„Aber du weißt so gut wie ich, dass ein Semel eine enge Verbindung zu seinem Vater aufbaut und nicht …"

„Jin ist sein Vater."

„Was ich sagen will, ist: Sie haben eine enge Bindung zu ihrem Vater, der ebenfalls ein *Semel* ist. Es ist also ganz natürlich, dass Ilia sich in Logans Gesellschaft wohlfühlt und dass er bei ihm sein will. So ist das nun mal."

„Das heißt aber nicht, dass Jin überflüssig ist."

„Nein, aber wenn er eine Frau wäre, würde er ihn stillen. Da das nicht möglich ist …"

„Ah, die Frage ist also: Was ist seine Aufgabe bei der ganzen Sache?"

„Ganz genau. Nichts. Und deshalb fühlt er sich wertlos."

„Der arme Jin."

„Ich sollte vermutlich Yuri zu ihm schicken."

„Vielleicht lieber jemand anderes."

Nur sie und Yuri nahmen sich je die Zeit, mich zu beraten. „Crane?"

„Ja. Stell dir nur vor, wie sehr eine Reah in solch einer Zeit ihren Beset vermissen muss."

„Das könnte ich Crane nicht antun."

„Was antun?" Sie wackelte mit den Augenbrauen. „Ihm seinen Status als Maahes wegnehmen?"

„Ja."

„Aber vielleicht passiert das ohnehin, wenn er in der Arena im Kampf gegen Elham unterliegt."

„Du möchtest einfach nur nicht seine Gefährtin sein."

„Nein, das möchte ich nicht. Aber ich möchte auch nicht zusehen müssen, wie man Crane bei lebendigem Leib die Haut abzieht."

„Wenn sie in der Arena kämpfen …"

„So läuft der Kampf nicht. Einer seiner Männer wird mit einem von Cranes Männern kämpfen. Ein Kampf um die Position des Prinzen wird nicht vom Maahres und dem Herausforderer ausgefochten. Stattdessen wählen sie jeweils einen Kämpfer aus."

„Crane wird also nicht selbst in der Arena um seinen Status als Maahes kämpfen?"

„Natürlich nicht." Jetzt zog sie die Stirn kraus. „Hast du mit deinem Sylvan darüber gesprochen?"

„Nein, mein Sylvan war vollauf damit beschäftigt, seine Leute zu disziplinieren und mit meiner Hathen zu schlafen!"

„Dein Haus ist in Unordnung."

„Ehrlich?"

Sie neigte den Kopf und sah mich an. „Darf ich dir eine Frage stellen?"

Ich machte eine Geste der Herausforderung, frei zu sprechen.

„Warum bleibst du hier? Warum bist du immer noch Semel-aten?"

Ich antwortete nicht, weil ich mir nicht sicher war, was sie meinte.

„Domin?"

„Schicksal."

„Wie bitte?"

Wie sollte ich das erklären? „Ich war mal Semel und dann wurde mir dieser Titel weggenommen. Doch jetzt bin ich wieder Semel."

Ihr Gesichtsausdruck verriet mir, dass sie das noch nie so gesehen hatte. „Aber du könntest zurücktreten. Du könntest die Position an Elham abgeben, der daraufhin Crane in Ruhe lassen würde, weil er keinen Grund hätte, gegen dich zu intrigieren."

„Ist das dein Rat?"

„Nein, ich stelle mir diese Frage einfach nur. Versuchst du, dich an etwas festzuhalten, das nicht festgehalten werden sollte?"

Das war eine sehr gute Frage.

NACH DEM Abendessen spazierte ich mit Mikhail durch die Gärten, sah dabei den Kois zu, wie sie von einem Teich in den nächsten schwammen und erkannte plötzlich, dass ich unglaublich sauer auf Yuri war. Wie konnte er Dinge vor mir geheimhalten?

Vielleicht hat er es nicht gewusst, hatte Ebere vorhin eingewandt.

Mikhail brachte mich wieder auf den Boden der Tatsachen zurück. Er sog tief die Nachtluft ein und all die Düfte, die sie mitbrachte. „Ich gestehe, dass er es gewusst hat, aber ich habe ihn auch schwören lassen, es niemandem zu erzählen. Vor allem dir nicht."

Das war Verrat ... und doch konnte ich es verstehen. Man musste sich darauf verlassen können, dass Freunde Geheimnisse bewahrten.

„Wenn du Bescheid gewusst hättest, hätte dich das geschwächt und die Entscheidungen beeinflusst, die du für mich und für sie getroffen hättest", überlegte Mikhail laut.

„Und was willst du jetzt tun?"

„Ich werde sie zurück nach Boston schicken, damit sie dort ihren Master machen kann. Dann kann sie das Leben leben, das sie sich mal vorgestellt hatte."

„Und du wirst sie nicht heiraten."

Er schüttelte den Kopf. „Das ist nicht der Pfad, der für sie vorherbestimmt ist."

„Vielleicht nicht vor drei Jahren, als ihr Vater sie hierherbrachte. Menschen ändern sich. Vielleicht möchte sie an deiner Seite sein. Hast du daran mal gedacht?"

„Sie ist jung. Sie weiß nicht, was sie will."

„Mikhail, sie ist sechsundzwanzig. Ich schätze mal, sie weiß ganz gut, was sie will."

Davon wollte er nichts hören. Ich wollte ihm nicht hinterherbrüllen, also ließ ich ihn ziehen, sodass er mit ihr reden konnte.

Später, als ich auf der steinernen Balustrade eines Balkons im zweiten Stock saß, hörte ich, wie sich hinter mir etwas bewegte.

„Darf ich zu dir hinauskommen?"

„Natürlich", flüsterte ich. Mein Kopf lehnte an der Wand und ich saß im Schneidersitz. Meine Position war ziemlich unsicher. Das war lustig: Yuri erlaubte mir nie, mich so hinzusetzen, weil er Angst hatte, ich könnte fallen. Er hatte ein bisschen Höhenangst.

Koren kam lautlos näher, hielt aber in einem Abstand inne, der es unmöglich machte, dass wir uns hätten berühren können.

„Wieso kann ich mich einfach so dem Semel-aten nähern?"

„Die Wachen sind im ersten Stock", entgegnete ich. „Nur vertrauenswürdige Personen dürfen in den zweiten Stock vordringen. Und nur Yuri und ich dürfen aufs Dach."

„Verstehe", sagte er und ich sah seine grünen Augen im Licht der Laternen leuchten.

„Warum bist du hier?" Meine schlechte Laune kehrte zurück, als ich ihn ansah.

„Weil ich natürlich in dem Moment begriffen habe, wen ich wirklich will, als herauskam, dass du nicht wiederkommen würdest."

„Natürlich."

Er kam näher. „Was soll das alles?"

„Bitte?"

Er starrte mich an. „Yuri?"

„Was ist mit Yuri?"

„Seit wann, Domin? Wann ist dir Yuri überhaupt aufgefallen?"

Der dunkelblaue Sommerhimmel verwandelte sich so langsam in die Dämmerung. Es war wunderschön. „Mir ist heute aufgefallen, wie du Samani Baro angestarrt hast, meine frühere Hathen. Sie ist wirklich hübsch, oder?"

„Sie gehört Mikhail."

„Danach habe ich nicht gefragt. Ich fragte, ob du sie hübsch findest."

„Ja klar, sehr."

„Als ich hier ankam, musste ich feststellen, dass mein Vorgänger einen Harem besessen hatte. Eigentlich hat sogar jeder Semel-aten bisher einen Harem gehabt. Hast du das gewusst?"

„Nein. Wie schon gesagt, ich hatte keine Ahnung davon."

„Und wieso solltest du auch. Aber ich wäre ohne Samani völlig aufgeschmissen gewesen. Denn mal ehrlich, was hätte ich mit einem weiblichen Harem anfangen sollen? Ich war schon immer schwul."

„Ich weiß nicht, was …"

„Aber wärst du Semel-aten geworden und hättest plötzlich über einen Harem verfügen können? Du hättest damit kein Problem gehabt."

„Domin …"

„Ich finde es nicht schlimm, Frauen zu lieben", sagte ich und nagelte ihn mit meinem Blick fest. „Was ich schlimm finde, ist, dass du etwas behauptest, während deine Körpersprache dich Lügen straft."

„Meinst du das ernst?", fragte er. „Du wirfst mir vor, dass ich vorhin Samani ausgecheckt habe? Man bemerkt doch eine schöne Frau, wenn …"

„Yuri sieht niemanden außer mir."

Das bremste ihn für einen Augenblick. „Weil es neu ist, Domin! Es ist brandneu. Natürlich tut er das nicht! Wenn ich in dich verknallt gewesen wäre, seit ich sechzehn war …"

„Exakt", unterbrach ich ihn. „*Wenn.*"

Die einsetzende Stille war brutal und unangenehm.

„Du machst dich lächerlich", sagte er schließlich. „Du kannst nicht die Jahre, die wir hatten, mit den Monaten mit Yuri vergleichen. Ich kenne dich. Er hat keine Ahnung."

„Was auch immer er nicht weiß, kann er lernen", sagte ich. Ich sprang von der Brüstung und wollte mich an ihm vorbeischlängeln.

Er ergriff meinen Arm. „Du kannst ihn nicht nur lieben, weil du denkst, dass du das solltest. Weil er eine sichere Bank wäre."

Unsere Blicke trafen sich.

„Du musst zulassen, dass Du verletzt werden könntest. Du weißt, dass Yuri dich nie verletzen würde. Und weil ich dich so oft – zu oft – verletzt habe, hast du dich jetzt für ihn entschieden, als er sich angeboten hat."

Ich befreite mich aus seinem Griff. „Du hast keine Ahnung von Yuri."

„Aber von dir."

„Nein, nicht wirklich, und das war schon immer das Problem."

„Domin …"

„Sag schon", forderte ich ihn auf, „warst du jemals wirklich verliebt?"

„Das ist die blödeste …"

„Nein." Ich hob die Hände, um ihn aufzuhalten. „Wirklich, Koren. Denk darüber nach."

„Ja." Er sah mir ins Gesicht. Der Blick seiner olivfarbenen Augen verharrte schließlich auf meinem Mund. „In dich."

„Koren."

„Ich habe dich vermisst."

Ich konnte ihm ansehen, dass er mich küssen wollte, also machte ich einen Schritt rückwärts.

„Ich …"

„Du wohnst bei Jin und Logan."

Er verengte die Augen zu Schlitzen. „Ja, und?"

„Du sehnst dich doch sicher nach jemandem, der dich ansieht, wie Jin Logan ansieht?"

„Jin ist Logans wahrer Gefährte. Man geht nicht einfach so los und …"

„Bitte, das ist auch nichts anderes als Liebe."

„Und ob es das ist. Sie haben die perfekte Verbindung. Niemand sonst bekommt diese Chance, außer ein Semel und seine wahre Reah."

„Das ist Blödsinn. Die chemischen und biologischen Reaktionen sind nicht das, was die Liebe ausmacht. Sie verursachen nur Verlangen. Das ist aber nicht das, was Jin und Logan verbindet. Sie lieben einander."

„Sie lieben einander gerade wegen dieser Verbindung. Wäre Jin nicht Logans Reah, wäre dieser jetzt mit Simone verbunden. So einfach ist das."

„Du liegst so falsch", sagte ich. „Verbindung hin oder her. Logan hätte Jin gesehen und sich in ihn verliebt."

Er schüttelte den Kopf. „Du bist so unglaublich sentimental. Logan war hetero, bevor er von seinem Gefährten erfahren hat. Wäre Jin keine Reah, hätte er keine Chance bei Logan gehabt."

Ich wollte darüber nicht weiter diskutieren und verließ den Raum.

Er rief mir hinterher, als ich in den Flur hinaustrat. „Das ist alles? Du kämpfst nicht für das, was du willst? Weiß der Semel-aten nicht mehr, wie das geht?"

„Du hast nichts, was ich will", warf ich ihm an den Kopf. „Warum sollten wir also kämpfen?"

„Das glaube ich dir nicht."

Ich hielt im Türrahmen inne und sah mich nach ihm um. „Warum tust du das immer wieder? Es ist ja nicht so, als würdest du wirklich gewinnen wollen."

„Doch das tue ich", gestand er. „Und das werde ich."

Ich verschränkte die Arme. „Was ist passiert? Was hat dir eine solche Angst eingejagt, dass du um die halbe Welt geflogen bist, um dich mir in die Arme zu werfen?"

„*Was?*"

Oh, er reagierte *sehr* defensiv. Ich neigte den Kopf. „Lass mich raten. Eine nette Werpantherin hat dich nicht rangelassen?"

Er zeigte mit dem Finger auf mich. „Sag mir, dass du dich nicht mehr daran erinnerst, wie wir im Bett zusammen waren."

Ich erinnerte mich. Ich hatte es geliebt, ihn unter mir zu haben. Noch viel mehr erinnerte ich mich daran, wie zerstörerisch das alles gewesen war. Mittlerweile hatte ich ein anderes Verständnis von Sex.

Mittlerweile aß ich im Bett, während Yuri ausgestreckt neben mir lag. Wir diskutieren über Gesetze und Entscheidungen, die ich getroffen hatte ... und wir führten endlose Gespräche darüber, warum er Reality Shows mochte und ich nicht. Warum er dachte, dass *Grey's Anatomy* mein Hirn weichkochte, und warum ich mich weigerte, *Firefly* zu schauen, was er zusammen mit irgend so einem Film auf DVD besaß. Es ärgerte mich, wenn meine Sendungen vom History Channel für irgendeine Miniserie von Syfy gelöscht wurden.

Ich hatte ihn darauf angesprochen und er hatte sich sehr darüber amüsiert, wie ich mich echauffierte. „Du bist so ein Blödmann!"

„Du bist so niedlich, wenn du dich aufregst", hatte Yuri mit vorgeschobener Unterlippe gemeint. „Komm her, Schatz."

Mein indignierter Blick hatte bei ihm einen Lachkrampf ausgelöst.

Es war einfach so, dass ich mit niemandem sonst das erlebt hatte, was ich mit Yuri im Bett erleben konnte.

Wir unterhielten uns, wir spielten, wir kabbelten, wir machten Pläne für Reisen in kalte Länder, wir diskutierten. Wir telefonierten mit seiner Mutter Rosetta, die sich so für ihn freute und stolz auf ihn war und die sich auch immer von mir verabschieden wollte. Er hatte angefangen, mir Russisch beizubringen, so wichtige Dinge wie *moy lyubov*, was in etwa: *mein Schatz* bedeutete, und ich beschwerte mich spielerisch darüber, dass es nicht hilfreich war, wenn ich meine neu gewonnenen Sprachkenntnisse nur bei ihm anwenden konnte. Doch auch sein liebesverhangener Blick war ein Geschenk, das mein Herz flattern ließ. Wir lachten so viel und so oft – im und außerhalb des Betts. Der Ort, an dem ich schlief, war mir auf eine Weise wichtig geworden, die überhaupt nichts mit Sex zu tun hatte.

„Domin?"

„Entschuldige", sagte ich, als ich feststellte, dass ich wie ein Irrer grinste. Dann verließ ich den Raum.

„Domin!"

Ich hielt inne und konnte ein genervtes Stöhnen nicht unterdrücken, als er sofort zu mir aufschloss und mir sehr nahekam.

„Aus irgendeinem Grund scheinst du mich im Moment gar nicht wahrzunehmen. Also werde ich eine Weile hierbleiben, bis sich das ändert."

Wie er nun da stand, fiel mir zum tausendsten Mal auf, dass Koren Church ein wirklich atemberaubend gut aussehender Mann war. Auf der anderen Seite war er aber überhaupt nicht, was ich brauchte.

Da wurde mir eines plötzlich klar: „Oh! Vielleicht keine Frau, sondern ein Mann."

„Wovon sprichst du?", raunzte er mich an.

„Du hast zu Hause mit jemandem geschlafen, der dich zu Tode erschreckt hat."

„Ich, du … ich. Nein."

„Ach, Koren", sagte ich lachend. „Komm schon. Ich habe den Nagel auf den Kopf getroffen, oder? Erzähl mir alles!"

Ohne ein weiteres Wort ließ er mich stehen. Mein Lachen folgte ihm.

„Mein Herr?"

Kabore kam mir entgegen. „Ja?"

„Wer war das?"

Ich erwiderte seinen Blick. „Ein ehemaliger Liebhaber."

„Was seine völlige Respektlosigkeit erklärt. Hatte er überhaupt die Erlaubnis, einfach so wegzugehen?"

„Nein, hatte er nicht."

„Du solltest ihn auspeitschen lassen."

„Nein, lass uns lieber einen Spaziergang über den Markt machen."

„Ich werde den Khatyu Bescheid geben."

„Nein", sagte ich. „Lass einfach nur uns gehen, nur du und ich."

Er schüttelte den Kopf, so wie er es immer tat, wenn er mich unglaublich anstrengend fand. „Mein Herr", versuchte er es mit geduldiger Stimme, „ich erkläre gern noch einmal, was …"

„Komm einfach mit", bat ich ihn. Ich stieß ihn einladend mit der Schulter an und lief dann einfach los.

Er rief mir hinterher, dass ich warten solle.

4

ICH LIEBTE es, in der Abenddämmerung – und mehr noch in der Nacht – über den Markt zu schlendern. Die Zelte, das Licht der Laternen und Feuerkörbe, die kleinen Besuchergruppen, der Geruch von gebratenem Fleisch, der scharfe Duft von Weihrauch, die Blüten der Wüstenblumen und die vielen verschiedenen Gewürze: Das alles beruhigte und erfreute mich. Es war nicht viel los, trotzdem hing allem ein Gefühl von Bewegung und Aufbruch an.

Die Menschen, die auf mich zukamen, um mich zu begrüßen, mich zu berühren oder zu umarmen, während ich mit meinen fünf Wachen vorbeilief, hatten alle denselben ehrfürchtigen Gesichtsausdruck. Sie freuten sich, mich zu sehen, und ich wusste auch, warum: Ganz unerwartet hatte ich mich nicht als ein Anführer für die Reichen und Mächtigen herausgestellt. Mir kam es mehr darauf an, die Lebensqualität meines gesamten Stamms zu verbessern. Mich interessierte nicht nur die Elite. Mich interessierte der kleine Mann.

Ich hatte ein Stockwerk der Villa für die Allgemeinheit geöffnet. Die Wachen standen jetzt am Treppenaufgang und nicht mehr am Eingang. Die Bibliothek, die vielen Schriften und die Archive waren für alle zugänglich, sodass jeder dort lesen und studieren konnte, der mehr über die Geschichte der Werpanther wissen wollte. Ich hatte dafür gesorgt, dass alle Texte, die der Tempel von Satis beherbergt hatte, hierher in die Villa geschafft wurden. Als ich den neuen Priester Asdiel Kovo besucht hatte, war er erschüttert gewesen, dass ich vorhatte, seine heiligen Schriften mitzunehmen, in die seit Jahren niemand mehr einen Blick geworfen hatte. Doch Mikhail war bei mir gewesen. Sein eigenes Wissen, gepaart mit dem seiner neuen Mentoren – den Mitgliedern vom Rat von Ennead –, hatte dafür gesorgt, dass Kovo keine Chance gehabt hatte, irgendwelche Einsprüche gegen meinen Plan zu erheben. Die Bibliothek konnte sich an jedem beliebigen Ort befinden. Es gab kein Gesetz, das vorschrieb, dass sie sich im Haus des Priesters in Satis befinden musste. Und so musste Kovo tatenlos zusehen, wie ich alle Bände aus den Räumen unter seinem Haus entfernte.

Während ich an Kabores Seite über den Markt lief, dachte ich an das letzte Mal zurück, als ich in Satis gewesen war. Das war zwei Monate vor dem Tag gewesen, als ich Kovo derartig in die Schranken gewiesen hatte. Ich war dort gewesen, um Hamid Shamon zu treffen, den vorherigen Priester von Chae Rophon. Er hatte mich an sein Sterbebett gerufen und niemanden hatte das mehr überrascht als mich selbst. Ich hatte mich auf den Stuhl neben seinem Bett gesetzt und war entzückt gewesen, als er meine Hand ergriffen hatte.

„Der Weg, der zur Veränderung führt, ist steinig", sagte er. „Bleibe deinem Pfad treu. Damit Traditionen überleben können, müssen sie im täglichen Leben der Menschen Platz und Akzeptanz finden."

In diesem Moment war mir klar geworden, dass ich seine missbilligenden Blicke genauso vermissen würde wie seine freundlichen Worte und seine tätschelnde Hand auf meiner Schulter.

„Du versuchst, Verbesserungen herbeizuführen. Dir muss aber klar sein, dass mein Nachfolger nur nach Macht streben wird. Darauf solltest du vorbereitet sein."

Damals konnte ich noch nicht wissen, wie recht er haben würde.

Auf Hamid Shamon folgte Asdiel Kovo und er hasste mich mit einer Leidenschaft, die aus Fanatismus und Gesetzestreue erwuchs. Die ganze Sache war mir völlig unverständlich. Er war derjenige, der mich als *kadish* – als unrein – bezeichnet hatte. Er war es auch gewesen, der fand, dass nicht ich, sondern Elham El Masry der Semel-aten hätte werden sollen.

Ich gehörte nicht dem Stamm Rahotep an. Ich war kein Ägypter. Ich sprach weder Farsi noch Arabisch. Ich kleidete mich nicht gemäß der hiesigen Tradition und meine Ansichten zu Erziehung, zur Rolle der Frau, zu Obdachlosen und zu gleichgeschlechtlichen Partnerschaften waren heretisch. Er sah in mir eine Gefahr für den Stamm und eine Belastung für die Gemeinschaft der Werpanther. Ich war unheilig, unrein – kurz: eine Abnormität. Wir verstanden uns vom ersten Tag an als Feinde.

Mit der Zeit stellte sich heraus, dass ich zwar neu, aber von großartigen Menschen umgeben war, die sich nicht korrumpieren ließen. Und ich wusste, was ich tat. Als er erkannte, dass er mich nicht bloßstellen oder ins Boxhorn jagen konnte, besann er sich auf eine althergebrachte Taktik: Er versuchte, mich zu töten.

Bevor ich sie ihm weggenommen hatte, hatten mich einige Shu in der Nacht angegriffen. Sie hätten in der Lage sein sollen, mich zu töten, doch da mein Sheseru Taj einer von ihnen gewesen war, wusste er, worauf er achten musste. Wir nahmen drei gefangen und brachten sie später zu ihrem Phocal Jamal Hassan, der um das Leben seiner Männer bat. Dass sie sich in meinem Gewahrsam befanden, sagte alles über ihr Verbrechen.

Ich wartete mit meiner eigenen Wache im Tempel von Satis, und als Kovo schließlich auftauchte, ließ ich ihn wissen, dass sein Phocal bereits um das Leben seiner Männer gebeten hatte. Um ihr Leben zu schonen, fehlte mir nur das Geständnis von Kovo selbst. Es überraschte mich nicht, dass er dies verweigerte. Jamal hingegen war völlig überrumpelt. Das war der Augenblick, in dem er seine Loyalität überdachte. Und ich machte deutlich, wer von uns sich herabließ, für das Leben der ihm unterstellten Männer im Dreck zu kriechen, und wer nicht.

„Und würdest du einen Fremden um mein Leben bitten?", hatte Jamal gefragt.

„Das würde ich", hatte ich ihn wissen lassen. Dabei sah ich ihm fest in die Augen. Dann befahl ich seinen Männern, sich zu erheben und sich an seine Seite zu stellen.

Ich gestattete ihnen weiterzuleben, obwohl sie mir das Herz herausgerissen hätten, wenn alles nach Plan verlaufen wäre. Yuri vergab nicht so bereitwillig. Er hatte Jamal verboten, sich jemals wieder allein in meiner Gegenwart aufzuhalten. Einen Phocal derart zu sanktionieren, war eine schwerwiegende Beleidigung.

Jamal war auf Yuri zugestürmt, hatte ihn am Kragen gepackt und gegen die Wand geschleudert. Doch bevor er auch nur das Wort ergreifen konnte, donnerte Yuri schon los.

„Wie kannst du es wagen, die Hand gegen mich zu erheben? Ich bin der Gefährte des Semel-aten ... Für diese Beleidigung könnte ich dich töten lassen."

Ich sah, wie Jamal förmlich in sich zusammensackte. Er ließ die Schultern hängen und seine zu Fäusten geballten Hände entspannten sich langsam. Was auch immer der Priester von mir und Yuri hielt: Ich hatte vor der gesamten Werpantherwelt verkündet, dass dieser Mann zu mir gehörte. Er war *Sekhem*. Manche Texte sprachen vom *Arm des Semel*, manche auch einfach von seinem *Herzen*. Ich hatte nicht einmal gewusst, dass es einen solchen Begriff gab, bis ich mich bei Mikhail darüber beschwert hatte, dass ich Yuri nicht als *Geliebten* bezeichnen wollte, so wie es die Tradition eigentlich vorschrieb.

Das lag an Jin.

Das Gesetz verlangte von allen Reahs, dass sie zu ihrem sechzehnten Geburtstag dem Semel-aten vorgestellt wurden. Vor allen anderen sollte dieser prüfen dürfen, ob die Reah nicht vielleicht seine wahre Gefährtin war. Ich aber wollte das gar nicht wissen. Wenn es irgendwo da draußen eine weibliche Gefährtin für mich gäbe: was sollte ich mit ihr anfangen, wenn sie mir als halbes Kind vorgestellt wurde? Ich hatte Logan beobachtet und wusste daher, dass es unmöglich war, dem Sog einer wahren Gefährtin zu widerstehen. Dieses Risiko wollte ich nicht eingehen. Ich wollte meine Reah nicht finden. Ich war völlig zufrieden damit, ohne meine vermeintliche zweite Hälfte zu leben. Ich strich das Gesetz, dass der Semel-aten eine Reah als erster sehen sollte, denn obwohl der erste Teil dieses Gesetzes mir Angst machte, war der zweite Teil grauenvoll für die arme Reah.

Wenn dem Semel-aten danach war, die Reah in seiner Nähe zu behalten, so war ihm das erlaubt. Es war sein gutes Recht. Unter seinem eigenen Dach konnte er frei über sie verfügen und ihr späterer Gefährte würde dankbar dafür sein, dass der Semel-aten ihr Zuflucht geboten hatte. Sollte sie niemals ihren Gefährten finden, so blieb sie auf Lebenszeit als Wosret beim Semel-aten – als seine Geliebte. Jedes Jahr zum Fest des Tales konnte er sie vor versammelter

Mannschaft antreten lassen. Dann hatte sie, von allen bestaunt, die Chance, nach ihrem Gefährten zu suchen. Natürlich waren die Chancen, jemals einer Reah zu begegnen, verschwindend gering. Es hatte immer geheißen, dass es schier unmöglich war ... und doch war ich in meinem Leben schon zwei Reahs begegnet. Eine war mit Logan Church verbunden und die andere hatte als Wosret bei meinem Vorgänger Ammon El Masry gelebt. Sie war vor ihm geflüchtet und schließlich so von dem Gedanken besessen gewesen, nie wieder unter seiner Gewalt zu stehen, dass sie darüber wahnsinnig geworden war. Sie hatte völlig den Verstand verloren, bevor sie für ihren Wahn mit dem Leben bezahlt hatte. Und obwohl es keine andere Möglichkeit gegeben hatte, als sie zu töten, so war dieser Schritt doch bedauerlich gewesen. Ich konnte mich an sie während ihrer letzten Tage erinnern. Sie war geistig verwirrt und rachsüchtig gewesen. Die Mitglieder meines Haushalts hatten begriffen, dass sie die letzte ihres Standes hier gewesen war. Ich würde nicht erlauben, dass man Yuri mit ihr auf eine Stufe stellte. Und da hatte dann Mikhail in alten Texten das Wort *Sekhem* gefunden und mir bestätigt, was es bedeutete. Ich verkündete allen, dass mein Gefährte von nun an so angesprochen werden sollte.

Sein Dienstherr, der neue Priester, hatte Jamal Hassan beschämt. Als er zwei Wochen später heimlich bei mir vorsprach, empfing ich ihn zusammen mit Yuri, Mikhail und Taj und akzeptierte seinen Treueeid. Er stellte sich und seine Männer in meinen Dienst. Yuri hob das Verbot auf, dass Jamal sich nicht allein in meiner Gegenwart befinden durfte, und hieß ihn stattdessen als Bruder willkommen. Dies berührte Jamal mehr, als ich gedacht hätte. Er nickte ihm schweigend zu, unfähig, die richtigen Worte zu finden, und ergriff kurz Yuris Arm.

Es hatte Spaß gemacht, Zeuge dieses Moments zu sein.

Auch Taj war überwältigt gewesen. Er war gleichermaßen verblüfft und begeistert, weil er plötzlich die Unterstützung der Shu genoss. Kein Semel-aten hatte bisher dem Priester seine Wache weggenommen. Das war ein ziemlicher Coup gewesen. Kovo empfand das natürlich als Niederlage und machte mich verantwortlich. Es war nur eine Frage der Zeit, bis wir ernsthaft aneinandergeraten würden.

Es schien, als hätte ich mein ganzes Leben darauf gewartet, was wohl als nächstes geschehen würde – und das bezog sich nicht nur darauf, dass ein anderer Mann mir nach dem Leben trachtete. Während ich mit Kabore über den Markt lief, an Ständen und Cafés vorbei, die in der warmen Abendluft schwere Gerüche verströmten, wurde mir plötzlich klar, dass ich ständig damit rechnete, dass mich jemand verließ, enttäuschte oder infrage stellte. Das führte dazu, dass ich meinen eigenen Entscheidungen stets misstraute. Selbst Koren, der offensichtlich hier aufgetaucht war, um mich zu umgarnen, war der Meinung, dass ich nicht richtig tickte. Es war ermüdend, von denen, die mir am nächsten standen, anzuhören, dass ich versagte, während mich Fremde lobten. Der Einzige, der das nicht tat – der mich nicht hinterfragte oder mich wie einen Idioten behandelte –, war Yuri. Und dafür liebte ich ihn.

„Mein Herr!"

Ich drehte mich um und entdeckte Jamal. Sein Gesicht war aschfahl, als er mit fünf Männern auf mich zu kam.

„Ernsthaft? Ich bin noch nicht mal eine halbe Stunde weg. Was kann in der Zeit schon passieren?"

„Wir wurden informiert, dass Elham El Masry eingetroffen ist. Er ist in Begleitung des Semel vom Stamm Wepwawat, Rahab Bahur."

Ich wartete, ob noch mehr kam.

„Mein Herr?"

Er rechnete offenbar mit irgendeiner Reaktion meinerseits. „Tut mir leid, aber wer ist dieser Rahab Sonst wer und warum sollte mich das interessieren?"

„Du weißt nicht, wer Rahab Bahur ist?", wollte Kabore wissen.

Damit hatte er meine Aufmerksamkeit. Jamal hingegen riss entnervt die Arme in die Luft. Offenbar fand er meine Unwissenheit unfassbar.

Kabore war sprachlos.

„Raus damit", befahl ich.

„Mein Herr, der Stamm Wepwawet handelt mit Öl und Gas, daher kommt der Reichtum des Stammes. Rahab verfolgt auch einige Geschäftsfelder, die weniger ..."

„Legal sind?", beendete ich den Satz für ihn.

„Ja."

„Also ist er ein Gangster."

„Nein, er ist der Kopf eines Verbrechersyndikats, das mit Drogen und Menschen handelt."

„Also Prostitution."

„Ja, er verschiebt auch Waffen."

„Ein Krimineller."

„Ja, schon. Aber ..."

„Und welche Rolle spielte der Semel-aten in seinem Leben?"

Er räusperte sich. „Er und Ammon hatten die Vereinbarung, dass Ammon ihn in Ruhe lassen würde, solange durch seine Aktivitäten keine Menschen auf uns aufmerksam werden."

„Aber ...? Das klingt, als gäbe es ein aber."

„Aber jetzt ist er hier und sein Kämpfer wird Crane in der Arena herausfordern. Sein Stamm ist sehr klein, aber es ist der einzige Stamm, den ich kenne, der nicht in einer Stadt oder Region ansässig ist, sondern der sich als Gemeinschaft Gleichgesinnter versteht. In jedem Land der Welt leben Mitglieder des Stammes Wepwawet. Sie agieren als Handlanger, sonst nichts."

Die Sache war also die, dass er kein echter Semel war, sondern der Kopf einer kriminellen Organisation. Es handelte sich um eine bunte Mischung, nicht um einen Stamm oder eine Familie im engeren Sinne. Sie jagten nicht zusammen und es gab auch keine Zusammenkünfte. Sie schworen einem Kriegsherrn die Treue, nicht einem König, der sie schützen, führen und anleiten würde. Ich hatte recht gehabt, er war wirklich ein Gangster.

„Mein Herr." Kabore schien förmlich zu betteln. „Du solltest diese Herausforderung ernst nehmen. Warum würde sich ein Mann wie Rahab Bahur mit Elham El Masry einlassen? Warum möchte er Ebere als seinen neuen Freund gewinnen? Was hat er davon, wenn er Crane Adams tötet?"

„Er kommt an mich heran", schlussfolgerte ich. „Offensichtlich möchte dieser Unterweltler, dass Elham zunächst Maahes und dann Semel-aten wird."

„Ja", stimmte Jamal zu. „Genau das will er."

„Zumindest wissen wir das jetzt." Ich zuckte mit den Schultern.

Kabore ließ nicht locker. „Und das macht dir keine Angst?"

„Hast du Rahabs Mann kennengelernt? Meinst du, er kann Crane schlagen?"

„Ich weiß es nicht. Schließlich habe ich Cranes Mann noch nicht getroffen", sagte er. „Du etwa?"

„Das habe ich nicht, und jedes Mal, wenn ich nachfrage, sagt Crane nur, dass er alles unter Kontrolle habe. Vielleicht sollte ich mit ihm sprechen."

„Ich weiß nicht, wie du das anstellen willst, denn er ist nach Kairo gereist", wandte Jamal ein.

„Nach Kairo? Wozu?"

Er atmete hörbar aus, offenbar wenig begeistert. „Wenn ich das wüsste."

„Sind Rahab und Elham in der Villa?"

„Nein, aber er wird jeden Moment eintreffen. Genauso wie sein Kämpfer, sein Sylvan und sein Sheseru", meinte Kabore.

Ich fühlte mich plötzlich sehr müde. „Dann heißen wir sie wohl besser willkommen."

„Natürlich, mein Herr."

„Ich muss dir dazu raten, sehr vorsichtig zu sein."

„Das werde ich."

„Mein Herr", unterbrach Jamal. „Du musst verstehen, dass es sich um sehr einflussreiche Männer handelt."

„Ich denke, mit Einfluss kenne ich mich aus", entgegnete ich.

Er schwieg für einen Augenblick, weil er wohl selbst verstand, was er da gerade gesagt hatte. Dann verbeugte er sich tief.

SCHWEIGEN HATTE ich schon immer hilfreich gefunden. Als nun Elham El Masry mit Rahab Bahur zu seiner Linken vor mir stand, wartete ich einfach ab.

„Wir fordern hiermit deinen Maahes heraus", sagte Elham zu mir, Mikhail, Taj, Jamal und Kabore. Er sprach von Crane, dessen Abwesenheit ziemlich offensichtlich war. „Der Kampf wird morgen zur Mittagszeit stattfinden."

Ich wartete immer noch ab.

Sie schwiegen.

Meine Augenbraue hob sich langsam. „Habt ihr noch etwas zu sagen?"

Elham sah mich finster an. „Ich denke doch, ich habe bereits mehr als genug gesagt."

Ich räusperte mich. „Mein Maahes Crane Adams nimmt die Herausforderung an und kämpft gegen deinen Mann im Forum."

„Wir werden das Colloseum brauchen, mein Herr. Der Kampf findet zu Pferde statt."

Ich hatte keine Ahnung, was das heißen sollte. „Natürlich", sagte ich und rief Taj zu mir. „Bitte geleite diese Männer zu ihrer Unterkunft und postiere einige der Shu vor ihren Türen und Balkonen."

Rahab lachte amüsiert auf. „Ich habe gehört, dass du dir die Shu Untertan gemacht hast. Wenn Elham erst Semel-aten ist, werden sie wieder Asdiel Kovo unterstellt."

Und damit hatte er es ausgesprochen.

„Du hättest gern Elham El Masry als Semel-aten?"

„Jawohl", erklärte er, bevor Elham ihn am Arm fassen und zum Schweigen bringen konnte. „Du bist ein Ungläubiger und deine Position ein Sakrileg. Du bist *kadish* und ziehst uns alle in den Schmutz."

Ich ließ das einen Augenblick wirken, ließ die Worte die Luft um uns herum ausfüllen, sodass sowohl seine als auch meine Gefolgsleute sie in sich aufnehmen konnten. Sie alle waren Zeugen dieser Drohung, und El Masry würde nie behaupten können, dass er die Worte nicht laut ausgesprochen hatte.

„Hast du mich gehört?"

„Das habe ich", sagte ich und sah ihm in die Augen. „Und für diese Worte werde ich dich ins Exil schicken und deinen Erben zum Semel machen, sobald Elhams Mann besiegt ist."

Rahab machte ein abschätziges Gesicht. Offensichtlich hatte er großes Vertrauen in Elhams Kämpfer. „Tu das, Semel-aten."

Ich zuckte mit den Schultern, um ihn sehen zu lassen, dass ich mir keine Sorgen machte. Dann warf ich Elham einen Blick zu. „Nun zu dir: Sobald Cranes Mann deinen Kämpfer besiegt hat, wirst du deinen Anspruch auf Ebere fallen lassen. Sie und ihre Kinder werden nie wieder etwas von dir hören."

Er explodierte förmlich vor Wut. „Ich bin ihr Schwager und der Onkel ihrer Kinder!"

„Die Kinder gehören mir", erwiderte ich mit ebenso lauter Stimme. „Ich habe sie als meine eigenen angenommen, sie gehören mir genauso, wie sie ihrem Vater gehört haben. Ich …"

„Sie sind Ammons, du Hurensohn! Du wüsstest doch nicht einmal, was du im Bett einer Frau tun müsstest. Du bist ein Sodomit und ein …"

„Ruhe!", zischte Mikhail. „Du sprichst hier mit dem Semel-aten. Dafür könnte er dich ..."

„Deine Worte besiegeln dein Schicksal", unterbrach ich ihn und machte einen Schritt auf ihn zu. „Morgen, wenn der Kämpfer meines Maahes den Sieg davonträgt, werden euer beider Leben verwirkt sein."

„Und wenn mein Mann gewinnt", säuselte Elham, „ist dann dein Leben verwirkt?"

Er war sich seiner Sache wirklich sehr sicher. „Wenn du gewinnst und Maahes wirst", sagte ich mit einem unheilvollen Lächeln, „sind meine Tage sicherlich gezählt, oder?"

Ich sah den Hass in seinen dunklen Augen. „Das sind sie, mein Herr."

KURZ NACH Mitternacht sorgte ich in Eberes Zimmer für einen Aufruhr.

Die Dame des Hauses war wenig begeistert. „Was soll das bringen?" Dienerinnen schwirrten um uns herum und packten Eberes Hausstand zusammen. Es war geplant, dass sie so bald wie möglich abreisen würde. „Wenn Crane verliert, falle ich an Elham, egal, wo ich mich aufhalte. Ich würde meinem Schicksal lieber an deiner Seite gegenübertreten."

„Auf keinen Fall", widersprach ich. „Du gehst zurück nach Kairo und schnappst dir die Mädchen. Sollte Crane verlieren, wird Kabore dich informieren. In dem Fall setzt du dich ins nächste Flugzeug und schlüpfst bei Logan unter. Er wird dich beschützen."

„Ja, aber ..."

„Kein *aber*. Es gibt Gesetze und dann gibt es Logan. Er tut, was er für richtig hält. Er und sein Gefährte werden dich vor Elham El Masry beschützen."

„Aber Domin ..."

„Es ist einfach so: Niemand wird sich gegen eine Nekhene-Katze stellen."

„Da kann ich nicht widersprechen", wandte sie ein.

Ich lief ihr entgegen, zog sie an mich und legte meine Arme um sie. Ich umarmte sie so fest, dass sie schließlich nach Luft schnappte. „Tu einfach, was ich sage, meine Mastaba."

Sie legte mir die Arme um den Hals und vergrub ihr Gesicht in meiner Halsbeuge. „Als Mastaba hast du mir mehr Respekt und Liebe entgegengebracht, als ich als Yareah je erfahren habe. Ich bin sehr stolz, zu dir gehören zu dürfen, Domin Thorne."

„Als ich dich für mich beansprucht habe, habe ich es getan, damit ich mir keine Frau suchen muss, um Nachkommen zu zeugen. Doch heute würde ich es wieder tun, auch wenn du keine Kinder hättest. Ich mag dich irgendwie."

„Ich mag dich auch irgendwie."

Ich neigte den Kopf und küsste sie auf die Wange. „Bitte geh und tu, was ich dir sage."

60

„Das werde ich."

„Gut", seufzte ich. Ich ließ sie nicht los und sie versuchte nicht, sich aus der Umarmung zu befreien.

Bald verlor ich jedes Gefühl dafür, wie lange wir so dastanden.

5

IN DIESER Nacht schlief ich überhaupt nicht. Alles hing an einem Kampf, den ich in keinster Weise beeinflussen konnte.

Crane war nicht aufzufinden; es hatte ihn auch niemand gesehen. Sein Zimmer war leer, sein Bett unbenutzt und telefonisch war er nicht erreichbar. Ich dachte eigentlich, dass ich mir nicht noch mehr Sorgen machen könnte, doch dann suchte mich Kabore in meinen Privaträumen im zweiten Stock auf. Er fand mich in einem der kleineren Wohnzimmer.

„Wo ist Lilitha?", frage ich, denn in der Regel ging sie mir morgens zur Hand. Normalerweise brachte sie mir meinen Tee.

Er machte einen nervösen Eindruck und schien ungewöhnlich blass. „Es tut mir leid, mein Herr, aber sie ist tot."

Ich verschränkte die Arme vor der Brust und starrte ihn an. „Was ist passiert?"

„Heute Morgen habe ich sie dabei beobachtet, wie sie Honig in deinen Tee gegeben hat."

Ich kniff die Augen zusammen. „Aber ich mag keinen Honig."

„Dessen bin ich mir wohl bewusst, mein Herr." Er klang traurig. „Du magst nur Ziegenmilch und das auch nur am Abend."

„Ja", pflichtete ich ihm bei.

„Du verstehst also meine Beunruhigung, als ich sah, wie sie Honig in den Tee gab."

„Und?", forschte ich weiter, obwohl mir bereits klar war, wie die Geschichte weitergehen würde.

„Und so habe ich sie zur Rede gestellt. Als sie versuchte, mir einzureden, dass sie einfach nur einen Fehler gemacht habe, zwang ich sie, den Tee zu trinken." Kabore versagte fast die Stimme. „Sie entschuldigte sich und versicherte mir, dass sie dich wirklich mag. Aber letztendlich sei nur Elham El Masry geeignet, über Sobek zu herrschen."

„Sicher."

„Es ging schnell und war schmerzlos", versicherte er mir. „Schon nach wenigen Sekunden war sie tot. Auch dir wäre es so gegangen. Offensichtlich wollte sie nicht, dass du leiden musst."

Ich atmete tief ein, durchquerte das Zimmer und stellte mich an die Brüstung des Balkons. Es tat weh, von ihrem Verrat zu erfahren, aber es war auch beängstigend. Mein erster Gedanke war: Was, wenn Yuri zu Hause gewesen wäre? Mein zweiter Gedanke war: Was, wenn Kabore nicht so aufmerksam gewesen wäre und der Tee wäre auf meinem Tisch gelandet? Yuri trank seinen Tee tatsächlich mit Honig. Er hätte … Für einen Augenblick stockte mir der Atem.

„Mein Herr?"

Ich hatte Lilitha gemocht. Sie hatte ein freundliches Gesicht und ein sympathisches Lachen gehabt. Immer, wenn es in der Küche Granatäpfel gab, legte sie einen für mich beiseite. Sie hatte sich um mich gesorgt – zumindest hatte ich das bisher angenommen. Scheinbar war ich sehr schlecht darin, den Charakter eines Menschen einzuschätzen.

Ich brauchte einen Moment, bis ich mich wieder unter Kontrolle hatte.

„Danke, dass du mir das Leben gerettet hast", sagte ich schließlich. Ich war nicht in der Lage, ihm ins Gesicht zu sehen. „Jeden Tag verstehe ich ein bisschen besser, warum du zunächst Ammon El Masrys Verwalter warst und jetzt meiner bist."

„Verzeihung, aber ich war nicht Ammons Verwalter."

Das war mir neu. Ich warf ihm über die Schulter einen Blick zu.

„Ich bin zusammen mit Ebere aus Kairo gekommen. Ich war nur einer von vielen und als sie zurück nach Hause gegangen ist, bin ich geblieben."

„Das wusste ich nicht", sagte ich.

„Also du gekommen bist, wollten alle wissen, wer dem Ungläubigen den Haushalt führen würde. Und ich sagte, dass ich, Kabore Nour, das tun würde. Ich denke, es war Schicksal."

Ich runzelte die Stirn.

„Da ich aus Eberes Haushalt stamme, gehöre ich dem Stamme Khepri an und nicht Rahotep. Ich würde nie wieder das Vertrauen eines Semel genießen."

Das machte Sinn.

„Aber du … der Eigenbrötler aus Amerika …"

„Eigenbrötler?", neckte ich ihn.

„Stimmt doch", sagte er und zeigte auf mich. „Du bist eine Sünde, oder nicht?"

„Ich bin eine Sünde?" Auch das war mir neu.

„Du bist unrein, du gehörst nicht dem ersten Stamm an und alle sagen, deine Herrschaft wäre ketzerisch, aber das denke ich nicht."

„Ach, nein?"

„Du scheinst mir ein Mann zu sein, dessen Glaube auf die Probe gestellt worden ist. Doch es ist dein Schicksal, Semel-aten zu sein. Wie sonst könntest du hier sein?"

Dieser Punkt war nicht von der Hand zu weisen.

„Du bist vom anderen Ende der Welt gekommen und hast Ammon El Masry in der Mongolei getötet – einem Ort, von dem er vermutlich nicht annahm, dass er ihn je besuchen würde. So viele Dinge mussten passieren, bis du an diesem Ort und zu dieser Zeit ankommen konntest, um El Masry zu töten. Ich finde das faszinierend. Als man mich dann fragte, ob ich deinen Haushalt führen wolle, habe ich das bejaht."

„Das freut mich."

„Ich bin sehr stolz darauf, dein Verwalter sein zu dürfen."

„Danke."

„Und ich werde an deiner Seite stehen, bis sich die Dinge geändert haben."

Wir sahen uns für einen langen Augenblick einfach nur an.

„Hast du dich nicht auch einmal nach einem eigenen Leben, einer eigenen Familie gesehnt?"

„Nicht allen Männern ist es bestimmt, einen Partner zu finden. Andere, wie du selbst, werden keine eigenen Kinder zeugen. Und doch gibt es viele Arten, einander zu dienen, oder nicht?"

Das stimmte wohl.

„Ich bin hier, um dir zu dienen. Dir und deinem Sekhem."

Ich musste die Frage einfach stellen. „Und du findest es nicht abscheulich, dass mein Gefährte ein Mann ist?"

„Wer bin ich, das Schicksal infrage zu stellen?"

Wohl wahr. „Danke, dass du mir das Leben gerettet hast." Ich konnte das nicht oft genug wiederholen.

„Danke, dass du es mir einfach gemacht hast", sagte er mit brechender Stimme. „Wenn du tatsächlich deinen Tee mit Honig trinken würdest, wäre das ungleich schwieriger gewesen."

„Vielleicht bist du mein Beschützer."

„Vielleicht."

Als ich die Geschichte eine halbe Stunde später Jamal im Thronsaal erzählte, musste ich ein wenig Dampf ablassen.

„Es scheint, dass ich niemandem außer meinen engsten Freunden vertrauen kann."

„Nein, mein Herr, denn du kannst mir vertrauen", sagte er im Brustton der Überzeugung. „Ich – ebenso wie Kabore – bin vertrauenswürdig. Ich bin dein Mann."

Aber wie konnte ich seinen Worten Vertrauen schenken?

Jamal machte einen unglücklichen Eindruck. „Ich bringe Neuigkeiten. Leider sind es keine guten."

Ich drehte mich zu ihm um. „Was könnte schlimmer sein, als zu erfahren, dass die Frau, die mir jeden Tag den Tee bringt, versucht hat, mich zu töten?"

„Elham El Masrys Kämpfer ist Shahid Alon."

Das war einmal der zweite Anführer der Shu gewesen. Er hatte seine Position aufgegeben, um mir nicht dienen zu müssen. Nun würde er sich Cranes Mann stellen. Das musste ich erst einmal sacken lassen. „Dort hat er also Zuflucht gesucht, als ihr mir die Treue geschworen habt."

„Ja. Ich habe dir erzählt, dass er zurückgetreten ist. Aber ich hatte keine Ahnung, wohin er gegangen ist."

„Wie solltest du auch? Er fiel nicht länger in deine Zuständigkeit."

„Ich möchte einfach, dass wir uns nicht missverstehen. Ich habe nichts von ihm gehört, daher wusste ich nicht, dass er Elham die Treue geschworen hat."

„Das weiß ich", versicherte ich ihm. „Hättest du das gewusst, hättest du mich davon in Kenntnis gesetzt."

„Ja, das hätte ich getan."

„Ich wusste nicht, dass Elham Männer an sich binden kann. Er ist kein Semel."

„Er hat keinen eigenen Stamm. Tatsächlich gehört er deinem Stamm, dem Stamm Rahotep, an. Er kann Männer an sich binden, weil er der Erbe des Semel ist."

„Dieser Mann ist nicht mein Erbe", korrigierte ich ihn.

„Dem Gesetz nach ist er das durchaus, denn du hast noch keinen neuen Erben ernannt. Solltest du also sterben …"

„Dann wäre er Semel-aten."

„Ja."

Ich musste lachen. „Ich werde heute Nacht einen Erben ernennen."

„Hervorragend. Aber wegen Shahid …"

„Was ist mit ihm?"

„Du machst dir keine Sorgen?"

„Natürlich tue ich das", widersprach ich. „Sag mir, was ich tun soll!?"

„Mein Herr." Jamal kam näher. „Ich habe versucht, mit Shahid zu sprechen. Auch Taj hat es versucht, doch er scheint sehr überzeugt zu sein von dem Weg, den er eingeschlagen hat."

„Ich bin sicher, dass er das ist."

Er kam noch näher. „Vielleicht, wenn du …"

„Selbst, wenn er gern mit mir im Bett war … selbst, wenn er sich daran erinnert, hilft mir das jetzt nicht", sagte ich und ließ meinen Blick über das Tal und die Berge schweifen. „Er ist überzeugt, dass ich unrein bin. Vielleicht hat gerade er das Recht, das zu behaupten."

Schweigen breitete sich aus, also hatte Jamal dem wohl nichts hinzuzufügen. Wenn ich mir nur genügend Mühe gab, konnte ich jeden schockieren.

ES WAR heiß, aber das war es ja eigentlich immer. Es gab verschiedene Arten von Hitze, aber kühl war es eigentlich nur im Schatten oder manchmal in der Nacht. Ich saß auf einem Podium, von dem aus ich das Colloseum überblicken konnte, und obwohl über mir ein seidener Baldachin Schatten spendete, lief bei mir der Schweiß in Strömen. Der Stoff meiner Robe war zwar leicht, doch die vielen Schichten

Kleidung ließen mich dann doch schwitzen. Trotzdem war das das geringste meiner Probleme. Viel schlimmer wog die Szene, die sich vor meinen Augen abspielte.

Crane tauchte auf, als die Herausforderung ausgerufen wurde. Er kam aus dem Innenhof und lief mit seinem Kämpfer im Gleichschritt. Er hatte keine Erklärung für mich übrig und grüßte mich nicht einmal, als er an mir vorbeilief. Er wollte einfach nur so schnell wie möglich das Forum erreichen. Ich konnte den drohenden Kampf nicht aufhalten, nur um mit meinem Maahes ein paar Worte zu wechseln. So etwas war nicht erlaubt. Während ich ihm folgte, überlegte ich mir tausend Möglichkeiten, wie ich ihn ins Jenseits befördern könnte.

Ich hielt den Atem an. So etwas wie diese Prüfung hatte ich noch nie gesehen. Sie hieß Krieger des Sonnengottes – oder auch Khatyu des Ra – und war eher schnell als blutig. Jede Prüfung in einer Arena, der ich bisher beigewohnt hatte, war Biest gegen Biest oder auch Semel gegen Semel gewesen. Immer waren es Werpanther, die versuchten, sich gegenseitig das Herz herauszureißen. Doch ein Wettrennen hatte ich noch nie gesehen.

Das Prinzip war einfach: Elhams bester Mann gegen Cranes.

Ich saß auf meinem Thron – Mikhail und Jamal an meinen Seiten – und wusste, dass Elham, sollte er gewinnen, Cranes Kopf verlangen und dann seinen Platz in meinem inneren Kreis einnehmen würde. Dort könnte er sein Gift versprühen und Ebere als Gemahlin beanspruchen. Rahab Bahur würde Zugang zu allem haben, was ich tat, und zusammen mit Elham würden sie meine Macht so lange aushöhlen, bis ich ein Gefangener in meinem eigenen Haus wäre. Noch schlimmer war nur die Vorstellung, dass sie Yuri nachstellen würden, sobald sie mit mir fertig waren.

Mir wurde schlecht.

Ich war wütend auf Crane, weil er einen Weg eingeschlagen hatte, der nicht nur zu seiner, sondern auch zu meiner Vernichtung führen konnte. Fast musste ich mich übergeben.

Jin würde mir nie vergeben, sollte Crane sterben. Die Vorstellung, was Logan tun würde, war noch schrecklicher.

Mir lief ein Schauer über den Rücken, obwohl die Sonne alles in gleißende Hitze tauchte. „Du hast geschworen, dass du eine Möglichkeit hast, dieser Herausforderung zu begegnen", rief ich zu Crane herunter.

Er schwieg, als zwei Reiter auf herrlichen arabischen Pferden in die Arena galoppierten. Noch nie hatte ich solch wunderschöne Pferde gesehen. Das eine war weiß, das andere schwarz – eine äußerst passende Symbolik.

Crane stand fünf Treppenstufen unter mir zu meiner Rechten, Elham links von mir. Er sah sich über die Schulter zu mir um und grinste.

„Domin."

Ich sah auf und direkt in die dunkelgrünen Augen von Koren Church.

„Darf ich während des Wettstreits neben dir stehen?"

Ich nickte, dankbar für die Unterstützung.

„Gut." Er stellte sich neben mich und legte mir eine Hand auf die Schulter. Ein paar Meter entfernt von mir stand der Priester Asdiel Kovo auf, als die Trompeten erschollen. Die Reiter beruhigten ihre Pferde und dirigierten sie dann zur Startlinie. Beim nächsten Ton der Trompete hasteten beide Reiter-Pferd-Paare davon. Es war beeindruckend, so einem Schauspiel von Stärke zuzusehen und Zeuge zu sein, wie Mann und Tier zu einem Wesen zu verschmelzen schienen.

Niemand sprach, es herrschte eine angespannte Stille. Es war nur der Atem der Pferde zu hören sowie ihre donnernden Hufe auf dem festgetretenen Boden. Ihre Reiter feuerten sie an.

Wir alle sahen zu, wie sich die Pferde auf die erste Kurve zu bewegten. Die Reiter mussten abspringen, sich ausziehen, verwandeln und dann zu ihren *Herren* zurücksprinten. Die Legende besagte, dass die Khatyu des Ra in jeglicher Form – Mensch oder Panther – kämpfen konnten und zwar in Sekundenbruchteilen. Heutzutage konnten sich nur die Shu ähnlich schnell verwandeln. Ganz zufällig war es Elham gelungen, einen ehemaligen Shu-Krieger für sich zu gewinnen.

Als ich Crane beobachtete, fiel mir auf, wie stolz er aussah, als er die Robe hochhielt, in die sein Kämpfer seinen nackten Körper hüllen würde, sobald er ihn erreichte. Elham tat es ihm gleich und warf Crane einen Blick voller Verachtung zu.

„Jetzt verwandeln sie sich", flüsterte Koren.

Beide Reiter brachten ihre Pferde zum Stehen und sprangen von ihren Rücken. Doch schon hier hörten die Gemeinsamkeiten auf.

Als Cranes Reiter den Boden berührte, hatte er sich bereits verwandelt. Aus den wehenden Roben, dem Turban und all den anderen Kleidungsstücken, die zu Boden fielen, erhob sich der schlanke, muskulöse Körper des einzigen schwarzen Werpanthers, den es auf der Welt gab.

Die Menge erhob sich grölend, als auch Elhams Reiter sich fast sofort verwandelte. Es wäre eine beeindruckende Darbietung gewesen, wäre ihr nicht die Verwandlung einer Nekhene-Katze vorausgegangen. Sie flog förmlich die Stufen hinauf, während der zweite Panther den zwecklosen Versuch startete, sie noch einzuholen.

Die Nekhene hatte sich bereits in ihren Mantel gehüllt, ihn um die Hüfte herum zusammengebunden und winkte der Menge zu, als Shahid Alon am Fuß der Treppe bei Elham ankam.

Alles schrie durcheinander, als sich Jin Church, Reah des Stammes Mafdet und Gefährte des Semel-netjer, zu mir umdrehte und zusammen mit Crane Adams vor mir verbeugte.

„Der Herausforderer Elham El Masry ist unterlegen", verkündete der Priester von Chae Rophon mit lauter Stimme, damit die versammelte Menge ihn auch verstehen konnte. Sogar ich konnte das Bedauern in seiner Stimme wahrnehmen. Der Mann hatte Crane tot und mich geschwächt sehen wollen, doch so war es nicht gekommen. „Was sagst du, Semel-aten? Beanspruchst du diesen Reiter für dich?"

Er stellte mir diese Frage aus Tradition. Er ging nicht wirklich davon aus, dass ich antworten würde.

Ich sah zu Shahid hinüber, der sich zurückverwandelt hatte und ein erschrockenes Gesicht machte. „Ich beanspruche ihn für die Shu", sagte ich, als ich mich erhob. „Und falls er eine Gefährtin hat, beanspruche ich diese und jegliche Nachkommen, die aus dieser Union entstanden sind."

Ich war immer gründlich.

Der Mann schloss die Augen und ich konnte sehen, dass er langsam zu Atem kam.

Der Hurensohn.

Shahid hatte die Shu verlassen, hatte geheiratet und ein Kind gezeugt. Natürlich würde er alles tun, um seine Familie zu beschützen. Wer konnte wissen, wo Elham und Rahab seine Familie vor ihm versteckten? Vielleicht hatte sich Shahid meinen Feinden nicht angeboten. Vielleicht hatten sie sich stattdessen auf die Suche nach ihm gemacht, weil sie einen Kämpfer brauchten.

Manchmal entging mir so einiges, doch in anderen Momenten konnte ich mich auf mein Bauchgefühl ziemlich gut verlassen. Ich war mir sicher gewesen, dass Shahid mich nicht hasste – und ich sollte recht behalten. Er schützte Menschen, von denen ich nicht einmal wusste, dass sie zu ihm gehörten.

„Das kannst du nicht tun!", rief Elham El Masry.

„Er kann tun, was immer er will", antwortete der Priester, bevor ich es tun konnte. „Er ist der Semel-aten."

Ich hätte nie gedacht, dass ich einmal Zeuge werden würde, wie tausend Kehlen gleichzeitig meinen Namen riefen. „Domin Thorne" hallte es wie Donner durch die Arena.

Als ich Elham ansah, sah ich ihm an, dass er darüber nachdachte, Shahid anzugreifen. Dieser hatte seine Hoffnungen enttäuscht, denn kein Panther auf der Welt war schneller als Jin Church. Doch dann stand plötzlich Jamal Hassan, der Phocal des Priesters, zwischen den beiden, um seine eigene Drohung auszusprechen.

„Wie vom Semel-aten verfügt, verlange ich, dass die Familie dieses Mannes in spätestens drei Tagen hier eintrifft. Sollte ihnen auch nur ein Haar gekrümmt worden sein, werden sich die Shu dafür deinen Kopf holen."

Man sollte nicht vergessen, dass die Shu zwar zu meinem Schutz da waren, doch gleichzeitig Attentäter waren, die tödlichsten Panther der Welt.

„Ich habe dir doch gesagt", grinste Crane, „dass ich auf alles eine Antwort habe."

Ich musste meine ganze Selbstbeherrschung aufbringen, um nicht zu ihm zu gehen und ihm den Hals umzudrehen. Stattdessen tätschelte ich Korens Hand, bevor ich aufstand und zu Jin ging.

Er war wunderschön. Das war mir schon bei unserer ersten Begegnung aufgefallen. Er hatte blauschwarzes Haar, das schimmernd und glatt seinen Rücken hinabfiel, große, mandelförmige, graue Augen und feingliedrige Gesichtszüge. Bei seinem Anblick stockte einem der Atem. Aber was ihn für mich – und für alle, die ihn kannten – so besonders machte, war sein Herz. Jin verkörperte eine Reah in Perfektion – er nährte, er beriet und stand treu an der Seite seines Gefährten.

Allerdings konnte er auch unglaublich *furchteinflößend* sein.

„Mein Herr." Jin verbeugte sich tief. Ich legte ihm einen Finger unter das Kinn, sodass er den Kopf heben und mich ansehen musste. Seine Augen erinnerten mich so sehr an flüssige Juwelen, dass ich mich manchmal in ihnen zu verlieren drohte.

„Er ist zu dir gegangen, als er hätte zu mir kommen und mit mir sprechen müssen."

Jin richtete sich zu seiner vollen Größe auf und atmete ein. „Ja. Ich habe deutlich gemacht, dass das falsch war. Ich habe ihn angeschrien."

Und obwohl er ihn zurechtgewiesen und sogar angebrüllt hatte, um ihn wissen zu lassen, dass er etwas Falsches tat, hatte er nicht eine Sekunde gezögert, seiner Bitte nachzukommen. Ich fragte mich, was das wohl für ein Gefühl war: zu wissen, dass der mächtigste Werpanther der Welt einen Ozean überqueren würde, wenn ich ihn darum bat.

„Auch ich war mal ein Maahes", sagte ich in ernstem Ton. „Und ich habe meinen Semel nie so in der Luft hängenlassen, egal, wie sehr ich mich im Recht fühlte."

Ich fühlte, wie Jins Macht sich erhob und die Hand nach mir ausstreckte. Sie umarmte mich und rieb sich wie eine Katze an meiner Haut, sie waberte durch mich hindurch und zog sich dann zurück. Schließlich war es wieder nur Jin. Es war leicht zu verstehen, warum er das getan hatte.

Ja, er gab mir recht, und ja, Crane hatte unrecht gehabt. Doch tief drinnen war Crane immer noch zuallererst Jins Beset, der Vertraute einer Reah. Und ich wagte es, ihn zu kritisieren. Mehr noch, ich hatte zugelassen, dass er sich in Gefahr begab.

„Jin ..."

„Ich habe einen Fehler gemacht", gestand er. Dabei errötete er leicht.

Das hatten wir wohl beide, wenn es um Crane Adams ging.

Ich drehte mich um und wies die Shu an, Elham El Masry und Rahab Bahur zu verhaften. Der Applaus, als sie abgeführt wurden, war ohrenbetäubend.

RAHAB BAHUR wollte mich töten. Ich konnte es in seinen Augen sehen, obwohl er keinen Ton sagte. Er zitterte vor Wut. Zu seiner Rechten, an eine Eisenstange gekettet, stand Elham El Masry.

„Wir bitten um Gnade für sie, mein Herr", wagte der Priester von Chae Rophon, mir ins Gesicht zu sagen.

Der Sheseru, Sylvan und Maahes des Stammes Wepwawet knieten vor mir. Elham hatte niemanden, der für ihn hätte eintreten können, denn sein Stamm war der alte Stamm seines Bruders, der nun mein eigener war. Jeder, der geplant hatte, sich mir entgegenzustellen, hatte den Schwanz eingezogen, als dieser vermeintlich bombensichere Plan nach hinten losgegangen war. Alle, die nicht hier waren – also die Werpanther überall auf der Welt – würden erfahren, dass der Maahes des Semel-aten die Herausforderung mit Leichtigkeit abgewehrt hatte. Hätte Crane verloren – wäre irgendjemand außer Jin für ihn und mich in der Arena angetreten, hätte das einen Umsturz bedeutet. Vielleicht nicht am nächsten Tag oder in der nächsten Woche, aber sicherlich im nächsten Monat. Ich wäre tot gewesen und meine Herrschaft wäre zu einem Ende gekommen. Man hätte mich vom Thron gestürzt und stattdessen einen neuen Semel-aten ernannt. Doch nun war es so gekommen, dass ich meine Position hatte erhalten können. Mehr noch – ein weiterer Umsturzversuch erschien jetzt mehr als unwahrscheinlich. Das hier war ihre beste Chance gewesen. Sie waren sich so sicher gewesen, dass sie sogar ihre Motive bloßgelegt hatten. Genau das war ihr Fehler gewesen.

Sie warteten stundenlang auf mich. Ich verkroch mich in meinem Büro, das eigentlich mehr einem Empfangszimmer glich. Wäre Yuri hier gewesen, hätte ich keine Anrufe tätigen müssen. Da er es nicht war, gab es nur einen, bei dem ich mir Rat holen konnte.

„Hallo?"

Ihre Stimme kam klar und deutlich, selbst über das Satellitentelefon. „Delphine."

„Domin." Sie seufzte und quietschte dann. „O nein, ich meine – mein Herr!"

„Lass mich einfach nur Domin sein", bat ich. „Bitte."

Ich hörte sie lachen. Dann sagte sie: „Ja."

„Kann ich mit Logan sprechen?"

„Oh, Domin. Hier ist so viel los und es ist mitten in der Nacht und ..."

„Bitte."

Es folgten erst Schweigen und dann Stimmen und dann schließlich war Logan am Telefon. Er übernahm das Gespräch mit seinem altbekannten Charme.

„Was zum Teufel willst du?"

Ich stöhnte auf. „Ich habe deinen Gefährten, Semel-netjer."

Es folgte ein langes Schweigen, und weil wir zusammen aufgewachsen waren, wusste ich, dass er versuchte, sich zu beruhigen, bevor er darauf etwas erwiderte. Es brauchte viel, um ihn aus der Fassung zu bringen.

„Wie bitte?", krächzte er.

„Du hast mich schon verstanden. Crane brauchte Jin, er hat Jin angerufen und Jin ist gekommen, weil, wir beide wissen, er ernsthaft glaubt, du würdest ihn im Moment nicht brauchen."

Ein tiefer Atemzug. „Ich werde ihn mit meinen eigenen Händen erwürgen."

„Wirst du?"

„Ich schwöre bei Gott, ja", murmelte er irritiert.

„Wird das sein, bevor oder nachdem du vor ihm auf die Knie gefallen bist, um ihn anzubeten?"

Er knurrte. „Ich bete ihn nicht an …"

„Doch, das tust du. Wir alle tun das. Er ist so eine Art ägyptischer Gott, den es in unsere heutige Zeit verschlagen hat. Soweit wir wissen, könnten die Geschichten über Götter auch einfach Momente gewesen sein, in denen Menschen auf Werpanther getroffen sind. Jin ist die einzige Verbindung zu unserer Göttlichkeit. Außerdem ist er dein Gefährte, mein Freund. Er ist deine zweite Hälfte."

„Meine zweite Hälfte stellt sich lächerlich an."

„Das liegt nur daran, dass er keine Ahnung davon hat, wie eine vernünftige Bindung zwischen Eltern und Kind auszusehen hat. Er glaubt tatsächlich, dass es nur *eine* tiefe Beziehung geben kann. Er weiß nicht, dass sich zwischen euch beiden nichts ändert. Er versteht nicht, dass du deinen Sohn innig lieben kannst, ohne dass es die Liebe zu ihm irgendwie zurücksetzt." Er fing an zu kichern, was mich aus dem Konzept brachte, da ich der Meinung war, eine sehr tiefschürfende Erkenntnis geäußert zu haben. „Blödmann."

„Jin weiß alles über die Liebe zwischen einem Kind und seinem Vater, Domin. Er ist nur verletzt, weil er dem Irrglauben aufsitzt, dass ich ihn hier nicht brauche. Er glaubt, dass es mir und meinem Sohn gut geht."

„Und? Tut es das?"

„Was denkst du denn?", knurrte er. „Mein Gefährte sollte jede Nacht in unserem Bett verbringen. Ich bin nicht ich selbst, wenn er nicht hier ist."

„Was ist mit deinem Sohn?"

„Mein Sohn ist gerade in einer prägenden Phase und sollte eine Macht spüren, die größer ist als er selbst."

„Und dann?"

„Dann kann er sich ihr unterwerfen. Er ist zwar ein Kind, aber er wird ständig mächtiger. Er weiß bei jedem, der ihn hält, dass die Person schwächer ist als er. Gestern hat er Markel zur Verwandlung gezwungen."

Ich war völlig sprachlos. „Ist das dein Ernst?"

„Absolut."

Das war furchterregend. „Markel war mein Sheseru."

„Ich weiß."

„Was wirst du tun?"

„Ich schätze mal, dass ich mich in ein Flugzeug setzen werde, um meine Reah und den Beset meiner Reah abzuholen."

Ich konnte ein indigniertes Schnaufen nicht unterdrücken. „Und wenn ich Crane Adams nicht freigebe?"

„Das wirst du. Du musst."

Er durfte sich nicht herausnehmen, mir einfach so Befehle zu geben.

„Bitte, Domin", seufzte er. „Ich kann nicht der Einzige sein, der versucht, meine Reah zur Vernunft zu bringen. Und er hört eben nur auf mich und Crane – nur uns, auf der ganzen, weiten Welt."

„Dann komm her und hol dir deinen Gefährten und seinen nervenaufreibenden Freund", sagte ich. „Ich möchte, dass sie beide möglichst bald von hier verschwunden sind."

„Danke, mein Semel."

„Ach, hör schon auf." Ich konnte mir ein Lächeln nicht verkneifen. „Du weißt ganz genau, dass du auch zu Hause bleiben könntest. Ich würde sie beide zu dir schicken, sobald ...“

„Ich brauche ihn *jetzt* hier", sagte Logan und seine Stimme war tief und unheilschwanger. Er war stark – ich wusste, dass er stark war –, doch Jins Abwesenheit machte sich bereits bemerkbar. Ich verstand mittlerweile, wie sich das anfühlte.

„Dann erwarte ich dich hier."

„Ja."

„Soll ich ihm sagen, dass du kommst?"

„Das weiß er."

Ich legte auf, ohne mich zu verabschieden, weil wir das immer so machten. Wir tauschten keine Nettigkeiten aus.

Nachdem ich mit Logan gesprochen hatte, rief ich Orso Bataar, den Semel des Stammes Khertet in der Mongolei, an. Er freute sich, von mir zu hören. Das wiederum freute mich, denn ich hatte vor, ihn um einen Gefallen zu bitten.

Als ich mein Zimmer schließlich verließ, warteten immer noch alle draußen in der Empfangshalle auf mich. Alle im Moment anwesenden Semel mit ihrer Entourage und alle, die darüber hinaus noch in der Lage gewesen waren, hineinzuschlüpfen. Sie alle mussten stehen, nur ich durfte mich setzen, nämlich auf meinen Thron.

„Ich werde nun Recht sprechen", informierte ich die Menge. Die Akustik im Saal war so gut, dass man mich auch noch in der letzten Ecke verstehen konnte.

Die auf diese Ankündigung folgende Stille war allumfassend.

„Öfter, als ich zählen kann, bin ich als Ungläubiger beschimpft worden", erklärte ich vor den versammelten Menschen. „Und nun werde ich mich endlich auch so benehmen."

Niemand wagte es, ein Geräusch zu machen.

Ich warf Jin, der neben Crane stand, einen Blick zu. Dann sah ich Mikhail an, der Samanis Hand hielt. Danach schweifte mein Blick zum Priester, dessen Augen Verachtung versprühten. Und schließlich landete mein Blick auf Taj, der von Jamal und den anderen Shu flankiert wurde.

„Hiermit verbanne ich Elham El Masry und Rahab Bahur zum Stamm Khertet. Dort sollen sie Khatyu von Orso Bataar werden. Ra beschütze sie auf ihrem Weg."

Es folgten Schreie und aufgeregtes Flüstern und Widerspruch. Rahabs Sheseru und sein Sylvan sprangen auf. Sein Sylvan fand als erster seine Stimme: „Mein Herr, unmöglich können wir so etwas erlauben ..."

„Und doch werdet ihr es erlauben", sagte ich, als ich aufstand. „Oder ich nehme sie jetzt und hier mit in die Arena, einen nach dem anderen, sodass mein Sheseru sie enthaupten kann. Die Entscheidung liegt bei dir."

„Aber, mein Herr ..."

„Sie sind Verräter", stellte ich klar. „Ich bin Semel-aten, ob euch das nun passt oder nicht. Die Shu stehen unter meinem Befehl. Ihr *alle* steht unter meinem Befehl. Verrat werde ich nicht dulden. Laut Gesetz könnte ich sie beide sofort töten. In der Mongolei haben sie die Möglichkeit, sich ein neues Leben aufzubauen, neu anzufangen. Wenn sie diesen Pfad nicht beschreiten wollen, oder wenn jemand während ihrer Reise oder in der Mongolei eingreifen sollte, ist ihr Leben verwirkt. Das ist mein Richterspruch. Orso Bataar hat dem zugestimmt."

„Mein Herr ..."

„Du bist der Sylvan des Stammes Wepwawet, oder?"

„Ja, mein Herr."

„Wer ist der Erbe deines Semel?"

Er schien kurz davor, einen Nervenzusammenbruch zu erleiden. „Sein Bruder Zaki."

„Dann lasst ihn wissen, dass er ab sofort Semel des Stammes Wepwawet ist."

„Aber, mein Herr ..."

„Denkst du, ich weiß nicht alles über deinen Stamm?", fragte ich herausfordernd. „Vielleicht ist es an der Zeit, dass euer Trupp endlich mal einer wird?"

„Ein was, mein Herr?"

„Ein echter Stamm."

Er zitterte. „Du weißt nichts von ..."

„Ich kenne wohl den Unterschied zwischen einem Syndikat und einem Stamm. Das eine nimmt nur und das andere gibt. Einst war ich Semel eines Stammes, der genauso war."

Es hätte sich seltsam anfühlen müssen, aller Augen auf mir zu spüren. Aber irgendwann innerhalb der letzten sechs Monate hatte ich mich daran gewöhnt.

„Vielleicht kann Zaki Bahur erreichen, was sein Bruder nicht geschafft hat."

Der Sheseru und der Sylvan des Stammes Wepwawet warteten.

„Ich weiß, dass euer Stamm stolz auf sein Geld und seine Macht ist, aber ihr müsst auch verstehen, dass das nur die Welt der Menschen ist", sagte ich in der Hoffnung, dass die Worte zu ihnen durchdrangen. „Ich weiß auch, dass wir alle in dieser Welt leben müssen, aber für uns gibt es mehr als das. Es gibt da immer einen Stamm, eine Familie. Davon sprechen wir hier – von euch als Panther, vom Gesetz

73

und vom Semel. Wir sprechen von eurem Semel und von Elham El Masry. Beide dachten, sie stünden über dem Gesetz. Sie dachten, sie würden als Männer und nicht als Panther gerichtet werden."

Darum ging es wirklich und vielen schien das nicht klar zu sein.

„Der Schiedsspruch des Semel-aten wird sich immer daran orientieren, was am besten für den Panther ist – nicht daran, was am besten für den Mann ist."

„Ja, mein Herr."

Das war nicht, was sie hören wollten, aber immerhin ergab es Sinn. Ich war nicht irgendein wahnsinniger, machthungriger Despot. Ich war ein Semel, der die Mitglieder seines Stammes zurechtwies. In der Welt der Panther gab es auf eine Aktion immer eine Reaktion. Daran mussten alle nur einmal erinnert werden.

„Ich erwarte, dass Zaki Bahur innerhalb eines Monats hier erscheint und mir seine Treue schwört. Hast du mich verstanden, Sheseru? Hast du mich verstanden, Sylvan?"

„Ja, mein Herr", antworteten sie unisono.

Mir fiel auf, wie wild Rahab Bahur aussah. Seine Augen, die bisher mörderisch und hasserfüllt dreingeschaut hatten, waren nun voller Terror. Und das lag nur daran, weil meine Worte Sinn ergaben. Seine Leute verstanden, was ich sagen wollte. Sie würden nicht versuchen, ihn zu befreien. Er hatte mit hohem Einsatz gespielt und verloren, und jetzt war es an der Zeit, seine Schulden zu bezahlen. Es lief ab wie in der Natur: Wenn der Anführer herausgefordert wurde und seine Position verteidigen konnte, wurde der unterlegene Herausforderer verbannt.

Jamal trat vor, um die Gefangenen in Obhut zu nehmen, doch bevor er Befehle erteilen konnte, unterbrach ich ihn.

„Lass das Shahid machen", sagte ich und nickte dem Mann zu, der gezwungen worden war, diesen verräterischen Plan zu unterstützen. „Er kann sich darum kümmern."

Shahid fing meinen Blick auf und verbeugte sich dann tief. „Danke für dein Vertrauen, mein Herr. Ich werde dich nicht enttäuschen."

„Das weiß ich. Und wenn deine Frau und dein Kind hier eintreffen, wird mein Sheseru Taj Chalthoum sie beschützen, bis du zurückkehrst."

Taj hatte nicht gewusst, dass er im Dienst war, aber er trat schnell vor, legte eine Hand auf sein Herz und schwor, dass er jeden meucheln würde, der wagte, Hand an Shahids Familie zu legen.

Erleichterung und Dankbarkeit waren auf Shahids Gesicht deutlich sichtbar. Da ihm die Stimme versagte, nickte er nur.

„Geh", befahl ich.

Er machte auf dem Absatz kehrt, gab den anderen Shu-Kriegern ein Signal und dann nahmen sie die beiden Männer in die Mitte. Die Menge teilte sich für sie.

„Und nun zu dir", wandte ich mich an Kovo, bevor dieser auch nur ein Wort sagen konnte. „Ich wollte Jamal hier haben, weil ich ihn als Erben meines Throns einsetzen möchte. Er ist der Erbe des Semel-aten."

Ich könnte bis zum jüngsten Tag hier stehen und beschwichtigend die Arme heben, es würde das folgende Geschnatter und aufgeregte Gerede nicht eindämmen. Also setzte ich mich lieber hin, als Taj nach den Heralden rief.

Die Trompeten verursachten mir zwar regelmäßig Kopfschmerzen, doch ich sah ein, dass sie bei manchen Gelegenheiten einfach nötig waren.

Jin stellte sich neben meinen Thron und beugte sich zu meinem Ohr hinunter.

„Ja, meine Reah?"

Er sah besorgt aus. „Hast du mit Logan gesprochen?"

„Das habe ich."

„Und?"

„Du denkst, Logan und dein Sohn würden dich nicht brauchen", meinte ich vorsichtig und sah in seine wunderschönen dunkelgrauen Augen. „Du wolltest weg und Cranes kleines Drama hat dir die perfekte Möglichkeit geboten. Du hast Logan nicht über deine Reise informiert und hier bist du nun."

Er richtete sich wieder zu seiner vollen Größe auf und sah aus, als wolle er gehen.

Ich ergriff ihn am Handgelenk, um ihn davon abzuhalten.

„Lass mich los."

„Wo war Logan? Bei einer Zusammenkunft?"

„Ja."

„Du wolltest nicht mit?"

Jin räusperte sich. „Er erlaubt mir nicht mehr, an Zusammenkünften teilzunehmen. Yusuke hat ihn begleitet."

Ich rollte mit den Augen. „Wirklich? Du denkst, deine Maahen kann deinen Platz an seiner Seite einnehmen?"

Er schwieg.

„Oder Danny? Wenn auch Logans Sylvan mitgekommen ist, kann er dich vielleicht ersetzen?"

Er versuchte, sein Handgelenk zu befreien, doch ich war stärker. Als Nekhene konnte er mich pulverisieren. Wenn er mich mit seiner puren Macht angriff, konnte er mich vielleicht sogar zwingen, mich zu verwandeln.

Vielleicht.

Ich hatte seine Kraft schon in der Vergangenheit gespürt und war in der Lage gewesen zu widerstehen. Allerdings war seine Macht nie direkt auf mich gerichtet gewesen.

„Wage es nicht, deine Macht loszulassen, Bürschchen", flüsterte ich.

Er warf mir einen Blick zu und seine Augen bestanden nur aus dem Schwarz der Pupille. Neben mir stand eine wilde Kreatur, labil, weil sein Gefährte nicht bei ihm war.

75

„Du bist die einzige Nekhene-Katze auf der Welt. Dein Gefährte und dein Sohn brauchen dich."

„Sagst du", meinte er düster. Seine Lider flatterten kurz und plötzlich befand ich mich wieder in der Gegenwart einer Reah. Es war ein Unterschied wie Tag und Nacht. In einem Moment konnte er absolut ungezähmt sein und im nächsten der Inbegriff von Heim und Haus. Ich konnte mir nicht vorstellen, wie Logan diese Achterbahnfahrt tagtäglich mitmachte. Mein eigener Gefährte war einfach jemand, der mich liebte und den ich in der Nähe haben wollte.

„Du vermisst Yuri."

Ich antwortete nicht. Er richtete sich zu seiner vollen Größe auf und lächelte auf mich herab.

„Du brauchst es gar nicht zu bestreiten. Ich kann es dir vom Gesicht ablesen."

„Ich habe keine Ahnung, wovon du sprichst."

„Was macht Koren hier?"

„Ich dachte, er sei mit dir hergekommen." Der Klang der Trompeten erfüllte den Raum. Als sie verklungen waren, kehrte abrupt wieder Ruhe ein.

Alle Augen waren auf mich gerichtet. Ich stand wieder auf, ging zum Rand des Podiums und sah auf den Priester hinab, der gerade anfangen wollte zu widersprechen.

„Du hast völlig den Verstand verloren, wenn du glaubst, dass ich einem Mann erlauben würde …"

„Sei still!" rief ich mit Nachdruck. „Ich treffe diese Entscheidung. Nur ich. Du hast kein Mitspracherecht, denn du bist genauso wenig göttlich wie ich. Und wenn du magst, kann ich gern deinen Kopf von den Schultern trennen, damit alle die Farbe deines Blutes sehen können."

Er erblasste und ich konnte an seinem Gesicht ablesen, dass er klug genug war zu erraten, was als nächstes passieren würde.

„Der Tempel von Satis wird nicht länger das Zuhause des Priesters von Chae Rophon sein, denn von diesem Tag an wird es keinen Priester von Chae Rophon mehr geben. Ich entziehe dir deinen Rang und deinen Titel und verbanne ich zum Stamm Mafdet, um dort dem Semel-netjer zu dienen. Wenn du vor ihm stehst, wirst du wahre Macht verstehen."

„Ich …"

„Satis wird in eine Schule umgewandelt", sagte ich mit lauter Stimme, „die allen offen steht, die lernen und das Gesetz studieren wollen. Alle Räume dort werden öffentlich zugänglich gemacht und deren Inhalte katalogisiert. Es wird keine Geheimnisse mehr geben – was dort an Kunst und Schätzen existiert, wird für alle verfügbar sein. Alle Reichtümer, die sich noch in Satis verstecken sollten, werden wieder dem Stamm Rahotep zugeführt."

Die zustimmenden Rufe ließen den Priester erzittern.

„Alle, die dort arbeiten, werden dies auch weiterhin tun. Sie unterstehen Jamal Hassan, der von nun an Menthu, der Beschützer des Gesetzes, sein wird."

Lächelnd drehte ich mich auf dem Absatz um und sah, dass Jamal mich anstarrte, als hätte er einen Geist gesehen.

„Du bist des Titels würdig", verkündete ich. Das Ganze machte mir unglaublichen Spaß. „Die Shu werden dich beschützen und mir nicht länger dienen. Mein Sheseru und meine Leibgarde werden sich um meinen Schutz kümmern. Beide haben vielleicht angenommen, dass ich den Glauben an sie verloren habe, doch dem ist nicht so."

Ich musste Taj nicht einmal ansehen, um zu wissen, dass mein Vertrauen in ihn und seine Khatyu ihn berührte.

Das war knapp.

Ich hatte fast den Fehler begangen, mich von meinem eigenen Haus zu distanzieren und Attentätern zu vertrauen anstatt denen, die loyal zu mir standen. Doch nun hatten die Shu ihren eigenen Anführer, den sie schützen mussten. Das würde ihnen gefallen, denn ihre Loyalität wäre nicht länger geteilt. Ich hatte meinen eigenen Sheseru und meine Khatyu wieder für mich beansprucht, was sie stolz machen würde. Manchmal dauerte es ein bisschen, doch am Ende bekam ich schließlich die Kurve.

„Ich werde nicht länger Semel-aten sein, sondern den Titel Akhen-aten tragen, den mir unser geliebter Priester Hamid Shamon verliehen hat. Ich werde den Kurs meiner Herrschaft ändern und große Veränderungen herbeiführen. Über Sobek wird ein neuer Tag hereinbrechen, die Ära des Harmakhet."

In der Halle brach Applaus los.

„Wir werden das alte Sobek hinter uns lassen und eine neue, moderne Stadt erbauen, die aus der Asche des Alten erstehen wird. Sie wird ein Mekka des Wohlstands sein. Wir werden die Welt da draußen nach Sobek einladen. Der Handel wird florieren und nichts wird mehr so sein, wie es einmal war."

Die begeisterten Rufe waren so ohrenbetäubend, dass man sein eigenes Wort nicht mehr verstehen konnte.

Es würde Widerstand geben, das war mir klar. Doch das alte Sobek war Vergangenheit und eine neue Stadt würde erblühen. Das würde Jahre dauern, aber wir würden sofort beginnen.

Ich wollte, dass Werpanther aus aller Welt hierherkamen, um sich hier niederzulassen. Ich wollte Vielfalt und Veränderung, und da das Land mir gehörte – es wurde dem amtierenden Semel-aten jeweils überschrieben –, stand es in meiner Macht, das durchzusetzen. Ich würde mich nach den besten und klügsten Köpfen umsehen, mit denen ich einen neuen Staat aufbauen konnte.

Natürlich hatte ich gerade ein riesiges Fadenkreuz auf meinen Rücken gemalt. Ja, Veränderung konnte auch beängstigend sein. Ich musste einfach vorsichtig vorgehen. Sogar die Shu hatten versucht, mich zu töten, und waren gescheitert. Jeder andere Feind konnte nur weniger furchteinflößend sein. Zumindest hoffte ich das.

Ich stieg die Treppe hinab und stand schließlich vor Asdiel Kovo. Nur meine Khatyu und Taj sorgten dafür, dass die Menge das kleine Grüppchen Männer nicht überrannte.

„Mein Herr …"

„Nein." Ich kam noch näher, sodass er mich trotz der lauten Rufe hören konnte. „Deine Zeit ist vorbei. Wir brauchen keinen Priester von Chae Rophon mehr. Wir brauchen diese Regeln und Strafen nicht mehr. Der Stamm Rahotep ist trotz allem auch nur ein Stamm. Er kann nicht innerhalb dieser Blase fortbestehen. Stattdessen wird er sich zu einer Familie aus Werpanthern entwickeln, die von einem Semel angeführt werden. So wie es tausendfach auf der Welt passiert."

„Du …"

„Wir brauchen jemanden, der uns aus der Dunkelheit hinausführt. Nicht jemanden, der uns dort festhält."

„Du würdest einfach alle Traditionen fallenlassen?!"

„Es ist vorbei. Es ist getan. Die Dinge, die du am Leben erhalten willst, bringen niemandem Vorteile. Ginge es den Menschen gut, wäre dies hier eine blühende Gemeinschaft, würde ich einwilligen, dass wir alles so belassen, wie es ist. Doch dem ist nicht so. Es gibt Armut und Verbrechen und Obdachlosigkeit. Das kann ich nicht akzeptieren."

„Kannst du nicht?", brüllte er. „Und wer bist du, dass du uns deine Gesetze aufdrückst? Du bist ein Nichts. Ein Niemand!"

„Ich war der Semel-aten und jetzt bin ich der Akhen-aten. Ich öffne uns die Tür in ein neues Zeitalter."

„Du bist trunken von deiner Macht!"

„Ich möchte das Beste für meinen Stamm."

„Diese Menschen sind nicht dein Stamm!"

„Sie gehören mir eher als dir", klärte ich ihn auf.

Er kam näher. „Du gibst dir vielleicht einen neuen Titel, du nennst dich vielleicht Akhen-aten, aber es wird dir nicht gelingen, diese Stadt …"

„Oh doch, das wird es." Ich gab Taj ein Zeichen und er war sofort mit einigen Khatyu an meiner Seite. „Das Gesetz hat verlangt, dass du keine Familie hast. Du wirst also zu Logan Church gehen …"

„Dachtest du, ich hätte nicht geahnt, dass du mich stürzen würdest, Domin Thorne?", spuckte er. „Bildest du dir etwa ein, ich hätte dich für einen Ehrenmann gehalten?"

Ich runzelte die Stirn.

„Und obwohl mir keine Massen folgen, so habe ich doch noch einen, der meine Befehle befolgen wird. Einen, auf den ich mich verlassen kann."

„Sag mir, wer ist diese verlorene Seele, sodass ich hingehen und sie von diesen Wahnvorstellungen befreien kann."

„Das wirst du bald herausfinden", versicherte er mir. „Wenn dir genommen wird, was du auf dieser Welt am meisten liebst, dann bedenke, dass es auf meine Order hin geschieht. Ich habe ihn dir genommen. Ich habe sein Leben beendet."

Yuri.

„Er ist bereits tot", zischte er.

Ich sah das Messer nicht einmal kommen.

6

PLÖTZLICH WURDE alles um mich herum weiß. Alles tat weh und ich hörte Schreie und Wehklagen. Etwas Heißes huschte über mein Gesicht und dann brach ich zusammen. Ich konnte nicht atmen. Mein Herz schien in einem Schraubstock gefangen zu sein, denn ich konnte an nichts anderes denken als an Yuri.

Mein Gefährte.

Die Stadt Ipis, der Stamm Feran ... Hakkan Tarek ... er hatte meinen Gefährten. Er hatte Yuri. Männer, die loyal zum Priester und seinen antiquierten Regeln standen, hatten meinen Gefährten. Ich musste zu ihm.

Dieser Gedanke schoss mir durch den Kopf, während Schmerzen in meinem Körper explodierten.

Ich musste mich verwandeln. Mein Körper wollte, dass ich mich verwandelte.

Doch wenn ich mich in einen Panther verwandelte, wäre nichts mehr von mir übrig. Ich wäre ein Tier. Ich musste meine Gedanken bei mir behalten und ...

Werpanther.

Ich konnte mich in die Gestalt verwandeln, die halb Mensch und halb Panther war, doch das würde mich viel Kraft kosten und davon schien ich im Moment kaum etwas zu haben.

Plötzlich sah ich die Welt um mich herum anders, aus einem anderen Blickwinkel. Ich schmeckte Blut und roch Angst. Ich sprang nach vorn, um zu töten, wer oder was auch immer schwach und verwundet war und bereit zu sterben.

Man stieß mich zu Boden und dabei wurde alle Luft aus meinen Lungen gepresst, sodass ich keuchend und japsend am Boden lag.

„Domin!"

Ich hatte das Gefühl zu ertrinken. Ich rollte mich auf den Bauch und erbrach Blut.

„Domin, du musst dich verwandeln!"

Doch ich wusste, dass ich das bereits einmal getan hatte und es nicht noch einmal tun wollte. Irgendetwas stimmte nicht mit meinem Körper. Ich war verletzt. Ich wollte mich einfach nur hinlegen, mindestens so sehr, wie ich zu Yuri wollte.

Ich musste Yuri retten.

„Domin! Verwandle dich!"

Dieser Befehl kam von meinem Maahes und bei seinem Befehlston stellten sich mir die Nackenhaare auf. Wie konnte er es wagen, mir Befehle zu erteilen?

„Du wirst verbluten, wenn du dich nicht verwandelst!"

Mein Keuchen verwandelte sich in ein unkontrollierbares Würgen.

„Jin, nicht!"

Crane klang verzweifelt. Das hieß vermutlich, dass Jin seiner Kraft nicht einfach freien Lauf lassen würde, um mich zur Verwandlung zu zwingen. Stattdessen hatte er wohl vor, mit seiner Kraft nach mir zu rufen. So schwach wie ich war, würde ich sofort auf seine Pheromone reagieren, und in dem Moment, in dem ich ihn begehrte, würde ich mit Gewalt zunächst in die Verwandlung gedrückt und sogleich schmerzvoll wieder aus hier heraus.

Das würde ich nicht zulassen. Ich war der Semel-aten und hatte mir gerade einen neuen Namen gegeben. Mit diesem Gedanken hatte ich schon seit einer Weile gespielt. Ich bedauerte nur, dass Yuri nicht hier gewesen war, um Zeuge meiner Ankündigungen zu werden. Wenn ich mir nur das Leuchten in seinen Augen vorstellte …

So sehr ich es auch versuchte, ich konnte den genauen Moment, in dem ich mich in Yuri Kosa verliebt hatte, nicht festmachen. Ich hatte ihm in der Mongolei gesagt, dass ich ihn liebte, weil das die Worte waren, die er hatte hören müssen, um sich dazu zu entscheiden, mit mir zu gehen. Aber da hatte ich ihn nicht geliebt, jedenfalls nicht wirklich.

Aber jetzt … wenn er hier wäre, wenn er jetzt hier bei mir wäre …

„Domin, bitte!"

Das war Korens Stimme. Als würde das … aber ich musste ihm danken. Das hätte ich fast vergessen. Ich wollte, dass wir miteinander im Reinen waren.

„Koren", hustete ich, denn für mehr fehlte mir die Kraft.

„Domin", sagte er sanft und ich fühlte, wie er mir seine Hände auf die Brust legte. Ich spürte seine Finger auf meiner Kehle und in meinen Haaren.

„Oh, bitte."

„Danke, dass du während der Prüfung an meiner Seite gestanden hast", sagte ich. Mein Körper fühlte sich an, als würde ich innerlich verbrennen. Meine Knochen schienen unter meiner Haut zu schmelzen.

Ich blinzelte und erkannte schließlich Jin, Crane und Jamal.

Sie schienen überrascht.

Ich runzelte die Stirn, was dazu führte, dass auf Jins Gesicht ein Lächeln erstrahlte.

„Ich musste die Ungläubigen daran erinnern, dass sie sich in der Gegenwart eines Semel befinden. Du verwandelst dich nicht oft genug. Sie alle haben vergessen, welche Macht du hast."

„Natürlich", sagte ich. Ich biss die Zähne zusammen, schlug ihre besorgten Hände beiseite und bewegte mich schnell – viel zu schnell. In einer flüssigen Bewegung kam ich auf die Beine. „Hast du Yuri angerufen? Ist er ans Telefon gegangen?"

Ich wäre wohl gestürzt, wenn Koren nicht plötzlich an meiner Seite gewesen wäre, um mich zu stützen.

„*Domin*", sagte er. In diesem einen Wort lag mehr Gefühl, als ich diesem Mann je zugetraut hätte. „Sei vorsichtig, du hast sehr viel Blut verloren."

„Ist er rangegangen?"

„Nein, mein Herr", antwortete Jamal. „Wir haben es versucht, aber wir erreichen ihn nicht."

Da erst fiel mir auf, dass ich von der Hüfte an nackt war. Ich war mit Blut bespritzt und von meinem Bauch bis zu meiner linken Brust verlief eine riesige, rote, kaum verheilte Narbe.

Ich hob den Blick und sah in Korens olivenfarbene Augen.

„Der Priester hatte ein Messer", sagte er. „Ohne Jin wärst du jetzt tot."

Ich warf einen Blick über meine Schulter, um den Gefährten des Semel-netjer anzusehen.

„Danke, dass du mir das Leben gerettet hast."

Jins Augen leuchteten. Es war wirklich ein Spektakel, in seine hellen grauen Augen zu schauen.

„Die Wunde in deinem Bauch ist tief", erläuterte Koren, während ich weiterhin Jin ansah. „Am Oberkörper ist der Schaden fast zu vernachlässigen, er ist nur oberflächlich. Hätte Jin sich nicht zwischen dich und den Priester gestellt, hätte dieser dein Herz erwischt."

„Und was ist mit dem Priester passiert?"

„Die Nekhene hat ihn in Stücke gerissen", erklärte Jamal.

Dass dieser feingliedrige Mann – ja, selbst mit fast einem Meter achtzig war er feingliedrig – stark und furchteinflößend genug war, um Haut, Knochen und Muskeln zu zerreißen, war erschreckend. Und da stand er nun, völlig gefasst und ernst und sah mich in aller Seelenruhe an.

„Hast du allen eine Heidenangst eingejagt?", wollte ich von ihm wissen.

„Das habe ich", bestätigte er meine Vermutung. „Doch als wir deine Wunde sahen und das Messer entdeckten, verwandelte ich mich eher in einen Racheengel."

„Gut." Ich atmete langsam aus. Mir ging auf, dass ich völlig erschöpft war und kaum stehen konnte. Trotzdem brannte mir eine Frage an Jamal auf der Zunge. „Wann hast du angefangen, Yuri anzurufen?"

„In dem Moment, als uns klar wurde, dass du überleben würdest. In dem Moment, als wir uns nicht mehr nur auf dich konzentrieren mussten, haben wir angefangen, bei ihm anzurufen."

„Und er hat nicht abgenommen?"

„Nein, mein Herr", sagte er vorsichtig. „Sein Handy scheint ausgeschaltet zu sein."

Doch ich wusste, dass sie versucht hatten, ein ganz normales Handy anzurufen anstatt eines Satellitentelefons.

„Koren hat uns erzählt, dass Yuri das falsche Telefon mitgenommen hat. Er war wohl dabei, als du dich mit Ebere darüber unterhalten hast."

Ich hatte völlig vergessen, dass Koren sich damals mit uns im Zimmer befunden hatte.

„Es könnte also alles Mögliche sein. Entweder tatsächlich eine Störung im Empfang zwischen hier und Ipis. Oder vielleicht ist sein Handy wirklich einfach ausgeschaltet."

Das musste ich erst einmal sacken lassen. „Jamal."

„Mein Herr?"

„Versuche es weiter."

„Natürlich", erwiderte er angespannt. „Würdest du dich jetzt bitte in dein Zimmer zurückziehen. Wenn du sehen könntest, was für eine Farbe deine Haut angenommen hat …"

„Ich bin nicht wichtig. Du musst Yuri finden!", rief ich. Das strengte mich so sehr an, dass mir die Knie weich wurden.

Koren zog mich fester an sich und stützte mich mit seinem Körper. „Leg mir deinen Arm um den Hals."

Ich tat, wie mir geheißen.

„Lehn dich an mich. Nur dieses eine Mal."

Mir lag eine sarkastische Erwiderung auf der Zunge, doch sein mir zugewandtes Gesicht erfüllte mich mit ungeahnter Zuversicht. Dass er sich an meine Kehle schmiegte, war reiner Instinkt – typisch für Katzen untereinander –, und doch beruhigte mich die Geste. Sie beruhigte mich, den Mann, und nicht nur das Tier. „Ich bringe dich in dein Zimmer", sagte er mit einer Stimme, die ein verführerisches Schnurren war. „Lass mich dir helfen."

Mir wurde schwindelig.

„Wir kommen gleich mit Wasser und Fleisch nach", krächzte Crane, der Jin aufforderte, sich in Bewegung zu setzen.

„Ihr werdet weiter versuchen, Yuri zu erreichen?"

„Natürlich", versprach Crane. „Aber bitte, Domin, ruh dich aus."

„Aber …"

„Bitte", bekräftigte Jin.

Ich versuchte, mich aus Korens Griff zu befreien. „Ich denke, ich kann allein laufen", sagte ich. Ich hörte mich an, als wäre ich betrunken. Durch meine ungeschickten Bewegungen stießen wir mit den Nasen zusammen. „Ich brauche deine Hilfe nicht."

„Und doch wirst du sie dieses eine Mal annehmen müssen", sagte er und wies Jamal an, mich unter der Achsel zu fassen, sodass sie mich beide stützen konnten.

Wäre Yuri hier gewesen, hätte er mich getragen.

Das war nur ein weiterer Grund, ihn zu vermissen.

ALS WIR in meinem Zimmer ankamen, halfen sie mir ins Bett und schüttelten Kissen auf, um sie mir ins Kreuz und unter die Füße zu schieben. Ich hätte mich gern bewegt, doch bevor ich nicht gegessen und getrunken hatte, war das ein frommer Wunsch. Vom Bett aus betrachtete ich Koren und Jamal.

„Was, wenn er bereits tot ist?"

Jamal schüttelte den Kopf. „Niemand, der nicht vollkommen wahnsinnig ist, legt Hand an den Gefährten des Semel-aten."

„Aber das ist doch genau der Punkt – sie sind verrückt."

„Wer, mein Herr? Das könnte auch eine leere Drohung des Priesters sein."

„Warum geht Yuri dann nicht ans Telefon?"

„Dafür könnte es tausende Gründe geben", meinte Jamal schmallippig. „Das weißt du genauso gut wie ich."

„Ich muss wissen, dass es ihm gut geht."

„Natürlich."

„Schick sofort Männer nach Ipis."

„Dein Sheseru fand, dass dies seine Aufgabe sei. Er ist bereits unterwegs, zusammen mit fünfzig Männern und zehn Shu."

„Wirklich?"

„Ja, er ist aufgebrochen, nachdem wir ihn überzeugen konnten, dass du überleben würdest."

„Warum hat er gewartet …"

„Diese Gewissheit brauchte er", sagte Jamal nur.

„Warum?"

„Was denkst du denn?", schalt mich Koren. „Weil er dein verdammter Sheseru ist und dich nicht verlassen wird, ohne zu wissen, dass es dir gut geht."

„Aber wenn Logan verletzt und Jin in Gefahr wäre, dann …"

„Vergleiche Yuri nicht mit Jin! Der eine ist ein wahrer Gefährte und der andere ist eine Verliebtheit, die bald vergehen wird."

„Koren …"

„Solltest du sterben und Yuri wäre deine Reah oder Yareah, würde man sofort alle Anstrengungen unternehmen, um ihn zum Semel zu bringen. Als du damals mit Logan in der Arena gekämpft hast, hat sich Mikhail sofort auf die Suche nach Jin gemacht, um ihn zu Logan zu bringen."

„Ja, ich …"

„Aber Yuri ist nicht dein Gefährte. Du kannst ihn nennen, wie du willst, aber zwei Männer werden nie *maat* sein, außer es gelingt dir, noch irgendwo eine zweite männliche Reah aus dem Hut zu zaubern."

Ich schüttelte den Kopf.

„Das ist es nicht, Domin. Das Gesetz der Panther erkennt das nicht an."

„Ich weiß sehr wohl, was das Gesetz anerkennt. Ich werde es ändern, und zwar nicht nur für mich, sondern für alle Panther."

„Das kannst du tun und das wirst du auch, da habe ich keine Zweifel. Doch bis dahin wird jemand wie Taj, der dir größere Wichtigkeit zugesteht als Yuri, zuerst sichergehen wollen, dass es dir gut geht, bevor er sich auf den Weg macht, um deinen Liebhaber zu finden."

„Was immer du auch sagst: er ist mein Gefährte." Ich bekam einen Hustenanfall, der meinen ganzen Körper schüttelte.

„Bitte, mein Semel", mische sich Jamal ein. „Du solltest ..."

„Was, wenn es Constantine ist?" Diese Frage richtete sich an Jamal. „Was, wenn er Yuri töten wird?"

„Constantine gehört zu deinen Khatyu, mein Herr. Du musst an deine eigenen Männer glauben."

Im Moment vertraute ich jedoch niemandem.

„Constantine würde sein Leben geben, um Yuri zu beschützen. Du kannst überall nach Verrätern suchen, aber nicht in deinem eigenen Haus."

„Mein eigenes Haus?", spuckte ich. „Willst du mich auf den Arm nehmen? Als ob mein Haus so heilig und sicher wäre. Als ob ich so beliebt wäre, dass niemand versuchen würde, mir wehzutun. Hörst du dich eigentlich reden?"

„Mein Herr ..."

„Elham El Masry konnte das nette Mädchen, das mir Frühstück, Mittagessen und Abendbrot brachte, dazu überreden, mich zu vergiften. Wenn du nicht gewesen wärst, wäre ich jetzt tot."

Koren schnappte nach Luft, doch das interessierte mich nicht. Sollte er doch schockiert sein.

„Ja, ich ..."

„Also komme mir nicht mit *in meinem Haus*. Jeder könnte versuchen, mich zu töten. Jeder! Ich vertraue dir, Kabore, meinem Sylvan, meinem Sheseru, meiner Mastaba. Oh!" Mir kam plötzlich ein Gedanke, alle möglichen Ideen schwirrten wild in meinem Kopf durcheinander. „Hat irgendjemand Ebere angerufen, um ihr zu sagen, dass Crane gewonnen hat?"

„Nein, mein Herr."

„Um Himmels willen! Sie wird auf Neuigkeiten warten."

„Ja, mein Herr." Er klang angestrengt. „Aber würdest du dich bitte endlich ..."

„Jedes x-beliebige Mitglied des Stammes Feran könnte versuchen, mich zu töten."

85

„Aber vergisst du dabei nicht, wer Yuri ist?"

„Ich verstehe nicht, was …"

„Er ist nicht irgendein Schwächling, den man leicht überwältigen könnte. Er war der Sheseru eines der stärksten Panther, die ich je gesehen habe. Man kann ihn nicht so einfach ausschalten."

„Außer, er wird überrascht."

Jamal schüttelte den Kopf. „Tut mir leid, aber mir erscheint er dafür zu fähig."

Doch im Gegensatz zu Jamal konnte ich die Situation überhaupt nicht einschätzen und genau da lag das Problem. Ich wollte Juri in die Augen schauen und meine Hände auf sein Herz legen können. „Ich schwöre: Wenn wir beide lebend hier herauskommen, dann lass ich dich nie wieder aus den Augen."

„Mein Herr?"

Ich hatte die Worte zwischen zusammengebissenen Zähnen hervorgepresst. „Na gut, wenn derjenige, der hinter ihm her ist, ihn nicht töten will: Was könnte er dann wollen?"

„Wovon sprichst du?", fragte Koren irritiert. Doch an ihn hatte ich die Frage nicht gerichtet.

Was ich an Jamal am meisten mochte, war seine Bereitschaft, mit mir zusammen verschiedene Szenarien durchzuspielen. Alle anderen versteiften sich darauf, dass ich nicht an das Schlimmste denken und mich nicht darauf konzentrieren sollte, was im schlimmsten Falle passieren könnte. Doch Jamal war immer bereit, sich mit mir zusammen die schrecklichste Möglichkeit auszudenken. Ich hielt das für eine herausragende Eigenschaft.

„Ich schätze, die größte Frage bestünde darin, ob der Stamm von Feran versuchen würde, ihn zu verbergen", schlug Jamal vor.

„Ihn verbergen?"

„Ja", nickte er. „Würden sie ihn zum Beispiel in den Katakomben verstecken oder ihn einfach dort aussetzen, wäre es für uns, die wir mit der Gegend nicht vertraut sind, schier unmöglich, ihn ausfindig zu machen. Die Fläche, die wir absuchen müssten, wäre so riesig, dass ich befürchte, dass er verhungert oder verdurstet wäre, bis wir ihn gefunden hätten."

„Warum sagst du so etwas?" Koren war wie vor den Kopf geschlagen. „Das ist nicht hilfreich."

„Doch, das ist es", widersprach Jamal. „Mein Semel zieht es vor, jede Möglichkeit in Betracht gezogen zu haben, sodass er sich möglichst umfassend vorbereiten kann."

Ich dachte nach. „In diesem Fall müssten wir schnell handeln."

„Ja", stimmte er zu.

Schnelligkeit.

„Hier", sagte Crane, als er den Raum betrat. Er trug eine riesige Schale Wasser. Jin, eine Platte mit Fleisch in den Händen, folgte ihm. „Du solltest dich verwandeln, Domin, und das alles hier verschlingen."

„Jin", sagte ich und sah ihn dabei an. „Du musst mit mir nach Ipis kommen, für den Fall, dass der Stamm Feran Yuri in den Katakomben von Abtu versteckt."

„Natürlich." Er lächelte mich an, als wäre das eine völlig alltägliche Bitte.

„Ich weiß, dass Logan bald hier sein wird, aber ..."

„Ich würde ohnehin nicht erlauben, dass du ohne mich die Villa verlässt", behauptete Jin. „Und ich könnte nicht abreisen, ohne Yuri gesehen zu haben. Das ist einfach unmöglich."

Logan würde mich umbringen.

7

WIR STRITTEN immer noch.

„Ich verbiete es."

„Hast du den Verstand verloren?"

„Du bist der Semel-aten, verdammt noch mal!"

„Wenn man es genau nimmt, habe ich mich gerade in Akhen-aten umbenannt", wandte ich scherzhaft ein, um der Diskussion etwas von ihrer Schärfe zu nehmen.

„Du kannst dich ja nennen, wie du willst, aber für die Welt bist du der Semel-aten und als Semel-aten ist es völlig verantwortungslos von dir, dich einer solchen Gefahr auszusetzen!"

„Wir sprechen hier von meinem Gefährten", erinnerte ich ihn.

Er drehte sich auf dem Absatz um und zeigte mit dem Finger auf mich. Ich lag immer noch auf dem Bett. „Fang nicht schon wieder damit an. Du kannst erzählen, was du willst, aber Yuri Kosa ist nicht dein Gefährte!"

Er hatte einfach von nichts eine Ahnung.

„Du kannst uns nicht einfach aufgeben … nicht dafür."

„Ich kann dir nicht ganz folgen."

„Domin", sagte er mit einer Stimme, die mich offenbar einlullen sollte. „Wir hatten Jahre zusammen. Das kannst du nicht damit vergleichen, dass du jetzt mit Logans Sheseru ins Bett gehst."

„Er wollte in meinem Bett sein. Ich wollte, dass er in meinem Bett ist. Ich verstehe nicht, was du mir damit sagen willst."

„Domin …"

„Du willst mich jetzt, weil ich Semel-aten bin."

„Nein."

„Oh, doch." Ich lachte, ließ es aber gleich wieder bleiben, weil es wehtat. „Yuri will einfach nur *mich*. Wir könnten in einem Schuppen am Strand leben und er wäre damit vollkommen zufrieden."

„Nur, weil du gut aussehend bist …"

„Du willst nur die Jagd, den Flirt", sagte ich vollkommen ehrlich. „Das verstehe ich, aber ich habe keine Lust mehr auf Spielchen."

„Wie kannst du uns einfach aufgeben? Wie kannst du mich einfach aufgeben?"

„*Du* hast *mich* aufgegeben!", brach es aus mir heraus, weil ich die Diskussion langsam leid war. „*Du* hast *mich* verlassen! Du wusstest nie, was du eigentlich willst, und ich habe immer wieder ..." Ich sackte in mich zusammen. „Nein, das mache ich nicht länger mit."

Er kam zurück zum Bett und ließ sich auf die freie Seite fallen. Er legte seine warme Hand auf meinen kalten Brustkorb. Von meiner Verwandlung fühlte sich meine Haut klamm an. Mein Körper versuchte immer noch, sich selbst zu heilen. Ich brauchte Schlaf, aber noch mehr brauchte ich Yuri. Wenn ihm irgendetwas passierte ...

„Domin!"

Ich warf Koren einen Blick zu.

„Ich weiß, dass du nicht willst, dass Yuri etwas zustößt, aber das ist immer noch Welten entfernt davon, ihn als deinen Gefährten zu bezeichnen."

Wie konnte ich ihm das nur begreiflich machen?

„Ich sage dir, was geschehen ist", sagte er. Seine Hand wanderte über meine linke Brust, mein Schlüsselbein hinauf bis zu meiner Kehle. Zärtlich strichen seine Finger über meine Haut. Mir fielen die Augen zu, als er mit dem Daumen meine Unterlippe nachzeichnete. „Ich habe mich zurückgezogen und das hat dazu geführt, dass du auf ihn aufmerksam wurdest."

Ich machte ein Geräusch, das man als Zustimmung werten konnte.

„Was denkst du: Warum hast du ihn vorher nie wirklich wahrgenommen?"

Weil ich dumm gewesen war? Blind? Weil ich so von der Idee angetan gewesen war, Koren Church mein Eigen nennen zu dürfen, dass ich nicht bemerkt hatte, was ich direkt vor meiner Nase hatte?

„Du hast ihn nicht wahrgenommen, weil du ihn nicht einmal in Erwägung gezogen hast."

Ich schlug seine Hand fort und rollte mich auf die Seite. „Du solltest gehen."

Sofort legte er seine Hand auf meine Hüfte.

„Semel-aten zu sein, war etwas völlig Neues und du wolltest dich nicht allein in dieses Abenteuer stürzen."

Ich unterbrach ihn. „Nein." Ich hatte Yuri nicht geliebt, als wir in Sobek angekommen waren. Aber mittlerweile war so viel mehr daraus geworden.

„Es ist ..."

„Nein!", rief ich.

„Hör mir zu! Er ist nicht der Richtige für dich. Das ist er einfach nicht."

Wenn ich bei Krätten gewesen wäre, hätte ich ihn rausgeworfen, doch ich war erschöpft. Das hieß aber nicht, dass ich wehrlos war. Ich konnte meine Erinnerungen wie eine Waffe einsetzen. „Ich bin mit diesem Stück Zitronenkuchen nach Hause gekommen, weil ich wusste, dass das deine Lieblingssorte ist", fing ich an. „Und dann ..."

„Ach, verflucht noch mal, Domin. Nicht schon wieder diese Geschichte!", rief er und sprang vom Bett auf, um etwas Abstand zwischen uns zu bringen. „Warum fängst du immer wieder damit an?"

„Ich mache also die Tür auf und sehe dich da mit Talon Danvers."

„Ich …"

„Du wusstest, dass sie in festen Händen war. Immerhin war sie eine Yareah!"

„Du weißt genauso gut wie ich, dass Christophe und Talon eine offene Beziehung haben."

„Aber darum geht es nicht", widersprach ich und rollte mich auf den Rücken. „Es geht darum, dass ich also dieses Stück Kuchen in der Hand hatte. Und was hast du gesagt?"

Er schüttelte den Kopf.

„Na?"

„Ich kann mich nicht erinnern."

Aber ich konnte mich erinnern und genau darin bestand das Problem.

Ich hatte voller Vorfreude das Zimmer betreten, weil er gerade von einer Geschäftsreise zurückgekehrt war. Doch anstatt auf mich zu warten und sich auf mich zu freuen, war er sofort in einen Club gegangen und hatte eine Frau aufgerissen. Und zwar nicht irgendeine Frau, sondern Talon Danvers, die Yareah des Stammes Pakhet. Dass ich ins Zimmer gestürmt war, hatte ihn nicht einmal innehalten lassen.

„Zimmerservice!", rief Koren gut gelaunt, während er immer weiter rhythmisch in die Frau unter sich hineinstieß. „Gott sei Dank, ich bin am Verhungern!"

Atmen schien unmöglich, die Luft war geschwängert von den Gerüchen nach Sex und Schweiß.

„Komm her", verlangte er und sah mich dabei lüstern an. „Talon wird dir den Schwanz lutschen."

Doch im Gegensatz zu Koren war es mir durchaus nicht gleich, wer mich im Bett berührte, und ich konnte mir einfach nicht vorstellen, dass eine Frau mich anfasste. Das war nicht einfach nur eine Vorliebe, sondern so war ich nun einmal gestrickt.

Ich machte einen Schritt rückwärts und mit ziemlicher Sicherheit war mein Gesichtsausdruck ein erster Indikator dafür, dass etwas nicht stimmte. Sofort war er in der Defensive.

„Als ob du nicht mit anderen rumgemacht hättest, während ich weg war", warf er mir an den Kopf, während er immer noch Talon vögelte. „Es ist ja nicht so, als wären wir verbunden."

Und das waren wir tatsächlich nicht. Zwar empfand ich so tief in meinem Herzen, fühlte mich besonders, weil Koren Church mich liebte, und zählte die Tage, bis wir uns wiedersahen. Doch das ließ meine Gefühle längst nicht real werden. Es sorgte nicht dafür, dass ich ihm wichtig war. Ich hatte mich vielleicht niedergelassen, doch er war immer noch auf der Suche nach neuen Eroberungen. Das wurde mir schlagartig klar, als ich den Kuchen fallen ließ und fluchtartig das Zimmer verließ.

Als ich die Treppe hinunterlief und durch die Eingangstür entwischte, hörte ich ein Motorengeräusch. Als ich zur Auffahrt hinübersah, entdeckte ich Logan, der gerade von der Beifahrerseite aus Jins Jeep Wrangler ausstieg. Jin schien sich am Lenkrad festzuhalten. Ich brauchte ein paar Sekunden, bis ich verstand, dass er nicht etwa weinte, sondern lachte. Logan hingegen schien vor Wut zu schäumen.

„Du bist wahnsinnig!", brüllte Logan, der zum Haus hinüberkam. „Wie hast du überhaupt den Führerschein bestanden?"

Es schmerzte, sie zu beobachten, denn das alles war so normal. Jin, wie er ausstieg und Logan hinterherlief. Logan, wie er ihm zurief wegzubleiben, weil er verrückt sei.

„Schatz!", rief Jin ihm hinterher.

„Nein!"

Als Jin einen Sprint einlegte, um seinem Semel den Weg zu verstellen, sah ich, wie Logan ihn mit Blicken durchbohrte. Dann legte er ihm die Hände auf die Wangen.

„Bitte sei in Zukunft vorsichtiger", verlangte er. „Was soll ich denn machen, wenn dir irgendetwas zustößt?"

Jin legte den Kopf in den Nacken, sodass Logan sich über ihn beugen und küssen konnte. Es war zuckersüß und auch irgendwie erotisch. Aber hauptsächlich war es einfach nur das: Sie waren Gefährten.

Ich flüchtete von der Veranda, doch Logan packte mich am Arm, bevor ich in mein Auto einsteigen konnte.

„Alles in Ordnung?" Er sog tief Luft ein. „Du riechst, als wärst du verletzt."

Doch es war nur mein Herz, ich blutete ja nicht.

„Domin?"

Ich räusperte mich. „Dein Bruder ist mit einer verdammten Yareah in seinem Zimmer. Vielleicht solltest du dich besser darum kümmern."

Er machte große Augen und ich sah, wie wütend und peinlich berührt er war.

„Ich meine, wir wissen beide, dass Talon Danvers eine Schlampe ist, aber trotzdem … unter deinem Dach?"

Logan flog förmlich die Treppe hinauf, um ins Haus zu kommen. Ich war fast frei. Mal abgesehen von Jin.

„Was ist los mit dir?" Er klang besorgt.

„Koren vögelt Talon Danvers in seinem Bett."

Jetzt machte auch Jin große Augen. „Aber du hast dich so auf seine Rückkehr gefreut."

„Das habe ich", sagte ich, stieg in meinen silbernen Gran Turismo ein und brauste davon.

„Domin!"

Zurück in der Gegenwart wurde mir – wie damals, als ich mit Logan zum Sepat aufgebrochen war – bewusst, dass ich Koren nicht Auf Wiedersehen sagen musste. Es gab einfach nichts mehr zwischen uns.

„Ich glaube, dass du eines Tages jemanden kennenlernen wirst, der dich total fasziniert", sagte ich.

„Das habe ich bereits", sagte er. Er zog die Brauen zusammen und streckte eine Hand nach meinem Gesicht aus.

In diesem Moment betraten Jin, Crane und Kabore das Zimmer. Einige Diener folgten ihnen.

„Du solltest essen und trinken", riet Kabore. Er schnippte mit den Fingern, um die Diener zu dirigieren. „Und du, *Ex*, solltest dich von ihm fernhalten."

Korens Gesichtszüge spannten sich an, doch er stand vom Bett auf. Mein Verwalter rauschte heran und seine blank geputzten, schwarzen Stiefel klackten auf dem Steinfußboden.

„Nun denn, mein Herr. Du solltest dich verwandeln und essen. Wir sind alle hier und sobald du wieder zu Kräften gekommen bist, werden wir uns daran machen, deinen Gefährten zu finden."

„Genau", murmelte Crane. „Da schließe ich mich an."

Ich atmete tief ein. „Ich muss zu Yuri."

„Natürlich musst du das." Jins Augen sahen aus wie flüssiges Quecksilber. „Er ist dein Gefährte."

Ja, das war er.

SIE WAREN alle auf dem Bett verteilt eingeschlafen, das ich sonst nur mit Yuri teilte. Ich würde Anweisung erteilen müssen, dass das Bett abgezogen und die Laken gewaschen wurden, während ich unterwegs war. Wenn mein Gefährte Koren Church auf der Bettwäsche roch, würde er mich in der Luft zerreißen. Bei dem Gedanken musste ich seufzen. Dass Yuri so besitzergreifend war, fand ich unglaublich anziehend. Das hatte ich bisher nie erlebt.

Ich vermisste ihn und hätte ihn gern an meiner Seite gehabt. Ich war verletzt und musste mich ausruhen, doch noch mehr brauchte ich meinen Gefährten. Seine Berührung wäre jetzt eine solche Wohltat gewesen.

In der Nacht, bevor er aufgebrochen war, hatten wir uns gestritten. Ich hatte eine endlose Tirade darüber losgelassen, wie ungeeignet ich als Semel-aten war. Er hatte mich verteidigt – schließlich war er schon immer mein größter Fan gewesen – und hatte mich gepackt, als ich mich ihm entgegenwarf, und gegen die Wand gedrückt.

Ich war zwar stark, doch Yuri war stärker, größer und mindestens fünfundzwanzig Kilo schwerer als ich. In meiner Werpanthergestalt wäre ich ihm überlegen gewesen, doch das war nicht, was ich wollte. Ich wollte erleben, wie eindrucksvoll und mächtig er war.

„Du stellst meine Geduld ganz schön auf die Probe, mein Semel", flüsterte er mit tiefer Stimme in mein Ohr. Mit einer Hand um meine Kehle hielt er mich an

Ort und Stelle, sodass meine Wange gegen die raue Steinwand gedrückt wurde. Mit seinem Knie drückte er meine Beine auseinander.

Als er seine Kraft derartig zur Schau stellte, erschauerte ich. Außer ihm hatte nie ein anderer Liebhaber, nicht einmal Koren, begriffen, dass mein Verlangen, dominiert zu werden, ebenso stark war wie mein Wunsch zu dominieren. Ich musste die Kontrolle an jemanden abgeben können, sodass mein Verstand wenigstens für einen Moment die Gelegenheit hatte, sich auszuruhen.

Das Hemd, das ich trug, wurde zerrissen und fiel zu Boden. Er leckte mit der Zunge von meiner Halsbeuge bis zu meinem rechten Ohr. Zwar befahl ich ihm, damit aufzuhören, doch die Knie wurden mir trotzdem weich.

„Du willst doch gar nicht, dass ich dich in Ruhe lasse", neckte er mich und biss dann zu. „Oder?"

Ich wäre fast gekommen.

Er gab mir einen Stoß, sodass meine Vorderseite gegen die Wand gedrückt wurde. Er rieb mit kreisenden Bewegungen über meine Hinterbacken, während ich ihm befahl, sich aufs Bett zu legen und seinen Hintern in die Höhe zu strecken.

„Aber das ist nicht, was mein Gefährte heute braucht."

Er zog die Gurte, die er an der Wand befestigt hatte, hinter den Vorhängen hervor. Er selbst hatte die Schrauben in der Wand versenkt und an ihnen schwere Silberketten befestigt, an deren Enden sich robuste Fesseln befanden. Dann hatte er die ganze Konstruktion so versteckt, dass sie Besuchern niemals auffallen würde. Die Vorhänge, die er zu diesem Zweck angebracht hatte, waren mitternachtsblau.

Er löste die erste Fessel. Ich hörte, wie die Kette gegen die Wand schlug, und dann schloss sich die Fessel um mein Handgelenk. Es tat weh, so wie Silber der Haut eines Werpanthers immer wehtat. Wir unterschieden uns auf chemische und biologische Weise von normalen Menschen, wurden wir alle mit einer Allergie auf Silber geboren. Normalerweise hielten wir uns einfach von diesem Element fern, doch Yuri hatte sich ganz bewusst dafür entschieden, die Kette und die Fesseln aus Silber herstellen zu lassen. Er wollte sichergehen, dass ich mich nicht befreien konnte.

Ich erschauerte, als ich meine Arme ausstrecken musste, sodass sich die zweite Fessel um mein rechtes Handgelenk schließen konnte.

„Was hätte mein Kätzchen denn gern?"

„Geh zum Teufel", knurrte ich ihn an. Ich fing an, mich gegen die Fesseln zu wehren. Ich versuchte, ihn zu beißen, doch dafür hatte ich nicht genügend Bewegungsfreiheit. Ich konnte nur meinen Kopf, meine Hüften und meine Beine bewegen. Meine Brust drückte unangenehm gegen die Steinwand.

Ich knurrte, als er über mich lachte, und versuchte, mich wegzudrücken, als er seine Hände nach meiner Hose und meinem Gürtel ausstreckte. Nachdem er meine Hose geöffnet hatte, rutschte sie mir von den Hüften und fiel zu Boden, sodass sie meine Schuhe verdeckte.

„Wenn du dich wehrst, wirst du dir wehtun, also halte still", befahl er. Sein Atem strich warm über mein Ohrläppchen. Dann drückte er einen Kuss auf den Punkt auf meinem Rücken, wo sich meine Schulterblätter trafen. Er ging langsam vor. Er leckte, knabberte und saugte. Sein Mund bedeckte meine Wirbelsäule mit Küssen, bis er an meiner Hüfte ankam. Er zog mir die Unterhose herunter. Mein steifer, mehr als bereiter Schwanz kam zum Vorschein und stieß schmerzhaft gegen die Wand. Währenddessen biss er genüsslich in meine rechte Hinterbacke.

„Oh, bitte", bettelte ich mit einer Stimme, die nicht meine eigene zu sein schien. Das Wimmern konnte unmöglich von mir kommen.

Mit rauen Händen schob er meine Backen auseinander, legte mein Innerstes frei, und dann schmeckte er mich mit seiner Zunge. Er ließ sie spielerisch über meine Öffnung tanzen und stieß dann hinein.

„Yuri!", rief ich. Ich kam ihm mit meinem ganzen Körper entgegen, weil ich ihn tiefer in mir spüren wollte.

Er schien mein Hinterteil verschlingen zu wollen. Er knabberte und saugte, um meine Muskeln zu entspannen und mich feucht und bereit zu machen.

Ich keuchte und drückte mich fester gegen die Wand, als er meine Unterwäsche, Schuhe und Socken zur Seite stieß, sodass ich nackt und an die Wand gefesselt dastand.

„Was willst du?"

Das konnte ich ihm nicht sagen – es würde mich schwach erscheinen lassen und das konnte ich absolut nicht zulassen. „Lass mich gehen."

Er ließ von mir ab und ich wollte schier verzweifeln, weil er mich beim Wort genommen hatte. Da stand ich nun und zog erfolglos an den Fesseln, woraufhin diese mir nur immer tiefer in die Handgelenke schnitten.

„Halt", befahl er. Er legte eine Hand auf meinen Schwanz und begann, mir einen runterzuholen. Dabei passte er immer auf, dass ich nicht gegen irgendwelche scharfen Kanten stieß. Gleichzeitig stieß er zwei mit Gleitgel eingecremte Finger in meine Öffnung.

„Yuri", heulte ich vor Wut und vor Schmerz und vor lauter Glück.

Er ging nicht zärtlich vor, denn das hätte ich nicht zugelassen. Ich wollte es nicht, brauchte es nicht und hätte es auch nicht würdigen können, wäre es mir angeboten worden. Stattdessen wurde ich von sengender Hitze erfüllt, als er seine Finger zurückzog und dann mit flinken Fingern meine Öffnung eincremte. Als nächstes zog er meine Hüften zu sich heran und stieß mit der Spitze seines Schwanzes gegen meine Öffnung.

„Ich will, dass du bettelst."

Ich versuchte gegenzudrücken, um mehr Wirkung zu erzielen.

„Domin."

Das war alles Teil des Spiels: Ich musste die Kontrolle abgeben.

„Du sollst betteln", wiederholte er seinen Befehl.

Ich zitterte, weil auf meinem ganzen Körper kalter Schweiß ausgebrochen war. Ich konnte fühlen, wie er langsam in mich eindrang, wie er mich weitete, obwohl sich meine Muskeln dagegen wehrten. Der Schmerz stieß durch mich hindurch und mein Schwanz war so hart, dass es wehtat. Er umfasste mit einer Hand meine Eier, um sicherzugehen, dass es kein Entkommen für mich gab, nur Druck und Schmerz.

„Yuri."

„Yuri, was?"

„Bitte, mein Gefährte, bitte. Yuri, vögel mich, nimm mich. Ich gehöre dir."

„Ja", sagte er und stieß tief und fest in mich hinein. Er begrub seinen Schwanz mit nur einem kraftvollen Stoß in mir.

Ich brüllte seinen Namen. Er zog sich zurück, nur um gleich darauf erneut zu attackieren. Er stieß in einem erbarmungslosen Rhythmus zu, der nichts Zärtliches innehatte.

Er packte mich bei den Haaren und ich ließ den Kopf zurückfallen. Ich wimmerte vor lauter Glück.

Alles hörte einfach auf, fiel von mir ab. Es gab nichts mehr außer dem Rhythmus, mit dem er mich nahm, und dem Gefühl, ihn in mir zu spüren. Der scharfe, heiße Schmerz verschwand und verwandelte sich in ein pulsierendes Verlangen. Ich konnte nichts weiter tun, als meine Finger auf der Wand auszustrecken. Ich merkte, wie meine Füße den Bodenkontakt verloren, als er wieder und wieder in mich hineinstieß. Ich hielt die Geräusche nicht zurück, die mir auf der Zunge lagen: das Wimmern, das Stöhnen, das Schreien.

Er streckte seinen Arm über meinen Kopf aus und plötzlich war meine rechte Hand frei.

„Nimm deinen Schwanz in die Hand. Ich möchte sehen, wie du die Wand besprizt."

„Hör nicht auf", bettelte ich. Ich fühlte mich so voll, so ausgefüllt, und trotzdem war da noch mehr, von dem ich mich befreien musste.

Mit einer Hand hielt er meinen Oberkörper fest, mit der anderen klammerte er sich an meine Hüfte. Er nahm mich und benutzte mich und drückte das Wissen, wer ich war und was ich für ihn war, erst meinem Körper und dann meinem Verstand wie ein Brandzeichen auf.

„Du bist mein", knurrte er. Die Worte kamen mit so viel Nachdruck, dass sie den ersten Schritt auf dem Weg zu meinem Höhepunkt markierten. „Und sollte alles andere vergehen, das bleibt. Auf ewig."

Ich spürte, wie diese kalte, harte Kugel der Furcht in meinem Brustkorb zersprang. Selbst wenn ich scheiterte, selbst wenn ich nicht mehr Semel-aten sein würde, er würde immer noch mir gehören. Ihn würde ich nie verlieren.

„Hast du mich gehört?"

Meine Hoden zogen sich zusammen, meine Muskeln versteiften sich und mir stockte der Atem.

„Hast du mich gehört?", brüllte er.

„Ja", krächzte ich und dann sah ich nur noch Weiß.

„Ja, wer?"

„Ja, mein Gefährte", brachte ich mit letzter Kraft hervor.

Er stieß hart und erbarmungslos in mich hinein und vergrub seine Zähne in meiner Schulter. Ich keuchte auf, als mein Orgasmus über mir zusammenschlug. Ich schrie seinen Namen heraus.

Er, den Kopf nah an meinem, schien zu schnurren.

Ich hielt ihn in mir fest und sein leises, tiefes Schnurren rief in mir ein Wimmern hervor. Dann schien er in mir zu explodieren und flutete meinen Hintern mit flüssiger Hitze.

„Mein süßer, süßer Mann", säuselte er, und ich spürte heiße Tränen auf meinen Wangen.

Er fiel nach vorn, als meine Muskeln sich um ihn zusammenzogen. So standen wir da, eng aneinandergepresst, und zwischen uns tropfte Samen dickflüssig und heiß herab. Es fühlte sich gleichermaßen dekadent und intim an und ich erzitterte, als mich noch eine letzte Welle erfasste.

Er legte seine Arme um mich und ich spürte seine breite Brust an meinem Rücken. Er küsste meinen Hals so zärtlich, so langsam, dass ich den Boden unter den Füßen zu verlieren drohte.

„Lehn dich an mich, sodass ich deine Fesseln lösen kann."

Ich tat wie geheißen und er griff nach oben und befreite mich. Hätte er mich nicht festgehalten, wäre ich wohl zu Boden gesunken.

„Domin!"

Der Ruf holte mich aus meinen Erinnerungen zurück in die Gegenwart und zurück zu Jin. Mir war gar nicht aufgefallen, dass er auf dem Balkon stand.

„Hör auf zu wimmern und leg dich endlich Schlafen. Du wirst deinen Gefährten bald wiederhaben. Ich schlage vor, du erleichterst dann dein Gewissen und sagst ihm all die Dinge, von denen du annimmst, dass er sie nicht schon weiß."

Ich zog die Augenbrauen zusammen.

„Schweigen macht nichts besser, heilt keine Wunden. Nur, weil du nichts sagst, heißt das noch lange nicht, dass es nicht trotzdem wahr ist."

„Sprichst du da aus Erfahrung?"

„Mein Semel weiß, dass ich ihn liebe, und ich weiß, dass er mich liebt. Yuri weiß das vielleicht auch, schließlich hast du es in der Mongolei sogar verkündet. Ich weiß das, ich war dabei. Aber wenn das hier vorbei ist, musst du ihm klarmachen, wo sein Platz ist."

„Dir ist schon klar, dass du völlig ungeeignet bist, mir diese Ansprache zu halten?"

Er atmete langsam aus. „Die Ironie entgeht mir nicht."

„Logan wird uns beide umbringen, weißt du. Dich, weil du mitkommst, und mich, weil ich dich darum gebeten habe."

„Schätze, da hast du recht."

„Er wird dich nie wieder aus den Augen lassen."

„Und dieser Gedanke ist beruhigend. Er wird auch für Yuri beruhigend sein. Es ist ein wunderbares Gefühl, gewollt zu werden."

Ja, das war es.

8

DAS WAR genau, was ein Prinz tun sollte.

„Wir beide wissen, dass ich nicht länger der Maahes dieses Stammes sein werde, sobald Jin abreist", argumentierte Crane. „Ich werde mit ihm gehen."

„Das weiß ich", sagte ich und setzte dann ein finsteres Gesicht auf. „Doch bis dahin bist du es und musst hierbleiben und führen."

„Das kann ich nicht."

„Das kannst du", versicherte ich ihm. „Und das wirst du auch."

Wenn er Unterstützung von seinem besten Freund erwartet hatte, dann wurde er enttäuscht. Jin kicherte nur, anstatt ihm zu helfen.

„Bist du wahnsinnig?" Er schien völlig überrumpelt.

„Ach, hör einfach auf, dich so anzustellen", sagte Jin und gähnte demonstrativ. Ich versuchte, ihn mit Logik zu überzeugen. „Mikhail wird hier sein, um ..."

Da mischte sich Mikhail ein. „Ich werde mit dir gehen."

Samani, die hinter ihm stand, machte ein überraschtes und ängstliches Gesicht.

„Nein." Ich schüttelte den Kopf. „Du wirst hierbleiben, dich um den Stamm kümmern und Crane beraten, während ich weg bin."

Er seufzte und zeigte auf Jin. „Und du hast vor, die Reah vom Stamm Mafdet mitzunehmen. Oder den Sheseru oder wenigstens ein Dutzend ..."

„Machst du Witze?", rief Jin überrascht. „Nichts und niemand kann mir wehtun, Mikhail. Crane ist für den ersten Stamm verantwortlich. Kannst du bitte einfach hierbleiben und ihn unterstützen?"

Mikhail starrte ihn aus kobaltblauen Augen an.

Sogar in dem ganzen Chaos dieses Morgens fand ich die beiden einfach nur entzückend. Mikhail versuchte, allen gegenüber seine Pflicht zu erfüllen, und Jin benahm sich einfach wie Jin. Wie ein Bulldozer ebnete er sich seinen Weg.

„Logan wird euch alle umbringen", meinte Crane völlig leidenschaftslos.

„Vermutlich", stimmte ich ihm zu.

Jin wackelte mit den Augenbrauen.

AM MONTAG hatte Jin den Priester getötet. Es hatte mich die Nacht und den ganzen nächsten Tag gekostet, meine Wunden zu heilen. Kabore machte sich immer noch Sorgen, aber Thema Pakhom, meine Ärztin, war bereit, mich aufbrechen zu lassen, so lange ich versprach, nichts Anstrengendes zu tun.

„Domin, du solltest vorsichtig sein. Du bist noch nicht völlig genesen und keiner von uns möchte, dass du an etwas so Banalem wie einer inneren Blutung stirbst."

Ich sah, wie ihr Blick weich wurde. Das geschah immer, wenn sie mit mir sprach. Scheinbar mochten mich hier mehr Menschen, als ich angenommen hatte. Und obwohl ich noch schwach war, brachen wir am Mittwochabend auf, um die zehn Stunden nach Ipis zu fahren. Der Plan war, dort am nächsten Morgen anzukommen.

„Hast du immer noch Schmerzen?", wollte Jin von mir wissen, als wir zusammen auf der Rückbank des riesigen, schwarzen Hummer saßen.

„Das Fußvolk heilt nicht so schnell wie du, Nekhene", grummelte ich.

„Und auch nicht so schnell wie der Semel-netjer."

Ich warf ihm einen Blick zu, woraufhin er auflachte. Das war so ein beruhigendes Geräusch, dass meine schlechte Laune sofort verflog und ich mich an seine Schulter lehnte.

„Setz dich zu mir", schlug Koren vor, doch Jins Finger, die durch meine Haare kämmten, fühlten sich so gut an, dass ich gar nicht daran dachte, mich woanders hinzusetzen. Und es würde Yuri nichts ausmachen, wenn ich bei meiner Ankunft nach Jin roch.

Wir nahmen zwölf Männer mit, da Taj mit seinen sechzig ja bereits dort war. Wir hatten zwar Nachricht von ihm erhalten, doch sein Bericht machte nur bedingt Sinn. Man hatte ihm Erlaubnis gegeben, Ipis zu betreten. Den Zutritt zum Haus des Semel hatte man ihm jedoch verwehrt. Da ich nicht dabei war, musste man ihm laut Gesetz keinen Einlass gewähren. Von diesem Recht hatten sie Gebrauch gemacht.

Allerdings hatte er Yuri hinter dem Tor gesehen. Offenbar war er wohlauf, obwohl er Prellungen hatte und sein linker Arm verbunden war. Aber er hatte sein typisches Lächeln gelächelt. Als Taj ihm zugerufen hatte, dass ich auf dem Weg war, war er erfreut gewesen. Ich hatte Taj gebeten, Yuri ans Telefon zu holen, doch das war ihm nicht erlaubt worden. Der Semel machte einen Fehler, als er versuchte, mich von meinem Gefährten fernzuhalten. Bald würde er das auch einsehen.

„IST DAS Gras?"

„Ja", antwortete Kabore gähnend. Um zehn Uhr am nächsten Morgen waren wir angekommen. „Ipis befindet sich über einem unterirdischen See, darum wächst in dieser Gegend so viel."

Es war wunderschön. Sobek war trocken, so wie ich es von Ägypten kannte, aber die Gegend hier war herrlich und erinnerte an die Vorstellungen, die ich von einer Oase hatte. Als wir die Stadt erreichten, parkten wir in der Nähe eines Cafés und stiegen aus. Meine Khatyu reihten sich ohne viel Federlesens hinter mir ein. Sofort kam ein Grüppchen Menschen auf uns zu, um uns zu begrüßen. Das überraschte mich nicht, denn sie mussten seit Stunden gewusst haben, dass wir auf dem Weg waren. Es gab nur diese eine Straße von Sobek nach Ipis. Ich hatte mit Taj gesprochen und er hatte gefragt, ob er seine Position vor dem Haus des Semel aufgeben sollte, um mich zu begrüßen. Ich hatte ihm befohlen, dort zu bleiben. Wir würden uns dort treffen.

„*Sah'eed nahkarkoo.*"

Ein Mann trat aus einer Gruppe von zwanzig Männern hervor. Mit jeder Minute wurden es mehr.

Ich war der Sprache nicht mächtig und auch nicht bereit, mich irgendwie mit meinen begrenzten Sprachkenntnissen durchzuwurschteln. „Ich bin der Semel-aten, Domin Thorne. Ich muss mit Hakkan Tarek sprechen, dem Semel des Stammes Feran."

Alle fielen auf die Knie.

„Wer von euch ist Hakkan Tarek?", rief ich in die Menge.

Niemand antwortete.

Hinter mir räusperte sich Jin.

„Was?", fragte ich und warf ihm über die Schulter einen Blick zu.

Er versuchte, mir etwas zuzuflüstern.

„Was?"

„Du musst ihnen erlauben zu sprechen", murmelte Kabore kaum hörbar.

„Oh." Ich räusperte mich. „Bitte, erhebt euch. Und einer von euch sagt mir bitte, wo ich den Semel finden kann."

Sie standen wieder auf und ich versuchte, ein neutrales Gesicht zu machen.

„Mein Herr." Der Mann, der mich als erstes angesprochen hatte, kam näher. „Ich bin Hanif Tarek, der Sohn des Semel Hakkan Tarek. Willkommen in Ipis."

„Danke, ich muss sofort mit deinem Semel sprechen."

„Natürlich. Er ist im Fort, mein Herr. Ich werde dich zu ihm führen."

„Im Fort?"

„Das ist unser Zuhause, mein Herr."

„Also gut."

„Ich bin sicher, dass er sich sehr freuen wird, dass du hergekommen bist, um zu vermitteln und eine Lösung für das neueste unserer vielen Probleme zu finden."

Ich zog die Stirn in Falten. „Hat mein Sekhem euch nicht informiert, warum er erst hierherkam und jetzt auch ich hier bin?"

„Das hat er wohl, doch mein Vater will davon nichts wissen. Ihn interessieren nur die Katakomben von Abtu."

Das verwirrte mich. Er war mindestens einundzwanzig. Was zum Teufel war hier los? Warum war nicht er der Semel? Warum war sein Vater nicht zurückgetreten und hatte seinen Sohn in seine neue Rolle eingeführt?

„Warum bist du nicht Semel, Hanif Tarek?"

Er räusperte sich. „Der noch ungeborene Sohn meines Vaters wird eines Tages Semel sein."

Mir entging hier irgendetwas. „Du bist doch der Sohn deines Vaters, oder etwa nicht?"

Er sah zu Boden.

„Hanif?"

Keine Reaktion.

„Sieh mich an."

Er hob das Kinn und erwiderte meinen Blick.

„Erkläre dich."

„Mein Vater hat sich eine neue Yareah genommen und mit ihr wird er den nächsten Semel zeugen."

„Jin."

Er schloss zu mir auf und blieb neben mir stehen.

„Ich glaube, ich verstehe das nicht ganz", sagte ich und zeigte dann auf Hanif. „Bitte wiederhole noch einmal, was du mir gerade gesagt hast."

Es war ihm kaum möglich, Jins Blick standzuhalten. „Mein Vater hat sich eine neue Yareah genommen; also wird der Sohn, den er mit ihr zeugt, der nächste Semel vom Stamm Feran sein."

„Nein." Jin schüttelte den Kopf. „Obwohl deine Mutter verstorben ist …"

„Sie ist nicht verstorben."

Jin war genauso überrascht wie ich. „Sie ist nicht verstorben? Deine Mutter lebt?"

„Ja." Er versuchte angestrengt, seinen Gesichtszügen nichts anmerken zu lassen.

„Wie konnte dein Vater dann eine neue Yareah für sich beanspruchen?"

„Er hat einfach verkündet, dass meine Mutter nicht länger Yareah ist, und hat dann seine neue Vertraute als Yareah ausgerufen."

Jin schüttelte den Kopf. „Er kann mit so vielen Frauen ins Bett gehen, wie er möchte", meinte Jin schmallippig. „Doch nur der Semel-aten kann eine Vertraute, oder wosret, haben. Und auch das nur, wenn sie eine Reah ist. Semel, die nicht Semel-aten sind, können auch keine Vertrauten haben. Dann können es Huren, Ablenkungen, Liebhaberinnen oder wie auch immer er sie nennen mag sein, aber sie können deine Mutter nicht als Yareah ersetzen. Und er kann auch niemand anderen als den Erstgeborenen seiner Yareah zum Semel machen. Ist er verrückt?"

Hanif schluckte schwer. „Natürlich nicht."

„Wo ist dein Vater?" Jin runzelte die Stirn.

„Wie ich bereits dem Semel-aten erklärt habe, ist er zu Hause. Der Djehu der Peq, Ayaz Suyuti, und der Djehu der Shen, Chanzira Adjo, sind bei ihm."

„Dein Vater berät sie also?"

„Nein", sagte er leise. „Dein Sekhem, den du so großzügig zu uns geschickt hast, berät sie. Er versucht, mit ihnen zusammen eine Lösung zu finden."

Yuri.

„Er ist in Sicherheit und es geht im gut?"

„Ja, mein Herr", meinte er stockend. Das gefiel mir nicht. „Er ist ziemlich gut in Form."

Ich bildete mir das nicht nur ein – sein Geruch veränderte sich, als er Yuris Namen sagte.

Als seine Augen plötzlich vor Angst groß wurden, konnte ich mir nicht vorstellen, woran das liegen konnte. „Was?"

„Du ziehst die Stirn kraus", meinte Kabore zu meiner Linken. „Bitte entschuldige, aber könntest du uns sagen, mit wie vielen Männern der Sekhem hier angekommen ist?"

„Mit einem."

Ich fühlte, wie mir das Herz in die Hose rutschte.

„Nur ein Mann?", keuchte Jin. „Bist du sicher?"

„Ja." Er warf Jin einen unsicheren Blick zu. Er wusste nicht, wie er ihn ansprechen sollte, denn bisher waren sie einander nicht vorgestellt worden. Ich konnte meine Begleiter nur dem Semel vorstellen, so diktierte es das Gesetz. „Es waren nur zwei Männer – Yuri, dein Sekhem, und der andere." Er errötete, nachdem er den Satz beendet hatte.

Yuri. Mein Gefährte hatte diesem Mann erlaubt, ihn mit dem Vornamen anzusprechen.

Ich verspürte plötzlich das dringende Bedürfnis, diesem jungen Mann das Genick zu brechen. Doch Eifersucht war nur eine weitere Möglichkeit, meine Treue zu überprüfen, oder nicht?

„Wie ich bereits sagte, hat er sein Bestes gegeben, um den beiden Djehus dabei zu helfen, zu einer einvernehmlichen Lösung zu kommen. Bis jetzt war er allerdings nicht erfolgreich."

„Ich verstehe."

„Aber es ist ihm gelungen, für Garai Milars Sicherheit zu sorgen."

„Sicherheit?", hakte ich nach.

„Ja, mein Herr."

„Welche Gefahr bestand denn?"

„Deoles, der Sheseru meines Vaters."

„Da komme ich nicht mit. Warum droht dem Sohn eines anderen Semel Gefahr vom Sheseru deines Vaters?"

„Aber das ist doch der Lauf der Welt. Ein Sheseru bestraft und sorgt dafür, dass sich die Panther des Stammes ihm unterwerfen."

„Nein." Ich musterte ihn. „War es meinem Sheseru deshalb nicht gestattet, das Heim deines Vaters zu betreten?"

„Ja, mein Herr. Hättest du deinen Sylvan geschickt, hätte dieser das Fort betreten dürfen."

Das alles verwirrte mich. „Bitte bringe mich zu deinem Vater und erkläre mir auf dem Weg dorthin, was hier eigentlich vor sich geht."

Er schüttelte den Kopf. „Aber ich bin nicht würdig ...“

„Doch, das bist du“, widersprach ich. „Mein Sekhem hat dir also erlaubt, ihn mit dem Vornamen anzusprechen?“

„Oh, er hatte keine Wahl. Mein Vater entscheidet, welche Rechte einem zustehen, sobald man Ipis betritt. Er ist hier das Gesetz.“

„Ist er das?“

„Ja.“

„Was heißt das?“, hakte ich nach.

„Das heißt, dass die Gesetze, die außerhalb der Mauern unserer Stadt gelten mögen, hier nicht von Belang sind. Es gilt nur, was mein Vater beschließt.“

„Und warum ist das so?“

„Er ist ein göttliches Wesen.“

„Von welchem Gott sprechen wir hier?“

„Er ist der wiedergeborene Ra.“

„Ist er das?“ Ich hob eine Augenbraue und blickte zu Jin.

„Das ist eine Perversion des Gesetzes“, sagte dieser und starrte dabei den jungen Mann an.

„Wenn du nicht möchtest, dass seine Khatyu meinem Vater davon berichten, solltest du leiser sprechen“, warnte Hanif.

„Warum?“

„Weil ich herausgefunden habe, dass es auf dasselbe hinausläuft, wenn man meinen Vater infrage stellt oder seine Aufmerksamkeit durch Schönheit erregt.“

„Und woran liegt das?“, wollte ich wissen.

„An seinen Interessen.“

In meiner Magengrube bildete sich ein Knoten. „Und Garai Milar, hat er ein Interesse für ihn entwickelt?“

„Ja, mein Herr.“

Es war schmerzvoll, diese Worte zu hören. Ich musste kurz innehalten und tief durchatmen, bevor ich weitersprechen konnte, ohne sofort loszubrüllen. Als ich Hanif wieder ansah, fiel mir auf, wie verängstigt er aussah. „Ist Garai Milar vergewaltigt worden?“

„Er hat ihn mit ins Bett genommen, ja.“

„Du kannst es nennen, wie du willst. Wenn es gegen seinen Wunsch geschehen ist, ist es eine Vergewaltigung.“

Er erschauerte plötzlich. „Bitte tötet meinen Vater nicht. Schwört, dass ihr das nicht tun werdet, oder ich werde den Alarm auslösen. Dann werdet ihr nie hineingelangen.“

Ich verengte meine Augen zu Schlitzen und starrte den jüngeren Mann an. „Ich schwöre, dass *ich* deinen Vater nicht töten werde, Hanif Tarek.“

„Gott schütze euch.“

„Aber erkläre mir bitte, wie mein Sekhem für Garai Milars Sicherheit sorgen konnte.“

„Er ist sein Kämpfer. Nun, tatsächlich ist er auch der Kämpfer für meine Schwester Masika und meine Cousine Dalila."

Ich atmete tief ein, um mich zu beruhigen. „Yuri Kosa stellt sich vor drei Menschen?"

„Fünf, mein Herr", gab er zu. „Auch die beiden Djehus stehen unter seinem Schutz."

„Das ist empörend!", meinte ein entsetzter Jin. „Ich will sofort in dieses Fort."

„Und du wirst auch gleich dort sein", beruhigte ich den Gefährten meines besten Freundes, während ich Hanif anlächelte, um ihn in Sicherheit zu wiegen. „Heißt das, dass dein Vater mit allen seinen Besuchern verfährt, wie es ihm gerade beliebt?"

„Ja, natürlich, mein Herr. Wie ich bereits erklärt habe, ist mein Vater Ras Stimme auf Erden."

„Verstehe. Und wo ist euer Sylvan?"

„Er wurde den Flammen überstellt, weil er meinem Vater widersprochen hat." Kabore sagte etwas auf Latein, bevor er sich bekreuzigte.

„Also tötet dein Vater diejenigen, die sich ihm entgegenstellen?"

„Ja, mein Herr."

„Vor welche Wahl wurde mein Gefährte gestellt?"

„In der Arena zu kämpfen oder sich zu unterwerfen."

„Sich deinem Vater zu unterwerfen?"

„Nein, mein Herr. Mein Vater nimmt keine Männer wie deinen Gefährten in sein Bett. Sie müssen schön sein und feingliedrig." Er sah Jin an. „Wie dein Freund."

Mir fiel auf, dass er sich in die Unterlippe biss. „Hanif?"

„Du solltest ihn zu euren Fahrzeugen zurückbringen. Dort wird er in Sicherheit sein."

„Nein." Ich schüttelte den Kopf. „Ihm wird nichts geschehen. Was passiert mit den Männern, die nicht im Bett deines Vaters landen?"

„Sein Sheseru, Deoles Aran, bietet sie auf einem Altar dar, der in der Haupthalle aufgestellt ist."

Mir stockte der Atem. „Mein Gefährte kann also entweder in der Arena kämpfen oder sich vor allen Anwesenden diesem Deoles hingeben?"

„Ja." Er strahlte mich an, als führten wir gerade ein völlig normales Gespräch. „Mein Vater genießt es sehr zuzusehen, wie Deoles so starke, große Männer wie deinen Gefährten nimmt."

„Und als mein Gefährte abgelehnt hat?"

„Ich fand die Wahl, vor die er gestellt wurde, beängstigend, aber dein Gefährte ist von ganz außerordentlichem Charakter, und obwohl Deoles größer ist als er, ist er nicht stärker."

Ich biss die Zähne zusammen, denn es war wichtig, dass ich ruhig blieb.

„Nachdem er gewonnen hatte, fiel der Blick meines Vaters auf meine Schwester. Da hat dein Gefährte selbstlos angeboten, ihr Beschützer zu sein. Darum musste er erneut in der Arena kämpfen."

„Wie oft kämpft er pro Tag?"

„Fünf Mal, mein Herr."

Hanif schwieg und ich spürte, wie Wut von mir Besitz ergriff. Doch es war nicht meine Wut, es war Jins. Bei mir war es so, dass mich nur Yuris Schicksal interessierte. Solange ihm nichts zustieß, konnte dieser Semel mit seiner Familie anstellen, was immer er wollte. Bei Jin aber ... so waren Reahs einfach nicht gestrickt. Schwächere anzugreifen, würde immer die Wut einer Reah heraufbeschwören. In einer Nekhene jedoch würde der Gedanke der Rache wachsen.

„Vergeht sich dein Vater selbst an deiner Schwester?"

„Er vergeht sich nicht an ihr, mein Herr."

„Tut er es selbst?", wiederholte ich meine Frage und gab mir Mühe, meine Stimme unbeteiligt klingen zu lassen.

„Nein, mein Herr", gab er zu. „Er sieht zu, wie Deoles sie nimmt."

Es fühlte sich an, als würde ein heißer Wind über meine Haut streifen und sie mit kleinen Nadelstichen traktieren. Mir wurde klar, dass alles, was ich gedacht hatte, Unfug war. Ich erzitterte, weil ich plötzlich das unstillbare Verlangen danach verspürte, zu beschützen und Zuflucht zu gewähren. Ich musste für einen Moment die Augen schließen, damit diese Gefühle durch mich hindurchfließen konnten. Die Veränderungen, die ich bisher so standhaft verneint hatte, hatten mich trotzdem erfasst. Ich wollte nicht nur Yuri retten. Ich würde nicht damit zufrieden sein, nur ihn und Garai Milar zu befreien. Ich wollte sie alle befreien.

„Darf ich etwas fragen?", mischte sich Jin mit gespielt sachlicher Stimme ein.

„Natürlich", sagte Hanif und mir fiel auf, dass Jin ihn schon jetzt völlig um den Finger gewickelt hatte.

„Kämpft der Gefährte des Semel-aten in der Arena in seiner Panthergestalt?"

„Nein. Die Yareah meines Vaters sieht Männer gern schwitzen, während sie kämpfen. Darum kämpfen sie in ihrer menschlichen Gestalt in der Arena."

„Das Gesetz verbietet das", informierte Kabore den jüngeren Mann.

„Ja, das weiß ich", gab er zu. Mir fiel auf, wie schüchtern er war. Wie er die Lippen zusammenpresste oder zu einem kleinen Lächeln formte, schien ein nervöser Reflex zu sein. „Aber so leben wir nun einmal in Ipis, beim Stamm Feran."

„Na, gut." Ich räusperte mich. „Mein Sekhem hatte ein Telefon dabei. Wir haben von Sobek aus versucht, ihn anzurufen, hatten aber keinen Erfolg. Hat dein Semel es ihm weggenommen?"

„Ja, mein Herr."

„Seine persönlichen Gegenstände wurden ihm abgenommen?"

„Wie ich bereits sagte, ja, mein Herr."

„Nun gut, dann bringe uns bitte zum Fort, Hanif Tarek."

„Natürlich", sagte er, bewegte sich aber keinen Schritt vorwärts.

Ich verengte die Augen zu Schlitzen.

„Einfach so, wie du es zu Hause auch machen würdest", sagte Jin mit auffallend hoher Stimme. „Du musst führen. Niemand wird sich bewegen, ohne dass du es zuerst tust."

Doch mir fiel eine weitere Frage für Hanif ein. „Dein Vater scheint keinen Wert auf Höflichkeit und Tradition zu legen, warum tust du es dann? Und mit dir deine Khatyu und die Stammesmitglieder, die du bei dir hast?"

„Die Menschen, die du hier siehst, gehören alle den Shen an. Ihr Djehu, Chanzira Adjo, glaubt fest an das Gesetz. Doch auch der Djehu der Peq, Ayaz Suyuti, würde dir großen Respekt zollen, wenn du die Gehöfte außerhalb der Stadt besuchen würdest. Beide Djehus folgen dem Gesetz und ich glaube, das ist ein weiterer Grund, warum es meinem Vater nicht gelungen ist, mit ihnen in der Frage um die Katakomben zu einer Einigung zu kommen."

„Sie respektieren ihn nicht", sagte Jin.

„Nein, das tun sie nicht. Sie empfinden Abscheu vor ihm und haben sich mehr als einmal bei deinem Vorgänger über ihn beschwert."

„Ammon El Masry hat ihnen nie eine Antwort geschickt?"

„Nein, mein Herr. Er war der Ansicht, dass es die Aufgabe meines Vaters sei, sich um diese Angelegenheit zu kümmern."

„Obwohl es dein Vater war, über den sie sich beschwert haben?", meinte ich angewidert.

„Ja, mein Herr."

„Gut." Ich unterdrückte das Verlangen, den Mund abschätzig zu verziehen. „Bitte geh voran, wir werden folgen."

„Mir scheint, du bist aufgebracht."

„Schon in Ordnung. Bitte bringe uns zu deinem Zuhause", meinte ich unsicher.

„Ja, mein Herr", sagte er und sah mich aus seinen rehbraunen Augen an.

„Jetzt", insistierte ich, als sich immer noch niemand bewegte.

„Begrüße die Anwesenden", riet mir Kabore.

Ich drehte mich und hob den Arm, woraufhin alle auf die Knie fielen. „Ich danke dem Stamm Feran für das herzliche Willkommen. Ich fühle mich geehrt, die Stadt besuchen zu dürfen." Die Menge jubelte und klatschte.

Hanif wandte sich zum Gehen. „Komm, mein Herr."

Man folgte uns auf Schritt und Tritt. Kinder brachten mir Blumen, aus den Ladengeschäften, die die Straße säumten, winkte man mir zu, und junge Mädchen streuten Blüten.

„Mein Herr, wir fühlen uns so geehrt …", begann Hanif.

„Erzähle mir mehr von den Katakomben von Abtu", forderte ich den Sohn des Semel auf.

Das überraschte ihn. „Oh, natürlich. Die Höhlen befinden sich in den Bergen, die du von Ipis aus sehen kannst. Der Eingang ist ungefähr 2,5 Kilometer entfernt und ..."

„Ich glaube, meinen Herrn interessiert eher, warum es Streit um das Land gibt", wandte Kabore ein.

„Natürlich." Hanif räusperte sich. „Zur Zeit der Kreuzzüge wurde das Land der Familie von Ayaz Suyuti zuerkannt. Damals wurde auch das Fort, das wir unser Zuhause nennen, gebaut."

„Warum gibt es dann also Streitigkeiten?", fragte ich und beschleunigte meinen Schritt.

„Weil es im Laufe der Jahrhunderte viele Hochzeiten zwischen den beiden Parteien gegeben hat. Erst in den letzten fünfzig Jahren haben sie sich wieder deutlich voneinander distanziert."

„Also gibt es zwei Personen, die gleichermaßen Anspruch auf das Land haben."

„Ja, mein Herr. Beide haben gleichwertige Blutlinien, die sich zu den gleichen Vorfahren zurückverfolgen lassen. Es sind sogar Brüder."

„War einer dieser Brüder ein Semel?"

„Nein, mein Herr."

„Lässt sich eine der Blutlinien auf eine Yareah zurückverfolgen?"

„Nein, mein Herr."

„Dann also Brüder mit gleichwertigem Anspruch."

„Ja, und das bedeutet, dass sowohl die Shen als auch die Peq gleichermaßen Anspruch auf das Land haben, obwohl die Besitzurkunde klarstellt, dass es an das Haus Suyuti fallen soll."

„Aber in der Urkunde ist vom Erben des Hauses Suyuti die Rede."

„Ja, nicht einfach nur ein Name, sondern der Erbe der Blutlinie."

Jetzt verstand ich das Problem. Es hatte bis zu diesem Zeitpunkt so viele Heiraten zwischen den Familien gegeben, dass man keine einzelne Person mehr benennen konnte, die der Erbe der Blutlinie war. „Und wie lange geht das schon so?"

„In den letzten zehn Jahren sind die Streitigkeiten zunehmend eskaliert. Kürzlich hat jedoch Ayaz Suyuti Gold in den Höhlen gefunden und seither ..."

„Er hat Gold gefunden?"

„Ja, mein Herr."

Dann war ja alles klar. „Und er möchte das Gold schürfen."

„Ja", meinte Hanif.

„Und Chanzira möchte die Katakomben so belassen, wie sie sind."

„Ja", stimmte er zu. „Genau."

„Weil Ayaz ein Farmer ist, jemand der vom Land lebt, sieht er das Gold als eine Möglichkeit, sein eigenes Leben und das seiner Familie und Freunde zu verbessern."

„Ganz genau."

„Chanzira ist bereits wohlhabend und möchte, dass das Land unberührt bleibt."

„Stimmt. Woher wusstest du das?"

„Es ist offensichtlich", sagte ich, während ich mich fragte, wie dieser Disput wohl enden würde. „Die Antwort ist es jedoch nicht."

„Nein, das ist sie nicht. Sollte mein Vater sich schließlich für eine Fraktion entscheiden, wird die andere ihn hassen."

Ich hätte ihm sagen können, dass man seinen Vater schon jetzt hasste, doch Hanif machte einen so zerbrechlichen Eindruck, dass ich Angst hatte, ein weiterer Schlag ins Gesicht wäre zu viel für ihn. Ich konnte mir nicht vorstellen, wie viel Psychotherapie nötig sein würde, um ihm zu helfen.

„Irgendwann wird mein Vater eine Entscheidung treffen müssen, doch wenn sich eine der beiden Gruppen weigert, diese Entscheidung anzuerkennen, wird das den Status meines Vaters ins Wanken bringen."

„Definitiv", pflichtete ich ihm bei.

„Was ich sagen will: Wenn die Peq ihm misstrauen, wird das die Landwirtschaft negativ beeinflussen und damit auch den Reichtum des Stammes. Wenn die Shen ihm misstrauen, dann leiden der Handel und der Tourismus. Der Tourismus blüht hier in Ipis, denn Panther aus aller Welt kommen hierher, um die Katakomben zu besichtigen."

„Du analysierst die Lage sehr scharfsinnig."

„Mir scheint, dass jede Entscheidung, die mein Vater in dieser Sache trifft, nur falsch sein kann."

„Vielleicht, aber das gehört dazu, wenn man der Anführer ist. Man muss unbeliebte Entscheidungen treffen."

„Aber wenn du anstatt meines Vaters entscheiden würdest …"

„Dann wäre ich der Sündenbock."

„Genau."

„In Ipis ist aber dein Vater das Gesetz. Niemand würde glauben, dass er mir diese Macht übertragen hat."

„Außer, wenn er sie dir zugesteht."

„Wohl wahr."

„Ich werde mit ihm sprechen."

Doch es war egal, ob er das tat oder auch nicht. Meinen Plan würde das nicht beeinflussen. „Wie weit ist es noch?", wollte ich von Hanif wissen.

„Gleich da oben, mein Herr."

Ich sah, dass Taj aus dem Seiteneingang eines Gebäudes kam. Seine Männer verteilten sich um uns. Sie blieben in der Nähe, versuchten aber, unauffällig zu sein. Sie versuchten angestrengt, so auszusehen, als würden sie nicht gerade feindliches Gelände einnehmen.

„Ich kann deinem Sheseru immer noch nicht erlauben, mit hereinzukommen."

„Natürlich", sagte ich. „Könntest du kurz warten, während ich ihm das erkläre?"

Er seufzte erleichtert auf, weil er annahm, dass ich mich fügte. „Ja, mein Herr."

Ich ging hinüber zu Taj und fragte ihn über die Shu aus.

„Rahim hat das Kommando. Die anderen neun Männer sind schon drin. Er befindet sich bereits in Position und sagt, dass er Yuri und die beiden Djehus sehen kann. Er macht sich allerdings Sorgen darüber, wie du sie herausbekommen willst, ohne dass jemand getötet wird."

„Taj", sagte ich und starrte ihm dabei in die Augen. „Sag ihm, dass er nichts unternehmen soll. Er soll nur auf dich warten. Ich möchte, dass niemand zu Schaden kommt. Mir scheint, die Leute hier haben schon genug verloren."

„Bist du sicher? Das sieht dir gar nicht ähnlich."

„Ich weiß."

„Was planst du?"

„Entweder mache ich Hanif Tarek zum Semel oder ich beende dessen Blutlinie und Mikhail bleibt auf Dauer hier. Ich bin mir da noch nicht sicher. Ich werde das entscheiden, wenn ich sehe, wie Hanif Tarek auf den Tod seines Vaters reagiert."

„Gut. Wir haben also das Okay für den Semel und seinen Sheseru?"

„Ja."

„Gut. Sobald wir die Mauern überwunden haben, schnappen wir sie uns."

„Wenn ihr in der Lage seid, vor Jin da zu sein." Das machte mir Sorgen. „Das war eine übereilte Entscheidung und ich bin sicher, dass ich sie bereuen werde, aber im Moment muss ich annehmen, dass Jin den Semel in der Luft zerreißen wird. Beim Sheseru müssen wir einfach abwarten."

Er räusperte sich. „Falls – oder mehr wahrscheinlich: wenn – Jin die Macht erlangt, ohne dass Logan hier ist: Wie willst du ihn wieder beruhigen?"

„Ich habe keine Ahnung."

„Gut, dann hoffen wir einfach das Beste."

„Kontaktiere Crane. Er soll Logan herschicken."

Er schüttelte den Kopf.

„Was soll ich deiner Meinung nach sonst tun?"

„Nichts, ich werde mich darum kümmern. Wie viel Vorsprung möchtest du, bevor ich nachkomme?"

„Hat er viele Khatyu?"

„Was hat das damit zu tun?" Taj klang genervt.

„Ich möchte nicht, dass einer meiner Männer verletzt wird."

„Keiner deiner Männer wird verletzt werden, Domin." Er machte ein Gesicht, als wäre ich wirklich sehr anstrengend. „Aber um deine Frage zu beantworten: Rahim kann von seiner Position aus Baracken für einhundert Männer sehen. Er und seine Männer haben sie bereits mit Gaskartuschen beworfen. Alle seine Khatyu sind kaltgestellt."

Das überraschte mich. „Drinnen waren keine Soldaten?"

„Im Hauptsaal zusammen mit dem Semel waren vielleicht zehn."

„Ich hätte gedacht, dass das schwieriger wird."

Er zuckte mit den Schultern. „Wie du dich ja vielleicht erinnerst, habe ich dir von vornherein gesagt, dass keiner unserer Männer verletzt wird."

„Na gut, wir treffen uns drinnen."

„Wann?", fragte er. „Ich möchte wissen, wann genau du mich brauchst."

„Zehn Minuten, nachdem ich reingegangen bin."

„Gut, alles klar."

„Weiß Rahim, wo Constantine ist?"

„Nein, ich habe ihnen gesagt, sie sollen überall nachsehen, aber bisher haben wir keinen Anhaltspunkt. Du wirst Yuri fragen müssen, was passiert ist. Ich weiß nicht, wie viele Männer er dabeihatte. Ich weiß nicht, wer sonst noch fehlt, denn ich glaube, alle anderen sind da."

„Hanif hat gesagt, Yuri hätte nur Constantine dabeigehabt."

„Ist das dein Ernst?"

Ich schüttelte den Kopf.

„Darüber solltest du mit ihm reden."

Das Kompliment konnte ich sofort zurückgeben. „Das ist deine Aufgabe, Sheseru. Den Gefährten zu beschützen, fällt in deine Verantwortung."

Er sah mich prüfend an. „Du möchtest also, dass ich das übernehme?"

„Ja."

„Wird gemacht", sagte er mit Nachdruck. Ich erkannte, dass ich gerade etwas gelernt hatte. Ich musste zulassen, dass andere mir halfen. Ich konnte nicht überall gleichzeitig sein. Ich brauchte Unterstützung.

„Danke."

„Gern geschehen."

„Gut", sagte ich und legte ihm eine Hand auf die Schulter. „Sei vorsichtig, wenn du dir Zutritt verschaffst."

„Du solltest auch vorsichtig sein. Sollte Jin Macht erlangen und sie sich dann als instabil erweisen, werden die Shu eher die Füße in die Hand nehmen, anstatt sich dem zu stellen. Sie werden nicht noch einmal zulassen, dass man sie zur Verwandlung zwingt."

„Gut", sagte ich und ging dann zurück zu Kabore, Jin, Koren und Hanif.

„Er wird uns nicht nach drinnen begleiten", informierte ich den Sohn des Semel.

„Danke, mein Herr."

„Gehst du voran?"

„Ja, folgt mir."

Ich hatte einen Palast oder eine Villa erwartet. Ich hatte angenommen, dass Hanif mit dem Begriff *Fort* nur aussagen wollte, dass sein Zuhause vielleicht nicht so kapriziös oder kunstvoll war. Doch es handelte sich wirklich um ein Bollwerk, wie die Kreuzzügler sie so zahlreich in Ägypten hinterlassen hatten.

Die Mauern waren sechs Meter hoch und aus Kalkstein. Als wir das offene Tor durchschritten, musste ich feststellen, dass sie auch mindestens einen Meter dick waren. Ich hätte bewaffnete Wachen auf der Außenmauer postiert, Männer mit automatischen Waffen und Pistolen. Doch hier gab es niemanden. Als wir das Eisentor der Innenmauer durchschritten, sah ich, dass es im Innenhof nirgends bewaffnete Wachen gab. Dadurch mutete alles sehr mittelalterlich an. So spartanisch wie das Äußere, so verschwenderisch war die Inneneinrichtung, als wir schließlich das Gebäude betraten.

Riesige Säulen waren mit verschiedenen ägyptischen Gottheiten verziert worden.

„Komm, mein Herr", sagte Hanif und führte mich tiefer in die Gemächer seines Vaters.

Der Fußboden bestand aus einem farbenfrohen Mosaik, das eine riesige Sonne darstellte. Überall waren Sitzgelegenheiten verteilt worden und durch die Eingangshalle trat man auf einen Marmorfußboden, in den ein Loch eingelassen war, in dem ein offenes Feuer brannte. Am anderen Ende des Zimmers erhob sich ein riesiger Thron auf einem Podium, der viel verschwenderischer dekoriert war als mein eigener.

Dort saß ein Mann. Zu seiner Rechten war eine wunderschöne Frau und zu seiner Linken ein ebenso schöner Mann. Die Frau trug ein Gewand aus dunkelblauer Seide, das hervorragend zu ihrem hellen Teint passte. Der Mann war fast nackt, doch das bisschen Stoff, der das Nötigste verhüllte, war aus goldener Seide. Beide waren über und über mit Juwelen behängt. Vor dem Podium standen eine ältere und eine jüngere Frau sowie ein Mann im gleichen Alter. Außerdem gab es noch einen Mann mit solch grotesken Muskeln, dass es aussah, als hätte man ihn aus einem Steinblock gemeißelt. Die Muskeln in Armen, Beinen und auf seiner Brust waren definiert und angespannt. Wenn ich raten müsste, würde ich sagen, dass das der Sheseru war.

„Hier ist mein Vater", sagte Hanif stolz, als er den Raum betrat. „Ich erlaube mir, Hakkan Tarek vorzustellen, den Semel des Stammes Feran."

„Willkommen in Ipis!", rief der Mann auf dem Thron.

Er schien sich auf seinem Thron zu lümmeln: Ein Bein hatte er über eine Armlehne gelegt und mit dem Rücken lehnte er bequem an der Rückenlehne. Er trug eine rote Seidengalabaya mit einer dazu passenden Abaya darüber und machte den Eindruck, als störe ihn meine Anwesenheit nicht im Geringsten.

„Danke", erwiderte ich die Begrüßung.

Während ich dort stand und darüber nachdachte, wie ich weiter vorgehen sollte, fiel mir der Geruch auf. Es duftete irgendwie nach Zitrone mit Sandelholz und Rauch.

„Was ist das für ein Geruch?", fragte ich Hanif. Normalerweise hätte ich nie einen Semel ignoriert, um mit jemand anderem zu sprechen.

„Bitte richte deine Fragen an mich, Semel-aten", sagte Hakkan Tarek von seinem Thron aus.

Ich ignorierte ihn und konzentrierte mich weiterhin auf seinen Sohn. „Hanif."

„Du solltest mit meinem Vater sprechen", meinte dieser wenig hilfreich.

„Wenn dieser Tag zu Ende ist, wird dein Vater nicht mehr Semel sein – du, Hanif Tarek, wirst dann Semel sein. Ich spreche also mit der Person, mit der ich sprechen sollte."

Ich nahm das Gesetz nicht übergenau. Ich erlaubte Diskussionen, änderte es sogar selbst, doch als ich Hakkan Tarek beobachtete, während ich sprach, erkannte ich, dass er in dieser Position nicht zu halten war. Er hatte zu viele Menschen verletzt, hatte zu viel Schaden angerichtet. Es würde einen Neustart geben müssen.

Ich wandte den Kopf, um Jin anzusehen, der sich im Raum umsah.

„Was?"

„Ich denke, es ist eine Droge", sagte Jin. Er betrat das Podium, und obwohl ein Raunen durch die Menge ging, tat er es, als wäre es kein unglaublicher Affront. Offensichtlich fühlte er sich genauso wie ich: als gäbe es hier im Zuhause von Hakkan Tarek keine Regeln. Warum sollten wir uns dann an Gesetze halten, die uns aufgezwungen worden waren?

Er ging zu einer der Frauen hinüber, zeigte auf ihr Gesicht und sah dann wieder mich an. „Nicht nur riecht es hier drinnen komisch, sondern sie hat auch erweiterte Pupillen. Sieh dir die Leute doch an", sagte er und berührte den Thron, auf dem die Frau saß. „Alles sieht aus, als wäre es mit Öl eingerieben."

„Wo kommt das her?"

Er zeigte auf das offene Feuer in der Mitte des Raumes.

„Wir könnten das Feuer ausmachen."

„Ja", stimmte er zu. „Es mit Wasser zu löschen, wird nur zu einer unglaublichen Rauchentwicklung führen. Am besten löschen wir es mit Sand."

„Wie könnt ihr es wagen, in mein Haus zu kommen und …"

„Ruhe!", brüllte Jin. Alle erstarrten, denn das hatte eigentlich unmöglich aus seinem Mund kommen können. Und doch war es so.

Hakkan Tarek erhob sich und hielt auf Logan Churchs Gefährten zu.

Ich hatte Jin seit sechs Monaten nicht gesehen, daher war ich nicht darauf vorbereitet, wie sehr seine Macht gewachsen war.

Entfernt nahm ich Schreie und das Geräusch herbeieilender Schritte wahr. Eine große Gruppe Menschen stürmte in den Thronsaal. Ich wusste, dass Taj unter ihnen war, doch ich konzentrierte mich voll und ganz auf Jin.

Es war körperlich schmerzhaft, und da ich bereits geschwächt war, fühlte ich den Schmerz deutlich, allerdings nur für einen Augenblick. Ich spürte, wie mich eine brennende Welle erfasste, die über mir zusammenbrach und dann weiterwanderte.

Sie berührte mich nur für einen Moment, doch dieser Moment reichte aus, um mich auf dem Marmorboden auf die Knie sinken zu lassen. Hakkan Tarek hatte nicht so viel Glück, denn die brennende Hitze zielte direkt auf ihn.

Er verwandelte sich sofort und das war kein schöner Anblick. Knochen brachen und Muskeln spannten sich, so als würde etwas auf brutale Weise von innen nach außen gekehrt.

Die Schreie setzten sofort ein und waren ohrenbetäubend. Hanif Tarek verlor in Kabores Armen das Bewusstsein. Die Frau, die neben Hakkan gesessen hatte, versteckte sich mit wilden Schreien unter ihrem Thron.

„Du wirst nicht meinen Semel angreifen!"

Dieser warnende Aufschrei kam von Deoles Aran, dem Sheseru. Er stieß den Mann an der Kette von sich fort und rannte die Treppe hoch zu Jin.

Es war, als rannte er in eine unsichtbare Mauer hinein. Er erstarrte und wurde dann zurückgeworfen, als hätte eine unsichtbare Klaue ihn ergriffen. Sein Körper erzitterte und wand sich in Krämpfen, schneller und immer schneller. Ich fragte mich, wie lange sein Herz das aushalten konnte. Genau in diesem Moment verbog sich sein Körper ein letztes Mal, bevor er in seine Panthergestalt gezwungen wurde.

Es war ein scheußlicher Anblick, doch er verdiente jede Sekunde dieser schrecklichen Qual. Jin war ein Racheengel. Sie alle hatten Glück, dass er keine sadistische Ader besaß. Sollte Jin jemals Gefallen daran finden, andere zu quälen, würde der in die Länge gezogene Moment der Verwandlung von einer Gestalt in die andere seine Opfer in den Wahnsinn treiben.

Ich war bereits beim Sepat in der Mongolei Zeuge davon geworden, wie er Panthern die Verwandlung aufzwang. Es schien schmerzhaft zu sein, ging aber schnell. Darum war ich mir nicht sicher, inwiefern das Gehirn überhaupt in der Lage war, die Situation zu verarbeiten. Doch wenn Jin jetzt anderen die Verwandlung aufzwang, tat es weh, daran hatte ich keinen Zweifel. Es flossen Blut und andere Flüssigkeiten, als würden sie bei lebendigem Leibe gehäutet. Ich sah Muskeln und Knochen, die sich schnell zu einer Panthergestalt zusammenfügten.

Ich hätte mir keine Sorgen zu machen brauchen: der Rest von uns spürte es nur einen kurzen Augenblick. Jin hatte an seiner Kraft gearbeitet und konnte sie mittlerweile so punktgenau wie einen Laser einsetzen. Jin, der schon immer eine Naturgewalt gewesen war, war nun noch furchteinflößender geworden.

Als ich den Kopf hob, sah ich ihn neben dem offenen Feuer stehen. Zu seinen Füßen lagen zwei Panther, die nach Atem rangen. Sie waren nicht tot und ich wusste, dass sie nicht sterben würden. Wenn es Jin gelang, die Kontrolle zu behalten, dann standen ihnen Schmerz und Bestrafung bevor, aber nicht der Tod.

Überall lag zerrissene Kleidung herum, die bewies, welches Urteil die Nekhene-Katze gefällt hatte. Von dem Mann und der Frau hinter dem Thron kam ein tiefes Grollen.

„Darf ich um eure Aufmerksamkeit bitten?", rief ich der versammelten Menge zu, während ich zu Jin auf das Podium ging.

Ja, ich fürchtete mich, doch dann rief ich mir ins Gedächtnis, dass das hier immer noch derselbe Mann war, den ich kannte. Als ich nahe genug war, nahm ich seine Hand, und als er versuchte, sich aus meinem Griff zu befreien, verstärkte ich meinen Druck.

„Nein, Domin. Ich bin unrein."

„Du bist meine Reah", beruhigte ich ihn. „Durch deine Taten, obwohl beängstigend, bist du für mich nicht weniger wertvoll. Und sie lassen sich wohl kaum mit den Verbrechen vergleichen, die die Menschen begangen haben, denen du die Verwandlung aufgezwungen hast."

Er sah mich forschend an. Ich hob seine Hand und küsste sie. Dann fiel mein Blick auf die immer noch wimmernde Frau hinter dem Thron. Der junge Mann, der bei ihr war, hielt sie fest, als hinge ihrer beider Leben davon ab. Sie starrten uns in wortlosem Schrecken an.

Ich hatte Mitleid mit den beiden verkommenen Spielzeugen des Semel: seine unheilige neue Yareah und sein männlicher Vertrauter. Sie waren beide noch so jung. Sie waren unter Drogen gesetzt worden, und wer konnte schon sagen, was ihnen noch angetan worden war. Nur für diese eine Sünde hatte der Mann bereits den Tod verdient, dabei musste er sich noch für so viele weitere Verbrechen verantworten.

„Hör auf", befahl ich der Frau, als ich das Gejammer nicht mehr ertragen konnte. „Hör auf oder ich zwinge dich."

Sie war sofort still und ich drehte mich zu denen um, die vor dem Podium standen.

„Ich bin der Semel-aten, Domin Thorne. Mein Wort, und nur mein Wort, ist Gesetz."

Ich war nicht darauf vorbereitet, dass nun alle kollektiv den Atem anhielten oder anfingen zu weinen oder auf die Knie fielen. Eine ältere Frau rannte mit ausgebreiteten Armen die Stufen hinauf, während ihr Tränen die Wangen hinunterliefen.

Jin kam um mich herum und erst da verstand ich. Sie wollte nicht zu mir: sie wollte zu ihm.

Sie warf sich in seine Arme, schlang die Arme fest um ihn und weinte. Sie segnete ihn mit allen Worten, die ihr einfielen. Immer und immer wieder bezeichnete sie ihn als *Engel*.

Ich war sprachlos.

„Domin!"

Ich drehte den Kopf in die Richtung, aus der der Ruf gekommen war, und sah Yuri auf mich zu eilen. Ich rannte die Stufen hinunter, um ihm entgegenzugehen. Mein Herz hämmerte laut in meiner Brust, als ich meine Hände auf seine Wangen legte.

„Ich habe dich vermisst."

„Und ich dich. Bist du verletzt?" Er sprach lauter, als er seinen Blick über meinen Körper schweifen ließ.

Er war derjenige, der verletzt war. Auf seinem Gesicht und Hals konnte ich Prellungen sehen. Er hatte eine aufgeplatzte Lippe und auf einem Verband um seinen linken Arm konnte ich Blut erkennen.

„Mir geht es gut", sagte ich. Ich hob das Kinn und schloss die Augen. „Küss mich."

„Vor allen Leuten?"

„Bitte!"

Ich wurde an seine Brust gedrückt und konnte seinen Herzschlag spüren, als sich seine Lippen um meine schlossen. Ich erschauerte, als seine Zunge begann, meinen Mund zu erkunden. Er beanspruchte für sich, was ihm gehörte, und ich schmiegte mich eng an ihn. Als er sich schließlich von mir löste – gerade so weit, dass er sprechen konnte, aber nicht so weit, dass wir uns nicht länger berührten –, zitterte ich.

„Hast du mich vermisst?"

„Ja, viel zu sehr."

Sein tiefes Lachen entlockte mir trotz des Schreckens um uns herum ein Lächeln. „Sag es, sag mir die Wahrheit. Um der Wahrheit willen."

Ich stöhnte.

„Domin", flüsterte er und ich lenkte ein.

„Ich liebe dich."

„Ja?"

„Ja, mehr als ich sollte."

„Und?"

„Du bist mein Gefährte."

„Bist du sicher? Ich kann Koren da drüben stehen sehen."

Ich leckte ihm genüsslich über die Kehle und fühlte ihn unter mir erzittern. „Ja, Yuri Kosa, ich bin sicher. Du gehörst mir."

„Und?"

„Und ich gehöre dir."

„Für immer."

„Für immer", wiederholte ich.

Ich war noch nie so fest umarmt worden.

9

DRAUSSEN AUF dem Hauptplatz, mit seinem riesigen Kalksteinspringbrunnen, einer warmen Sommerbrise und den Düften nach frisch gekochtem Essen, fühlte ich mich besser als im Thronraum des Semel von Feran. Ich würde nie wieder einen Fuß in das Fort setzen, und ich wollte, dass auch sonst niemand hineinging. Ich konnte den Gedanken nicht verdrängen, dass auf dem Ort ein Fluch lag. Auch wollte ich unbedingt wissen, was eigentlich vorgefallen war, doch Yuri erwies sich als wenig hilfreich.

„Ich werde dir das später erzählen", sagte er und zog mich hinter sich her.

„Du wirst mir das sofort erzählen!", widersprach ich.

„Wir haben im Moment zu viel zu tun", entschied er. Er schob mich vor sich her, einfach weil er es konnte. Schließlich war er stärker als ich.

Ich rammte meine Füße in den Boden und er hielt an. Ja, er war stark, aber ich war fast so groß wie er. Und obwohl ich nicht so muskelbepackt war, war ich auch kein schmächtiges Kerlchen. „Was zum Teufel ist mit Constantine passiert? Ich will das *jetzt* wissen!", befahl ich und versuchte, nicht völlig die Fassung zu verlieren.

Er sagte nichts.

„Du hattest nur ihn dabei?"

„Ja."

Ich ballte die Hände zu Fäusten. „Nie wieder gehst du irgendwo ohne mich hin. Hast du mich verstanden?"

„Ich …"

„Hast du mich verstanden?", brachte ich unter Mühen hervor.

Er nickte. Ein Lächeln erhellte für einen Augenblick sein Gesicht, das nur aus einem breiten Grinsen bestand. Die Art, wie er errötete, wie zufrieden er aussah, ließ meine Wut verfliegen.

„Du hast dir Sorgen gemacht."

„Ich war völlig in Panik."

Das schien ihn zu amüsieren.

„Bilde dir nichts darauf ein."

„Na gut", neckte er mich.

Ich knurrte ihn an. Scheinbar machte ich das ständig.

Nachdem ich mich wieder etwas beruhigt hatte, nahm er den Faden wieder auf. „Also werden wir uns nie wieder trennen?"

„Ich weiß nicht", meinte ich nachdenklich. „Vielleicht kannst du Logan besuchen. Das werde ich noch entscheiden. Sollte ich dich gehen lassen, dann nur dahin, wo Menschen sind, denen ich vertraue."

„Warum?"

„Wie meinst du das: Warum?"

„Warum ist dir das so wichtig."

„Was? Deine Sicherheit?"

„Ja."

„Weil du zu mir gehörst."

„Ist das alles?"

„Ist das alles?", echote ich entnervt, als er sich zu mir umdrehte und mir so nahekam, dass ich außer seinem Gesicht nichts mehr wahrnahm. „*Ist das alles*? Was gibt es denn noch?"

„Warum, Domin?"

„Du bist mein Gefährte, mein … mein …"

„Domin", sagte er mit tiefer und zärtlicher Stimme, während seine Finger mein Kinn und dann meine Wange umschmeichelten. „Sag's mir."

„Ich schütte dir mein Herz aus und du …"

„Domin."

„Was willst du denn hören? Was? Ich verstehe grad nicht …"

„Du bist ja ganz aufgelöst." Er schien zu schnurren, als er mir eine Hand an den Hals legte, um mich näher zu sich zu ziehen, damit er mich küssen konnte.

Eigentlich fragten mich Menschen immer um Erlaubnis. Selbst Koren, der ja behauptete, so verliebt in mich zu sein, fragte mich immer um Erlaubnis. Yuri hingegen fragte nicht, hatte er noch nie getan. Er ging einfach davon aus, dass ich seine Hände auf meinem Körper spüren wollte, und wer war ich, da zu widersprechen? Er behandelte mich nicht, als wäre ich etwas Besonderes, abgesehen davon, dass ich der Mann war, den er liebte. Mir war nicht klar gewesen, dass ich es derart genießen würde, außerhalb meines Schlafzimmers so behandelt zu werden.

„Mein Semel", sagte er und sein Atem strich warm über mein Gesicht.

„Geh einfach nirgendwohin, wohin ich dir nicht folgen kann."

„Natürlich, mein Herr."

Ich bedachte ihn mit einem hochherrschaftlichen Grunzen und sah, wie seine Augen vor Vergnügen leuchteten.

„Weißt du, jeder kann sehen, dass du mich liebst."

„Gut", sagte ich. Ich hätte nicht gedacht, dass ich so glücklich sein würde, ihn hier bei mir zu haben. Einen Augenblick später räusperte ich mich und versuchte es mit einer anderen Taktik. „Also, wo hält sich Constantine im Moment auf?"

„Wirklich?"

„Ich befehle dir, meine Frage zu beantworten!"

„Er hatte keine Wahl."

Oh, ich konnte es gar nicht erwarten, die ganze Geschichte zu hören.

Er kämmte sich mit den Fingern durch sein dichtes, dunkelbraunes Haar. Das Oberhaar war lang und einige Strähnen fielen ihm in die Augen, aber darunter war es im Nacken und an den Seiten kurz geschoren. Ich zog ihn oft damit auf, dass er eine Frisur wie eine Figur aus einem Manga hatte. „Hakkan hat ihn vor die Wahl gestellt, entweder gegen mich in der Arena zu kämpfen oder ohne Nahrung und Wasser auf der Straße nach Sobek ausgesetzt zu werden."

Ich nickte langsam.

„Das wäre eine Option für einen Semel oder eine Reah oder einen Sylvan oder einen Sheseru gewesen, aber für eine normale Katze …"

„Er hätte wieder hierher gehen können. Oder in Richtung Sobek. Er hätte nachts laufen können, aber wir sprechen hier von einer Strecke, für die man mit dem Auto zehn Stunden braucht. Ich will nur sagen, es gab andere Möglichkeiten, als in der Arena gegen dich zu kämpfen."

„Das sehe ich nicht so."

„Ich schon. Wo ist er jetzt?"

„Er muss irgendwo im Fort sein. Wir haben gestern gegeneinander gekämpft. Er war entweder mein dritter oder vierter Gegner. Nachdem mich Deoles an der Seite verletzt hatte, wurde meine Erinnerung ein bisschen schwammig."

Eine kalte Hand schloss sich um mein Herz und ich fühlte Wut in mir aufsteigen. „Constantine hat gegen dich gekämpft, als du bereits verletzt warst?"

„Ja."

„Warum warst du verletzt?"

„Da Hakkan in der Arena Waffen erlaubt", sagte er. Er kam auf mich zu und erst da fiel mir auf, dass er sich steifer bewegte als sonst.

Er beugte sich zu mir herunter und lehnte seine Stirn an meine. So standen wir eine Weile schweigend da, bis Kabore neben mir auftauchte.

„Mein Herr."

Es fiel mir schwer, diesen stillen Moment mit meinem Gefährten zu unterbrechen, doch offensichtlich hatte Kabore etwas Wichtiges zu besprechen.

„Ja?"

„Yuri hat offenbar Garais Vater, Ehivet Milar, darüber informiert, dass er hergeschickt wurde, um sich mit Hakkan zu treffen. Ehivet ist gerade eingetroffen."

„Warum?"

„Offensichtlich hat jemand aus der Stadt ihm heute Morgen die Nachricht zukommen lassen, dass du Hakkan gefangen genommen hast."

„Nun gut." Ich atmete einmal tief durch. „Finde Constantine."

„Er ist hier irgendwo?"

„Er hat gestern in der Arena gegen Yuri gekämpft."

„Wie bitte?"

„Ich möchte ihn sehen", sagte ich betont ruhig. „Sofort."

„Natürlich, mein Herr", sagte er und war verschwunden, bevor Yuri mich wieder umdrehen konnte und ich ihn ansehen musste.

„Es ist nicht seine Schuld. Bitte bestrafe ihn nicht dafür."

„Ich werde ihn nicht bestrafen, ich werde ihn töten."

„Domin." Yuri sog scharf die Luft ein. „Du ..."

„Jeder sollte zu jedem Zeitpunkt Angst vor mir haben", verkündete ich. „Komm mit mir, ich möchte mit Ehivet sprechen und ihm sagen, was mit seinem Sohn passiert ist."

„Oh, Gott", stöhnte er. „Ich habe mich als sein Beschützer ausgerufen, als ich hier ankam. Aber für das, was vor meiner Ankunft geschehen ist, kann ich keine Verantwortung übernehmen."

„Natürlich nicht", beruhigte ich ihn. „Wo ist Garai?"

„Da." Yuri zeigte auf eine rennende Person.

Garai Milar war gut aussehend und schlank, mit makelloser Haut und dunkelgrünen Augen. Ich hatte ihn drinnen gesehen, als wir das Fort evakuiert hatten. Er hatte sich an Yuris Arm geklammert und sich nicht von ihm trennen wollen, bis Jin mit ihm sprach und ihm versprach, dass ihn nie wieder jemand ohne seine Erlaubnis anfassen würde. Wenn Jin Church einem in die Augen sah und etwas versprach, dann gab es keinen Zweifel, dass dieses Versprechen in Stein gemeißelt war.

In diesem Moment eilte Garai auf eine Gruppe Menschen zu, aus der sich ein älterer Mann löste. Er breitete die Arme aus, um den jungen Mann zu empfangen, der auf ihn zustürzt kam. Beiden liefen Tränen über die Wangen und ich sah zu, wie Ehivet seinen Sohn fester umarmte, ihm übers Haar strich und ihm etwas ins Ohr flüsterte.

„Verdammt", stöhnte ich. Ich blieb stehen, weil ich die beiden nicht stören wollte.

„Komm schon." Yuri legte mir eine Hand auf die Schulter und schob mich sachte vorwärts.

Als wir näherkamen, bemerkte Garai unsere Anwesenheit.

„Oh, Vater, hier ist der Semel-aten."

Die Delegation vom Stamm Tegeret fiel geschlossen auf die Knie.

„Nein, bitte", sagte ich und kam näher, um Ehivet eine Hand auf die Schulter zu legen. Ich wollte, dass er sich wieder erhob.

Er bewegte sich nicht, und weil der Semel sich nicht bewegte, tat es auch niemand aus seinem Stamm.

„Bitte, Ehivet Milar. Steh auf."

Er kam meiner Bitte nach, nahm die Hand seines Sohnes und sah mir in die Augen. „Ich kann nie wieder gutmachen, was du für mich getan hast, mein Herr."

„Ich habe mir sehr viel Zeit gelassen", meinte ich zerknirscht.

„Nein, mein Herr", sagte er völlig ernst. „Sobald du dich eingerichtet hattest, haben deine Vertrauten dich in deinen Taten beraten. Jeder hat die Pflichten, die ihm auferlegt wurden, ernst genommen. Dein Gefährte, dein Maahes, dein Sylvan und dein Sheseru haben sich bemüht, erst ihrem Stamm und dann denen darüber hinaus zu helfen. Du hast auf den Ratschlag deines Gefährten hin gehandelt. Du hast dich eingemischt, als niemand sonst bereit war, sich einzumischen. Ich habe keine Ahnung, wie es dir möglich sein soll, die ganze Welt zu regieren, aber du hast hier angefangen – zu Hause, mit mir. Es ist meine Schuld, dass ich so lange gewartet habe, bis ich mit dir in Kontakt getreten bin. Jetzt weiß ich, dass du sofort reagiert hättest. Du kennst das Gesetz und weißt, dass Tarek dagegen verstoßen hat. Du bist hergekommen, um meinen Sohn zu befreien. Du bist ein Mann mit Prinzipien, und von jetzt an bis zum Ende meiner Tage werde ich dein loyaler Diener sein, mein Herr."

„Ich danke dir."

„Du sollst wissen, dass die meinen immer an deiner Seite stehen werden, um dich zu beschützen und dir zu dienen."

„Deine Worte ehren mich."

„Ich stehe auf immer in deiner Schuld, mein Herr. Du sollst wissen, dass sich der Stamm Wepwawet anschließen und dich ebenfalls unterstützen wird."

„Wepwawet? Das ist – war – Rahab Bahurs Stamm!"

„Jetzt ist es Zaki Bahurs Stamm. Das ist sein jüngerer Bruder. Meine Schwester ist Patin meines Sohnes und mit Zaki Bahur verbunden. Ich habe ihr erzählt, was du getan hast, und jetzt hat auch Garai von der Großzügigkeit deines Gefährten berichtet." Er unterbrach sich und ergriff Yuris Hand.

Mein Gefährte erwiderte den Handschlag und Ehivets Gesicht wurde zu einer Maske. Offenbar fiel es ihm schwer, die Tränen zurückzuhalten. „Sollte es je nötig sein, ist dir ein Platz an meinem Tisch und in meinem Stamm sicher, Yuri Kosa", verkündete er. „Du wirst uns immer willkommen sein. Du darfst unser Territorium zu jeder Zeit betreten. Du bist Krates unseres Stammes."

Yuri war sprachlos – wäre ich auch gewesen. Krates – *Bruder* oder *Schwester* eines Stammes – hieß, dass man von einem Stamm adoptiert wurde, ohne dass man dem Semel die Treue schwören musste. So etwas kam eigentlich nicht mehr vor, da sich die Ansicht durchgesetzt hatte, dass die Praxis eine Gefahr für den Stamm und den Anführer darstellte. Es war ja auch möglich, dass man sich eine Schlange ins Nest holte. Gleichzeitig gab es kein größeres Geschenk, keine größere Ehre.

„Semel …"

„Ehivet", korrigierte er mich. Es schien ihm schwerzufallen, seinen Blick von Yuri loszureißen, doch schließlich sah er wieder mich an. „Bitte, sprich mich immer an, als wären wir die ältesten Freunde."

„Ehivet, der Stamm Wepwawet möchte mich tot sehen."

„Nein, mein Herr. Sie wollen …"

„Bitte", unterbrach ich ihn. „Sprich mich immer an, als wären wir die ältesten Freunde."

Er nickte.

„Was wolltest du sagen?"

Er räusperte sich und zog seinen Sohn enger an sich, sodass dieser ihm den Arm um den Oberkörper legte und mit dem Kinn über die Schulter seines Vaters rieb. „Die Loyalität des Stammes Wepwawet ist mein Geschenk an dich. Rahab war ein Schläger. Sein Bruder ist freundlicher und ehrenhafter. Meine Schwester ist stärker als Rahab und Zaki, und sie plant bereits viele Veränderungen. Beide Stämme handeln mit Dingen, die dich lieber nicht interessieren sollten, doch obwohl wir uns für mächtig gehalten haben, war es nur deinem Haus möglich, das Ziel zu erreichen. Ich hätte eine Leiche bergen können, doch du hast meinen Sohn gerettet. Beide Stämme stehen in deiner Schuld. Meine Schwester schickt dir Grüße und die Nachricht bezüglich ihrer Loyalität und der ihres Gefährten."

Ich verbeugte mich. „Ich danke dir."

„Nein, Domin Thorne, ich danke dir", sagte er und verbeugte sich noch tiefer.

Wir schwiegen für einen Moment.

„Wird Tarek sterben?"

„Entweder hier oder in Sobek", antwortete ich sachlich.

„Ich weiß, dass seine Tochter Masika keine Schuld trifft", sagte er. „Aber ich möchte nicht, dass unsere Häuser durch eine Hochzeit verbunden werden. Ich hebe diese Vereinbarung auf."

„Du kannst in euren Büchern notieren, dass diese Entscheidung meinen Segen hat."

„Danke, mein Herr", krächzte er. Dann ließ er die Hand seines Sohnes los, um mich zu umarmen. Es war eine dieser steifen, förmlichen Umarmungen, wie sie zwischen Männern stattfinden, doch mir wurde klar, dass die ganze Geste so außerhalb seiner Komfortzone lag, dass ich sie als großes Geschenk betrachten musste.

Ich erwiderte seine Umarmung. Schließlich ließ er von mir ab und umarmte auch Yuri. Dann umarmte Garai Yuri ebenfalls, und als ich ihn ansah, wurde mir bewusst, dass ich Yuri mit achtzehn Jahren wohl auch für einen Gott gehalten hätte, wenn er mich aus einer solchen Situation befreit hätte. Einen besseren Schutzengel konnte der Junge nicht finden.

„Danke, Sekhem, dass du mich beschützt hast", sagte er zitternd. „Was hier passiert ist, war grauenvoll. Und die Dinge, mit denen er vor deiner Ankunft gedroht hat, waren so schrecklich, dass ich mich lieber getötet hätte, als das zu ertragen."

„Niemals", sagte Yuri und legte ihm eine Hand auf die Wange. „Dir selbst wehzutun kann keine Antwort sein. Abgesehen davon hast du nichts falsch gemacht. Daran solltest du immer denken."

Garai stiegen wieder Tränen in die Augen. Dann machten sie sich auf den Rückweg und liefen hinüber zu einem wartenden Hubschrauber, der aussah, als gehöre er dem Militär. Er war nicht laut, sondern klang eher wie ein Jet. Während wir zusahen, wie der Hubschrauber abhob, lächelte Yuri mich an.

„Was?"

„Du hast deinen ersten Verbündeten gewonnen."

„Das ist dein Verdienst."

„Nur, weil du mich hast gehen lassen, Domin."

„Und ich werde es nie wieder tun", schwor ich. „Jetzt komm mit, ich will mit Constantine sprechen."

„Weißt du, wir sollten auch Hubschrauber haben", sagte er und legte mir eine Hand in den Nacken.

„Ich habe gerade genau das Gleiche gedacht."

Ich hatte keine Ahnung, was in der Feuerstelle im Fort verbrannt worden war, doch ich fürchtete sehr, dass es Drogen waren, sodass ich kein Risiko eingehen wollte. Ich beschloss, das Gebäude zu zerstören. Ich wollte es dem Erdboden gleichmachen, um es dann wieder aufzubauen. Währenddessen würde in Ipis ein neues Haus für den neuen Semel, Hanif Tarek, und seine Familie entstehen.

Ayaz Suyuti meinte, dass er Bulldozer und Baufahrzeuge beschaffen könnte, wenn wir ihm erlauben würden, die Stadt zu verlassen.

„Du darfst kommen und gehen, wie du möchtest, Djehu. Ich muss mich nur mit dir und Chanzira zusammensetzen, um über die Katakomben zu sprechen, bevor ich wieder abreise."

„Ja, mein Herr." Er strahlte mich an, ergriff meine Hand und hielt sie fest. „Was auch immer du willst, frage, und dein Wunsch wird dir erfüllt werden."

Er stellte sich neben Yuri, der wiederum neben mir stand.

„Danke, Sekhem. Ich stehe tief in deiner Schuld."

Yuri machte einen zufriedenen Eindruck, doch sein Blick war nicht so warmherzig, wie er wohl gewesen wäre, wenn Koren nicht hier gewesen wäre.

Inmitten des ganzen Chaos war Yuri offen feindselig und lächerlich eifersüchtig.

Ich fand das wunderbar.

Die Art, wie er neben mir stand, wie er mit dem Kinn über meine Schulter rieb, wie er mich mit seinem Duft markierte, wie seine Hände ständig über meinen Körper wanderten, wie er ununterbrochen in meiner Nähe war – es war einfach auffällig.

„Ich werde mit allem wiederkommen, was wir brauchen, um die Feuerstelle aufzufüllen. Ich werde auch genug mitbringen, damit wir dich mit einem Fest in Ipis willkommen heißen können. Deine Ankunft hat unseren Stamm gerettet und die Peq können es kaum erwarten, dir die Begrüßung zukommen zu lassen, die du verdienst."

„Danke."

„Ich werde mich bei der Reah bedanken, wenn ich zurückkomme."

Ich warf der langen Schlange rund fünf Meter von mir entfernt einen Blick zu.

Jin stand in einem improvisierten Zelt neben dem Springbrunnen im Zentrum der Stadt. Er war vollkommen in weiß gekleidet, was einen auffälligen Kontrast zu seinem dunklen Haar und den Augen bildete, und begrüßte jeden einzelnen Bewohner der Stadt.

Die Schlange der Menschen, die ihn sehen wollten, zog sich endlos hin. Sie bewegte sich kaum, weil jeder ihn umarmen, sein Haar berühren und ihm erklären wollte, dass er so dankbar war, dass Jin gekommen war. Dann kamen sie zu mir, dankten mir dafür, dass ich ihn hergebracht hatte, und fielen dann auf ein Knie, um mir lebenslang die Treue zu schwören. Das ging schon seit Stunden so, was mich davon abhielt, das Einzige zu tun, was ich wirklich tun wollte: Yuri auf dem Rücksitz des Hummers flachzulegen. Ich wollte seine Haut zwischen meinen Zähnen spüren und dieses Verlangen ließ mich jedes Mal erzittern, wenn er mich berührte.

„Du bist sehr angespannt." Er rieb mit seinem Kinn über meine Schulter.

Ich schluckte schwer. Ich hielt die Hand eines kleinen Mädchens, tätschelte sie und befahl ihr dann, dass sie aufstehen sollte.

„Danke", sagte sie und hob die Arme. Ich kniete mich hin und umarmte sie. Sie legte mir ihren kleinen Kopf auf die Schulter. „Danke, Semel, dass du uns gerettet hast. Jetzt können mein Bruder und meine Schwester nach Hause kommen."

„Wo sind sie denn jetzt?"

„Bei meiner Tante in Gizeh."

„Ja, du kannst sie nach Hause rufen."

„Das haben wir schon", sagte die Frau, die hinter dem Mädchen stand. Sie schien sehr unsicher auf den Beinen zu sein und ihr Ehemann beobachtete sie besorgt. Er legte ihr einen Arm um die Hüfte, damit sie nicht das Gleichgewicht verlor. „Du hast uns von einem Wahnsinnigen befreit. Wir werden dich in unsere Gebete aufnehmen."

Ich umarmte die Frau und sie drückte sich an mich, als müsse sie sonst ertrinken. Dann ergriff sie die Hand ihres Mannes.

Ich sah zu Jin hinüber, um zu sehen, wie es bei ihm lief, und er winkte mir zu. Er war völlig in seinem Element. Die Reah genoss es, Menschen kennenzulernen. Er stellte jedem eine Frage oder machte eine Anmerkung. Die Leute liebten ihn. Sie warteten geduldig, um ihn kennenlernen zu dürfen, und starrten ihn an, als wäre er der Messias.

Taj stand zu seiner Rechten und Koren zu seiner Linken. Kabore sorgte dafür, dass die Leute Ordnung in der Schlange hielten. Er rief sie näher heran oder hielt sie auf Abstand. Fünf Shu-Krieger und zehn Khatyu sorgten für Jins Sicherheit.

„Domin", sagte Yuri. „Hakkans Familie ist hier."

123

Hanif in Tränen aufgelöst zu sehen, war ein beunruhigender Anblick. Er stürzte auf mich zu und sank zusammen mit seiner Mutter und Schwester auf die Knie.

„Steht auf", befahl ich ihnen.

Sie erhoben sich wieder und Hanif sah mich aus verweinten Augen an.

„Mein Herr, du hast dein Wort gehalten und meinen Vater nicht getötet."

Ich schüttelte den Kopf. „Ich habe dich angelogen."

„Mein Herr?"

„Dein Vater hat gegen das Gesetz verstoßen und dafür werde ich ihn tatsächlich exekutieren lassen."

Er sog scharf den Atem ein.

„Diese Aufgabe übernehme ich in der Regel nicht selbst, doch es wird in meinem Namen geschehen. So oder so wird dein Vater in spätestens drei Tagen tot sein."

„Aber", begann er. „Mein Herr, ich …"

„Du musst mich verstehen", seufzte ich. „In dem Moment, als er Gäste seines Hauses misshandelt und sämtliche Regeln der Gastfreundschaft ignoriert hat, hat er sein Leben verwirkt."

„Mein Herr, ich …"

„Er hat den Sohn eines anderen Semel misshandelt, hat sich eine andere Yareah genommen, hat deine Mutter gezwungen, der Misshandlung ihrer Kinder zuzusehen."

„Mein Herr, wir haben den Gesuchten gefunden", berichtete Rahim Dewidar, der mit zwei Shu auf uns zu kam. Constantine Ordos lief zwischen ihnen. Sie stießen ihn zu Boden, sodass er vor mir auf die Knie fiel.

Er sah mich an und ich erkannte, dass er verletzt war. Er hatte Prellungen und Abschürfungen. Sein linkes Auge war fast zugeschwollen.

„Du hast in der Arena gegen Yuri gekämpft", sagte ich und streckte Rahim eine Hand entgegen.

Er gab mir eine Pistole.

„Nein", wandte Yuri bittend ein.

Ich sah, dass Constantine zitterte.

„Du wirst vor eine neue Wahl gestellt. Du darfst dich verwandeln und gegen Taj in der Arena bis zum Tod kämpfen, oder du bleibst hier und wirst ein Diener des Hauses Tarek und damit ein Mitglied des Stammes Feran."

Er schluckte schwer und ich sah, wie ihm Tränen in die Augen stiegen. „Du würdest mich verbannen? Du würdest mir den Stamm nehmen, in den ich hineingeboren wurde? Ich wäre dann nicht länger ein Mitglied des ersten Stammes, sondern ein Mitglied des Stammes, der mich gezwungen hat, gegen den Gefährten meines Semel zu kämpfen."

„Ja," sagte ich mir harter Stimme. Ich hielt ihm die Waffe hin. „Oder du kannst dir jetzt eine Kugel in den Kopf schießen. Mir ist egal, wofür du dich entscheidest. Aber ich werde dich nach diesem Tag nie wiedersehen, denn sollte ich das tun, werde ich dich hängen. Hast du verstanden?"

„Bitte, mein Semel, ich ..."

„Wähle jetzt!", brüllte ich ihn an.

„Hier!", rief er mit verzweifelter Stimme. „Ich werde hierbleiben."

Ich hatte das überwältigende Gefühl, ihn erwürgen zu wollen.

„Bitte, mein Semel ..."

„Schafft ihn mir aus den Augen, denn wenn er auch nur noch einen Ton sagt, werde ich ihm die Zunge herausschneiden lassen. Er kann sprechen, wenn wir weg sind."

„Ja, mein Herr", sagte Rahim und nahm seine Waffe wieder entgegen. Dabei sah er mich prüfend an.

„Ihr könnt gehen. Als nächstes möchte ich mit Deoles sprechen."

„Ja, mein Herr", sagte er und zog Constantine fort.

„Domin."

Mein Blick traf Yuris.

„Danke, dass du ihm sein Leben gelassen hast."

„Er ist tot für mich", erklärte ich meinem Gefährten. „Sollten wir noch einmal aufeinandertreffen, werde ich ihn töten. Hast du verstanden?"

Er nickte.

Ich konzentrierte mich wieder auf Hanif und seine Mutter. Zwei weitere Frauen standen hinter ihnen. „Deine Schwester und deine Cousine?"

„Ja, mein Herr."

Ich begrüßte beide Frauen, die sich überschwänglich bei mir bedankten und sich dann an Yuri wandten. Alana Tarek, Hanifs Mutter, war als nächstes dran.

„Wirst du uns die Leiche unseres Semel aushändigen, damit wir ihn in der Krypta seiner Vorväter beerdigen können?"

Ich sah sie an. „Ich würde annehmen, dass das das Andenken seiner Vorväter beschmutzt. Was meinst du?"

„Ich würde dir gern sagen, dass ihm, weil er einst ein guter Mann war und nur später von seiner eigenen Macht betrunken war, vergeben werden kann."

„Das ist unmöglich", beharrte ich.

„Nein, mein Herr, da hast du recht. Er hat sich gegen seine eigenen Kinder gewandt."

Ich nahm sanft ihre Hand. „Es gibt keine perfekten Männer, doch die meisten versuchen zumindest, die richtigen Entscheidungen für ihren Stamm zu treffen. Du musst deinem Sohn auf seinem neuen Weg helfen."

„Das werde ich."

„Du solltest mit mir nach Sobek zurückkehren, bis ..."

„Mit deiner Erlaubnis würden wir gern hierbleiben und den Wiederaufbau unseres Zuhauses begleiten. Es wird für eine Familie gebaut werden, und um

Freunde und Reisende willkommen zu heißen. Du musst uns oft besuchen, um zu sehen, wie wir vorankommen."

„Das werde ich."

Sie dankte mir erneut.

„War die Frau, die er zu seiner neuen Yareah gemacht hat, eine Marionette oder eine Verbrecherin?", wollte ich von ihr wissen.

„Sie ist nur ein Kind, mein Herr, und sie durfte über Leben und Tod entscheiden. Bitte schaffe sie mir aus den Augen, bevor du gehst. Vor ihrem Aufstieg war sie eine Wäscherin, vielleicht hilft es ihr ja, für ihre Sünden geradezustehen, indem sie anderen dient." Die Yareah von Feran war eine außergewöhnliche Frau.

„Und der Junge?"

„Im Gegensatz zu dem Mädchen wurde er gezwungen. Bitte schicke ihn zu seiner Mutter zurück."

„Ich werde das veranlassen."

Sie war den Tränen nahe.

„Wenn ich es richtig verstehe, wäre deine Tochter dem Sheseru deines Mannes in die Hände gefallen, wenn mein Gefährte nicht gewesen wäre?"

„Das stimmt." Alana erschauerte und drückte meine Hand.

„Er hat viele der jungen Männer und Frauen vergewaltigt, oder?"

Ihre Augen verrieten sie: Offenbar war nicht einmal Hakkan Tareks Yareah vor ihm sicher gewesen.

„Er hat zugelassen, dass das Grauen über seine Familie kommt."

„Das stimmt, mein Herr."

„Er wird noch heute sterben."

„Sei gesegnet, mein Herr."

Sie sah Yuri an. Dieser fing ihren Blick auf und rief Taj zu sich. „Sheseru, deine Dienste werden benötigt!"

Hanif fing seine Mutter auf, als sie ohnmächtig wurde.

DEOLES WAR kaum in der Lage, sich auf den Beinen zu halten, weil er immer noch erschöpft von der Verwandlung war, die Jin ihm aufgezwungen hatte. Trotzdem widersetzte er sich, als man ihn zu der Bank begleitete, auf der er Männer und Frauen auf Geheiß seines Semel vergewaltigt hatte. Sie stand jetzt auf einer Plane und als er das sah, verstand er, was passieren würde. Alles war aus einem ganz praktischen Grund abgedeckt worden.

„Du würdest mich wirklich dafür töten, dass ich Befehle befolgt habe?", argumentierte er, als Taj ihn mit dem Kopf voran auf die Bank drückte.

„Würde ich dem Wahnsinn anheimfallen, wäre es die Aufgabe meines Sheseru, meinen Stamm vor mir zu beschützen", entgegnete ich, als Taj eine schwere Axt aufhob.

„Du bist ein Feigling", zischte er. In seiner Stimme schwangen sowohl Todesangst als auch blinde Wut mit. „Du solltest die Waffe führen, wenn du der Ansicht bist, dass deine Sache gerecht ist."

„Nein", sagte Taj und hob die Axt über den Kopf. „Ein wahrer Sheseru beschützt den Semel vor Abschaum."

Die riesige Axt war schwer und fiel schnell herab. Schaulustige keuchten auf, als sein Kopf in den eigens dafür bereitgestellten Korb kullerte, und sein Körper zusammen mit der Bank in die Plane eingewickelt und fortgeschafft wurde. Ich hatte meinen Männern befohlen, ihn eine Meile vor der Stadtgrenze in der Wüste zu verbrennen.

Als ich zu Jin und Yuri hinübergehen wollte, stolperte ich und verlor fast das Gleichgewicht.

„Mein Herr", sagte Kabore, als er meinen Arm ergriff, um sicherzugehen, dass ich auf den Beinen blieb.

„Mir geht es gut."

„Dir geht es nicht gut", meinte er knapp. „Du bist gerade fast von den Toten wiederauferstanden und hast den Tag damit verbracht, in der Sonne zu stehen und Bestrafungen zu verteilen. Es ist ein Wunder, dass du überhaupt noch auf den eigenen Beinen stehst."

Ich fühlte mich zwar ein wenig schwach, dachte aber, dass ich einfach nur Wasser brauchte.

„Hör auf, so um mich herumzuschwirren."

Er geleitete mich unter eine Markise, und sogar dieser leichte Abfall der Temperatur war eine Wohltat.

„Danke."

„Wasser", rief er ein paar Dienern zu, die sofort auf uns zu eilten.

„Ich sollte wohl besser etwas essen, bevor ich mir Hakan Tarek vornehme."

Er erwiderte nichts und ich wartete.

„Ich hätte nicht gedacht, dass du so sein würdest", sagte Kabore plötzlich.

„Wovon sprichst du?", fragte ich.

„Es ist wirklich beeindruckend."

„Was denn?"

„Du mischst dich ständig ein."

Ich hatte keine Ahnung, wovon er sprach. „Wie bitte?"

„Für einen Mann, der behauptet, an das Schicksal zu glauben, gibst du ihm kaum die Chance, sich zu vollenden."

„Ich habe wirklich keine Ahnung, wovon du sprichst."

„Den Shu."

„Weißt *du* eigentlich, wovon du sprichst?" Ich blinzelte ihn an. „Vielleicht brauchst *du* etwas zu trinken."

„Selbst bevor die Shu zu dir kamen, standen sie unter deinem Befehl. Die Shu waren die erste Verteidigungslinie des Priesters, aber sie sind auch die tödlichsten Attentäter in der Welt der Werpanther. Und sie werden vom Semelaten ausgesandt."

„Wasser für meinen Verwalter", rief ich.

Er lachte. „Du bist erst seit sechs Monaten an der Macht, aber du hast die Shu schon vier Mal ausgeschickt. Wusstest du das?"

Ich zuckte mit den Schultern. „Menschen brauchten Hilfe mit ihrem Semel. Ich hätte die Shu auch herschicken können, aber wegen Yuri musste ich selbst kommen."

„Doch du hast zuerst deinen Gefährten geschickt."

„Ich habe ihm erlaubt, hierher zu reisen", berichtigte ich.

Kabore schüttelte den Kopf. „Tatsache ist jedenfalls, dass du heute über diese Stadt hergefallen bist wie der Vorbote des Jüngsten Gerichts. Du hast Ipis von einem Wahnsinnigen befreit."

„Ich wünschte nur, ich hätte das früher gewusst."

„Du machst dir keine Gedanken über die Entscheidungen, die du heute getroffen hast. Du weißt, was richtig ist, und du hast keine Angst, das auch durchzusetzen."

„Welche Entscheidungen?", fragte ich irritiert. „Ich habe einfach dem Gesetz Gehör verschafft."

„Und wie viele Semel vor dir haben das auch getan?"

„Ich weiß, dass Ammon es nicht getan hat." Ich verzog das Gesicht, als die Narbe auf meinem Bauch anfing zu pochen. „Aber doch bestimmt sein Vater."

Er schüttelte den Kopf und zog sanft an meinem Arm, um mich zu einem Tisch zu lotsen. „Setz dich auf die Bank."

Ich ließ mich schneller darauf nieder, als mir lieb war. Offensichtlich war ich wirklich nicht sehr sicher auf den Beinen. „Woher willst du das wissen?"

„Wie bitte?"

„Woher willst du wissen, ob Ammons Vater das Gesetz hier durchgesetzt hat?"

„Ich habe unter seiner Regentschaft gelebt."

Ich sah ihn prüfend an. „Wie alt bist du?"

„Fünfundsechzig."

Ich war sprachlos. „Das ist nicht dein Ernst?"

Er sah mich amüsiert an. „Was hast du denn gedacht, wie alt ich bin?"

„Vielleicht vierzig."

„Das ist sehr schmeichelhaft." Er schien sehr zufrieden mit sich. Ich legte die Arme auf den Tisch und ließ meinen Kopf darauf fallen. „Du scheinst etwas erhitzt zu sein. Ist alles in Ordnung?"

„Mir geht es gut."

„Darf ich dich berühren?"

Ich wollte eigentlich etwas Sarkastisches antworten, doch stattdessen gab ich ihm schlicht die Erlaubnis. Seine Hand war eiskalt und ich beschwerte mich darüber, als er mit dem Handrücken meine Stirn berührte.

„Du hast Fieber."

Mir fielen die Augen zu. „Lass mich einfach für einen Moment ausruhen."

„Nein, ich bin nicht so weit gekommen und dann ..." Ohne seine Hände auf meinem Rücken wäre ich von der Bank gerutscht. „Ich werde dich nicht verlieren, mein Semel."

Ich spürte, wie mein Körper sich schwer wie ein Stein anfühlte.

„Hol den Sekhem!", rief Kabore jemandem zu.

Und das war das Letzte, was ich hörte, bevor ich unsanft auf dem Boden aufschlug.

„MEIN HERR."

„Mir geht es gut", sagte ich zu meiner Ärztin, die ich an der Stimme erkannte. Moment mal!

Ich riss die Augen auf und erkannte fünf Personen in weißen Kitteln. Erst dann erkannte ich die Frau mit der fordernden Stimme. Ich war verwirrt. „Frau Doktor."

„Was habe ich gesagt?" Ihre Stimme war messerscharf.

„Ich soll mich nicht überanstrengen", wiederholte ich, was sie mir gestern gesagt hatte. „Was machst du hier?"

„Ich wurde eingeflogen, um mich um meinen Semel zu kümmern."

„Eingeflogen?", fragte ich. „Von wem?"

„Ich weiß es nicht. Man ließ mich wissen, dass ich gebraucht werde. Dann hat man mich in einen Hubschrauber gesetzt und hier bin ich."

„Bist du wahnsinnig?", schalt ich sie. „Du hättest getötet werden können! Was, wenn jemand versucht hätte, dich zu entführen, oder ..."

„Auf dem Flug wurde ich von Jamal begleitet, ich hatte die ganze Zeit über Funkkontakt mit Taj, und er und Rahim haben mich hier in Empfang genommen, nachdem ich gelandet war. Also nein, ich hatte nicht den Eindruck, dass ich in irgendeinem Moment in Gefahr war."

„Aber ..."

„Und ich wurde gebraucht. Als deine Ärztin bin ich sofort gekommen, als man nach mir gerufen hat. Und das würde ich auch sofort wieder tun."

Ich schüttelte den Kopf. „Tu das nie ..."

„Ich werde immer gehen, wenn ich gebraucht werde. Egal, wohin", widersprach sie. Dann kicherte sie und um ihre Augen bildeten sich Lachfältchen. „Ich finde dich sehr bezaubernd, mein Semel, habe ich das schon erwähnt?"

Alle waren wahnsinnig geworden.

„Wo ist Yuri?"

„Hier, mein Herr."

129

Als sie einen Schritt zur Seite ging, konnte ich meinen Gefährten sehen. Er lag auf dem Bett neben mir. Man hatte ihm mehrere Zugänge gelegt und an seinem Mittelfinger klemmte ein Pulsmesser.

„Was stimmt nicht mit ihm?"

„Er hat eine Infektion", erklärte sie. „Nach seinen Kämpfen wurde ihm nicht erlaubt, sich zu verwandeln, und die Wunde an seinem Arm fühlte sich heiß an. Als ich den Verband entfernte, musste ich feststellen, dass sie entzündet war."

„Ich habe mir nicht einmal die Zeit genommen …"

„Nein." Sie schüttelte den Kopf. „Du bist hier nicht der Arzt, und ich bin sicher, er hat sich gefreut, dich zu sehen. Die ganzen Endorphine haben den Schmerz bestimmt verdrängt."

„Wird er …", Yuri erschien mir sehr blass, „wieder in Ordnung kommen?"

„Ja. Er wird mit Flüssigkeiten und Antibiotika versorgt. Ich habe auch all die anderen Wunden versorgt und verbunden."

„All die anderen?"

„Er ist mit Prellungen und Schnittwunden übersät. Wenn es ihm besser geht, werde ich dafür sorgen, dass er sich verwandelt, dann sollte das meiste schon verschwunden sein. Unsere Vorfahren waren ein ziemlich schlaues Volk. Sie wussten, dass man nur in Panthergestalt in der Arena kämpfen sollte, weil man ansonsten viele gute Männer sinnlos verlieren könnte. Genauso, wie die Römer Gladiatoren verloren haben. So ist das eben bei solch blutigen Unterfangen. Die Arena ist dafür da, Meinungsverschiedenheiten zu klären. Sie soll kein Vergnügen sein."

Ich rollte mich auf die Seite und legte ihm eine Hand auf die linke Wange. „Er fühlt sich kalt an."

„Das ist gut, denn vor ein paar Stunden hatte er noch hohes Fieber. Es wird nicht mehr lange dauern, bis sein Körper in der Lage ist, seine Körpertemperatur zu regulieren."

„Aber er kommt wieder in Ordnung?"

„Ja", beruhigte sie mich.

Wieso klang sie so komisch? Als ich sie ansah, bemerkte ich, dass ihr Gesicht irgendwie fleckig aussah. „Was ist los?"

„Er hat genau die gleichen Fragen gestellt", sagte sie mit einer Stimme, als wäre ich überaus niedlich.

„Hör damit auf", befahl ich ohne viel Erfolg.

„Er hat sich solche Sorgen gemacht."

„Warum denn?"

„Scheinbar bist du ohnmächtig geworden, und als er sah, dass Kabore dich tragen musste, hat ihn das wohl etwas aus der Fassung gebracht."

„Ich brauchte nur etwas zu trinken."

„Nein", widersprach sie. „Du brauchtest sehr viele Flüssigkeiten. Keiner von euch scheint zu bemerken, dass wir uns in einer verdammten Wüste befinden. Nur die Reah da draußen scheint schlauer zu sein."

„Er trinkt sehr viel Wasser, oder?"

„Literweise, ja. Und er steht im Schatten."

Ich stöhnte. „Das liegt nur daran, weil Jin perfekt ist."

Sie lachte. „Naja, abgesehen von den fehlenden Flüssigkeiten war auch dein Blutzucker durcheinander. Ich habe dir also etwas Glukose verabreicht. Du solltest dich bald besser fühlen. Spätestens dann solltest du aber auch etwas essen, in Ordnung?"

„Ja."

„Ich kann nur noch einmal wiederholen, dass diese Messerattacke eine normale Katze getötet hätte. Nur, weil du ein Semel bist, und nur, weil er nach oben statt nach unten gezielt hat, hat er dein Herz verfehlt. Trotzdem brauchst du Zeit zum Heilen. Du brauchst Bettruhe."

Ich zeigte auf Yuri. „Wenn ich still liege, kann er …", ich musste husten. „Du weißt schon."

Sie schüttelte den Kopf. „Hetero oder schwul – völlig egal. Ihr Männer denkt wirklich nur an das eine, oder?"

Ich warf ihr einen finsteren Blick zu. „Hast du eine Ahnung, wie lange wir getrennt waren?"

„Ja, du kannst mit ihm schlafen, solange es keinen Druck auf deinen Bauchraum gibt. Verstanden?"

„Ja, alles klar", antwortete ich und sah mich endlich im restlichen Raum um. „Wo bin ich eigentlich?"

„Wir sind in einem Feldlazarett."

„Aber hier gibt es nur zwei Betten."

„Es ist eben ein Mini-Feldlazarett." Sie lachte gut gelaunt.

„Wieso ist mir bisher nicht aufgefallen, dass du so eine Klugscheißerin bist?"

Sie strahlte mich an. „Du erlaubst uns so viel Freiheit in deiner Gegenwart, dass wir einfach alle wir selbst sind. Das ist ein seltenes Geschenk."

Ich stöhnte. „Ich sollte besser damit aufhören."

„Nein", säuselte sie. „Niemals."

„Ich bin kein netter Kerl", behauptete ich.

„Natürlich nicht, mein Herr."

Ich sah mich erneut um und prägte mir meine Umgebung ein. Es sah aus wie ein Lazarett aus einem x-beliebigen Kriegsfilm. Der einzige Unterschied bestand darin, dass es luftdicht in Plastik eingeschlossen war und zwei riesige Generatoren, die in einer Ecke des Raums standen, kühle Luft hineinpumpten. Es befanden sich fünf Personen im Raum, die Ärztin eingeschlossen, und ich sah, wie ein Mann zu Yuri hinüberging und ihm eine Spritze verabreichte.

„Was war das?"

„Tetanus", erwiderte Dr. Pakhom. „Ich will kein Risiko eingehen."

„Wie lange war ich bewusstlos?"

Sie zog die Stirn kraus. „Sechs Stunden, mein Herr. Ich habe mir große Sorgen gemacht."

„Und Jin ist da draußen? Er ist in Sicherheit?"

„Taj und Rahim sind bei ihm, außerdem neun Shu-Krieger. Und ungefähr fünfzig Khatyu halten sich in der näheren Umgebung auf", neckte sie mich. „Schätze schon, dass er in Sicherheit ist."

„Wo ist Kabore?"

„Hier, mein Herr", sagte er aus der Nähe meines Bettes.

„Sag mir, wo Hakkan Tarek ist."

„Zusammen mit Dr. Pakhom kam auch ein Stahlkäfig mit den Maßen acht Mal acht Mal acht Meter an. Dafür ist Jamal verantwortlich. Wir haben ihn draußen unter einer Plane aufgestellt. Er hat sich in seine Panthergestalt verwandelt und befindet sich jetzt in dem Käfig."

„So wie ein Tier im Zoo."

„Ja, mein Herr."

„Wie war es möglich, so einen großen Käfig und fünf Personen zu transportieren?"

„Elf, mein Herr", berichtigte er mich. „Jamal hat noch weitere sechs Shu mitgeschickt."

„Wie?"

„Mit einem Hubschrauberträger, mein Herr."

„Ich besitze keinen Hubschrauberträger."

„Andere schon, mein Herr."

„Ich möchte jetzt sofort Antworten", sagte ich und setzte mich auf.

„Nein, nein!" Kabore legte mir eine Hand auf die Brust und drückte mich sanft wieder auf das Bett zurück. „Du musst mehr auf dich achtgeben. Wir brauchen dich."

„Was zum Teufel ist hier los?"

„Das ist los: Wir haben Hunderte Jahre auf einen Semel gewartet, dem wir vertrauen können. Und jetzt stellt sich heraus, dass du das bist, Domin Thorne."

„Wer ist *wir*?"

„Wenn du das Zelt räumen lässt, kann ich dir das erklären."

„Das verstehe ich nicht."

Er wartete schweigend.

„Dann räumt das Zelt."

Er sah die anderen an. „Würdet ihr uns für einen Moment entschuldigen?"

„Natürlich", sagte die Ärztin. Sie begleitete ihr Team durch einen Plastikvorhang nach draußen.

Ich konnte sie draußen zwar sehen, doch durch das Brummen der Generatoren war es unmöglich, uns zu belauschen.

„Also", sagte Kabore und sah mich an. „Frag mich, was immer du willst."
„Wer ist *wir*? Wer hat mir einfach so einen Hubschrauberträger geliehen?"
„Die Iusaaset, mein Herr."
„Was ist die Iusaaset? Aset bedeutet Thron. Und der Rest?"
„Der Thron von allem, der Thron deiner Vorfahren. Die, die dich beschützen", erklärte Kabore. „Wir sind diejenigen, die die Welt bewachen, Domin Thorne."

Die Worte hingen zwischen uns und ich setzte mich langsam auf. Er ließ es zu, obwohl er besorgt aussah und näherkam, um mich im Notfall stützen zu können.

„Ich wusste es." Ich schluckte schwer. „Diese Aufgabe fällt nicht nur einer einzelnen Person zu."

„Nein, das tut sie nicht."

„Also seid ihr überall auf der Welt? In jeder Stadt? Einfach nur überall?"

„Ja", bestätigte er. „Werpanther könnten niemals unerkannt leben, wenn es nicht eine übergeordnete Organisation gäbe. Die meisten Semel führen ihre Stämme gut. Sie passen sich an und halten sich an das Gesetz der Werpanther. Trotzdem gibt es auch kriminelle Elemente, die darauf abzielen, uns bloßzustellen und die Menschheit über unsere Existenz aufzuklären."

„Ich kann mich erinnern, dass ich als Kind einmal in Las Vegas eine Zaubershow besucht habe. Da gab es diesen Typen, dessen Assistent sich wie von Zauberhand in einen Panther verwandelt hat. Ich wusste, dass sie Panther waren, und fand es fantastisch. Ich war gar nicht auf die Idee gekommen, so etwas zu versuchen. Doch als ich Logan am nächsten Tag überredete, mit mir dorthin zu gehen, waren sie verschwunden."

„Ja, ich bin sicher, dass da die Iusaaset ihre Finger im Spiel hatte."

„Hat man sie getötet?"

„Nein, das liegt trotz allem in der Hand ihres Semel. Man würde sie zu ihrem Stamm zurückschicken, damit sie dort diszipliniert werden. Manchmal ist auch der Tod eine Option, abhängig vom Verbrechen. Doch du weißt so gut wie ich, dass es sehr schnell zum Wahnsinn führt, wenn man versucht, einen Panther einzusperren. Und natürlich kann man sie nicht in ein ganz normales, menschliches Gefängnis stecken. An diesem Punkt kommt die Iusaaset ins Spiel."

Es war schwer, sich das vorzustellen. „Und wer führt die Iusaaset an?"

„Omar Turog, ein starker Militär und Sheseru, und sein Partner Hsin Suen, eher ein Sylvan. Die Iusaaset wird immer von einem Doppelgespann angeführt. Einer kümmert sich um den militärischen Teil, der andere um den zivilen. Außerdem gibt es noch die Sieben Gesetze, oder auch nur die Sieben, die sie beraten. Omar und Hsin werden von nun an dir unterstellt sein."

Ich schüttelte den Kopf. „Das ist eine zu große Verantwortung für einen Mann."

„Wie ich bereits erklärt habe, hast du einen Sheseru und einen Sylvan, die dich beraten. Nun stehen auch die Sieben mit ihrer Weisheit bereit. Du darfst außerdem noch einen Mann in deinen Rat aufnehmen."

„Du hast mich angelogen."

„Ja."

„Du bist nicht mit Ebere nach Sobek gekommen."

„Nein."

„Du wohnst seit der Regentschaft von Ammons Vater in der Villa und wartest darauf, ob es einen Semel geben wird, der der Iusaaset würdig erscheint."

Er nickte. „Omar Turog hat auf meinen Bericht über dich gewartet."

„Und ich habe bestanden?"

„Ja, mein Herr. Bevor ich Sobek verlassen habe, habe ich ihnen eine Nachricht hinterlassen, dass man dir vertrauen kann. Ich habe sie eingeladen, nach Sobek zu kommen. Ich habe die Nachricht über Rahim verschickt – der völlig andere Kontakte hat als ich –, dass sie kommen und dich kennenlernen müssen. Sie sind auf dem Weg."

„Wer? Omar oder Hsin?"

„Oh, nein, mein Herr. Du wirst sie kennenlernen, wir jedoch nicht. Ich denke, ihre Vertreter werden kommen, vielleicht Dov Yadin und Wickham Morris. Die beiden treffe ich am häufigsten, denn sie sind im Außendienst tätig. Dov war beim israelischen Geheimdienst und Wickham beim MI5, bevor man ihnen angeboten hat, für die Iusaaset zu arbeiten. Da sie beide Werpanther sind, konnten sie dieses Angebot kaum ausschlagen. Alle Mitarbeiter der Iusaaset werden automatisch Mitglieder des Stammes Rahotep, das heißt, du bist ihr Semel."

Das musste ich erst mal verarbeiten. „Niemand kann von mir erwarten, dass ich über Menschen herrsche, die mehr von der ganzen Sache verstehen als ich."

„Im Gegensatz zu ihnen wurdest du als Semel geboren. Das darfst du nie vergessen."

„Warum ich?"

„Weil du Veränderungen anstößt", sagte er schlicht. „Du planst, ein neues Sobek zu erschaffen. Seit einhundert Jahren hat niemand mehr eine fortschrittliche Vision verfolgt. Sie werden Semel-aten und wenden sich nach innen. Sie konzentrieren sich darauf, was sie haben und vermehren können. Und so wie Hakkan Tarek werden sie von ihrer Gier und ihrer Prasserei aufgefressen."

Ich sah ihm forschend ins Gesicht, weil ich immer noch damit rechnete, dass das alles nur ein großer Witz war.

„Aber du scheinst ständig mit den Armen zu rudern. Immer wieder änderst du etwas. Als Semel-aten – oder Akhen-aten – nutzt du jede Gelegenheit, um ein Gesetz zu ändern oder durchzusetzen. Wie ich bereits sagte, hast du die Shu in nur einem halben Jahr bereits viermal losgeschickt. Du möchtest allen helfen, möchtest, dass sie in Sicherheit sind. Und mit unseren Ressourcen kannst du das jetzt auch durchsetzen."

„Ich glaube kaum, dass diese Männer auf mich hören werden."

„Es gibt nichts, wonach sie sich mehr sehnen. Im Moment reagieren sie nur. Doch du wirst ihnen die Möglichkeit geben, proaktiv zu handeln, wenn du deine neuen Gesetze und Pläne in die Tat umsetzt", erklärte Kabore. „Sie möchten von dir befehligt werden. Das Tribunal der Sieben kann zusammenkommen oder auch nicht. Sie würden dich nur beraten, mein Herr, ungefähr so, wie der alte Rat von Ennead den Sylvan beraten hat. Das ist ein Neuanfang, mein Herr, doch alle wissen, dass wir unter deiner Herrschaft stehen und dass du uns in ein neues Zeitalter führen wirst."

„Ich glaube, ich werde gleich ohnmächtig."

„Oh, bitte nicht. Du hast mir heute schon genug Angst gemacht."

„Wer ist sonst noch über die Existenz der Iusaaset informiert?"

„Niemand außer denen, die für sie arbeiten, und dem Tribunal."

„Und wie kommt man an einen Platz im Tribunal?"

„Man wird eingeladen."

„Wie viele sind es im Moment?"

„Sechs. Nachdem Hamid Shamon gestorben ist, wurde sein Sitz nicht neu vergeben."

„Der Priester", sagte ich.

„Deshalb wollte er, dass Logan Church Semel-aten wird. Er war der Ansicht, dass Logan ein Mann ist, dem die Iusaaset bereitwillig gefolgt wäre."

„Ich glaube, da hatte er recht."

Kabore schüttelte den Kopf. „Ich respektiere den Semel-netjer, aber Jin Church ist als Gefährte eines Semel-aten viel zu unberechenbar. Wäre Ammon eine andere Sorte Mann gewesen, wäre er zusammen mit seiner Frau Ebere El Masry ein guter Kandidat gewesen. Und so ist es in der Regel immer: Guter Semel, schlechter Gefährte – oder eben umgekehrt."

„Wieso ist der Gefährte wichtig?"

„Weil er der Garant für die Gesundheit und Ausgeglichenheit des Semel ist. Das ist die erste Person, von der sich ein Semel Rat einholt. Die Person, mit der er Geheimnisse teilt, ob nun geplant oder ungeplant. Es ist einfach die Person, die nachts neben ihm schläft."

„Jin ist der beste Gefährte, den Logan sich wünschen kann."

„Dem werde ich nicht widersprechen. Wir haben den Semel-netjer und seinen Gefährten beobachtet und waren Zeuge von Prüfungen und Trennungen, die wir vielleicht hätten verhindern können, aber die wir stattdessen nur beobachtet haben, um ihren Ausgang zu erfahren. Wir haben sie beide wachsen sehen. Trotzdem: Zwar gibt es für einen Semel keinen besseren Partner als die ihm bestimmte Reah, doch die Nekhene-Katze ist eine schlechte Wahl für einen Semel-aten. Die Nekhene ist am sichersten an einem kleinen Ort irgendwo in den Bergen, wo sie ungestört ist. Jin für einen längeren Zeitraum hier zu haben, würde nur Unglück heraufbeschwören", sagte er mit ernster Miene. „Ich musste Ammon einmal zuhören, wie er sich darüber ausließ, wie gefährlich Jin Church ist. Ich stimmte zwar nicht mit seiner Idee überein, was man gegen Jin tun sollte, doch seiner Logik konnte ich nicht widersprechen. Wenn Jins Kraft anwächst, wird sie dann vielleicht auch unberechenbarer?"

„Jin wird nie jemanden verletzen, solange Logan an seiner Seite ist."

„Exakt", stimmte Kabore zu. „Das ist die Aufgabe des Semel-netjer für den Rest seines Lebens. Er wird seinen Stamm führen und seinen Gefährten lieben. Und tatsächlich ist das ja auch genau das, was er tun will – es dürstet ihn nicht nach Macht. Es ist ein großes Glück, dass die Nekhene einen Gefährten wie Logan gefunden hat und nicht etwa einen Wahnsinnigen. Denk nur daran, was hätte geschehen können."

„Jetzt verstehe ich, warum der Priester gern Logan gehabt hätte."

„Zunächst", meinte Kabore. „Am Ende stimmte er mit mir überein, dass das Schicksal es anders wollte, indem es dich schickte. Du solltest wissen, dass er vor seinem Tod mit deiner Regentschaft sehr zufrieden war."

„Ja, das weiß ich."

„Als ich ihm vorschlug, dass wir uns dir zeigen sollten, fand er auch, dass das eine gute Idee sei. Außerdem schlug er vor, den freigewordenen Sitz im Tribunal an den Semel-netjer zu vergeben."

Ich könnte Logan an meiner Seite haben? Mein eigenes, vollständiges Sicherheitsnetz? „Diese Möglichkeit besteht?"

„Ja, das tut sie. Wir kamen überein, dass er gut hineinpassen würde."

„Als meinen Berater würde ich mir dich wünschen."

Das überraschte ihn. „Mein Herr, ich bin nur ein Verwalter, nur ein Steigbügelhalter, um dir zu deinem Recht zu verhelfen."

„Nein, ich möchte dich. Sag ihnen das."

Er nickte. „Danke, mein Herr. Dein Vertrauen und Glaube sind …" Er war offensichtlich gerührt, das war ihm anzuhören. „Das ehrt mich."

Doch ich hatte keine Zeit für Gefühlsregungen. Mein Verstand arbeitete auf Hochtouren. „Wenn ihr die Welt bewacht, wie konnte Jin dann überhaupt entführt werden? Wie konnte der Sepat bis zum Ende durchgeführt werden? Wieso konnte Ammon El Masry Ebere so misshandeln? Wie konnte dieses Schauspiel, das ich hier heute unterbrochen habe, so lange unbemerkt bleiben?"

Er schüttelte den Kopf. „Das ist wie bei jeder militärischen Operation. Werden Soldaten losgeschickt, um gegen Gewalt innerhalb der Familie vorzugehen? Sind sie dafür verantwortlich, korrupte Politiker oder verschwundene Kinder zu finden? Das ist es nämlich, wovon wir hier sprechen. Wir verhindern, dass sich jemand im Fernsehen als Werpanther zu erkennen gibt, aber nutzen unseren Einfluss nicht, um einen Semel unter die Lupe zu nehmen, der sich an jungen Mädchen vergeht."

„Darum musste der Priester den Sepat gegen El Masry ausrufen, als all diese Eltern von misshandelten Töchtern zu ihm kamen?"

„Ja. Wir konnten nichts tun. Nicht damals. Doch wenn du nun die Zügel in die Hand nimmst, dann werden wir dir und deinem Kurs der Erneuerung dienen. Es gibt so viele Dinge, die verändert werden können, doch es gibt mindestens genauso viele, die in Stein gemeißelt sind."

So langsam fing ich an zu verstehen. „Ihr möchtet wie Yuri sein: Eine Erweiterung von mir, sodass Panther auf der ganzen Welt daran glauben, dass ich der mächtigste Werpanther der Welt bin. Und das werde ich nicht nur auf dem Papier sein. Wenn ich etwas sage, wird es auch geschehen, weil ich dann alle Unterstützung habe, es auch durchzusetzen."

„Genau."

„Und was, wenn mir die Macht zu Kopf steigt und ich wahnsinnig werde?"

Er neigte den Kopf. „Mir scheint, du hattest schon deine Erleuchtung, oder nicht?"

„Du meinst, als mein eigener Stamm zerschlagen wurde?"

„Ja. Deine Blutlinie, dein Stamm wurde von einem Mann zerschlagen, den du Bruder nanntest. Der Stamm Menhit kann nie wieder auferstehen. Wenn die Gefahr bestünde, der Dunkelheit anheimzufallen, wäre nicht damals der passende Moment gewesen?"

Ich zuckte mit den Schultern. „Vielleicht."

„Deine Mutter ist gestorben, als du noch ein Kind warst. Dein Vater regierte seinen Stamm mit Wut und Eifersucht. Als du Semel wurdest, hattest du nur die Fehde mit dem Stamm deines Freundes, um deinen eigenen Stamm zu einen. Damals warst du ein anderer Mann, rachsüchtig und gemein, bitter und voller Selbstverachtung. Heute kannst du immer noch selbstsüchtige Gedanken haben und dir einreden, dass dir vieles egal ist, nur um dann völlig entgegengesetzt zu handeln. Ich halte das für ein Wunder. Ich denke, das kommt aus der Zeit, als Logan Church dich zum Maahes seines Stammes gemacht hat. Du hast dich selbst erhoben …"

Ich unterbrach ihn. „Hör auf. Ich glaube, ich muss mich gleich übergeben. So gut bin ich nicht. Ich tue viele dumme Sachen, und das weißt du so gut wie ich. Aber ich habe Yuri und ich habe Taj und Mikhail und Ebere, die aufpassen, dass ich auf dem richtigen Pfad bleibe."

Er räusperte sich. „Kannst du dir vorstellen, wie viele Männer in Führungspositionen immer auf diejenigen hören, die sie beraten?"

„Alle?"

„Keiner. Die meisten mächtigen Männer hören zwar, aber sie hören nicht zu. Und dann tun sie das, was sie ohnehin schon geplant hatten. Du hingegen hörst zu und denkst über Dinge nach. Manchmal tust du dann trotzdem, was du von Anfang an geplant hattest, aber es kommt auch oft genug vor, dass du deine Meinung änderst oder deine Reaktion an das anpasst, was dir die Menschen in deiner Umgebung geraten haben. Bei einem Anführer ist das eine seltene und kostbare Eigenschaft, dass er zwar seine eigene Meinung hat, aber andere Ansichten zulässt und wertschätzt. Du solltest nie an deiner Eignung zweifeln, Domin Thorne. Du bist ganz außergewöhnlich."

Wir schwiegen.

„Ich denke, du müsstest reisen."

Wir sahen uns beide nach Yuri um, der offensichtlich wach war und uns zugehört hatte.

Ich war so froh, ihn mit offenen Augen zu sehen. „Wie lange bist du schon wach?"

„Seit Kabore die Ärztin gebeten hat, kurz vor die Tür zu gehen."

„Du bist so ein Idiot", sagte ich sanft. Ich streckte eine Hand nach ihm aus, kämmte ihm mit den Fingern durch die Haare und schob ihm eine Strähne aus den Augen. „Also hast du auch alles über den guten Gefährten gehört?"

„Habe ich", murmelte er. Er klang sehr zufrieden mit sich.

„Und?"

„Und hättest du dir einen Besseren aussuchen können?", scherzte er. „Ich glaube nicht. Mann, du hast mit mir den Hauptgewinn gezogen. Niemand könnte zuverlässiger oder loyaler sein."

Ich musste lächeln. „Nein, wohl kaum."

Er zwinkerte mir zu und ich stöhnte.

„Gut, und wohin gehe ich?" Ich sah Kabore fragend an.

„Du musst die Welt bereisen. Anstatt eines Fests des Tales, bei dem alle zu dir kommen, solltest du hinaus in die Welt zu den Stämmen gehen."

Scheinbar hatte er eine Art Nervenzusammenbruch. „Wie bitte?"

„Du musst einen neuen Maahes ernennen, der in Sobek bleibt und zusammen mit Mikhail, Jamal und Taj die Geschäfte führt. Dann machen wir: du, Yuri und ich, sowie Dr. Pakhom mit ihrem Team und noch etwa fünfundzwanzig Khatyu uns auf, um jeden Stamm auf der Welt zu besuchen."

Das musste ich erst einmal sacken lassen. „Hast du irgendeine Ahnung, was du da vorschlägst?"

„Schätze schon." Yuri nickte. „Du wärst nie zu Hause, vielleicht für den Rest deines Lebens. Du würdest Menschen treffen, sie kennenlernen und die Welt der Werpanther näher zusammenbringen. Wenn es ein Problem gibt, wärst du da, um es zu lösen. Und sollte das über deine Fähigkeiten hinaus gehen, kannst du dich an die Iusaaset wenden. Du kannst mit dem Tribunal sprechen, kannst dich von deinem neuen Maahes informieren lassen und einmal im Jahr deinen eigenen Stamm besuchen. Aber wenn du das tun würdest, also dich auf diese Reise begeben würdest, denk nur daran, was du alles erreichen könntest."

„Was könnte ich denn erreichen?"

„Du könntest alle zusammenbringen. Ich habe schon immer gesagt, dass es unzählige verlorene Seelen da draußen gibt – so wie Jin und Crane damals. Du könntest dafür sorgen, dass sie wissen, dass der Akhen-aten für sie da ist."

„Yuri …?"

„Ich denke, das ist die Aufgabe, die uns zufällt."

„Was ist mit den Veränderungen, die ich für Sobek geplant habe?"

„Das kann dein Maahes übernehmen."

Das stimmte. Das bedeutete aber auch, dass ich einen neuen Maahes brauchte. Ich brauchte einen Vertreter, der mich in meinen Zukunftsplänen unterstützte. Die passende Person saß genau vor meiner Nase. „Ja, es sollte Kabore sein."

„Oh", sagte Yuri. „Das ist eine geniale Idee."

„Verzeihung?" Kabore sah meinen Gefährten entsetzt an. „Was ist genial, Sekhem?"

„Die Gedankengänge deines Semel."

„Von Zeit zu Zeit", schwächte ich ab.

„Mein Herr?" Er war verwirrt.

Ich räusperte mich und mein Verwalter sah mich wieder an. „Manchmal sehe ich Dinge nicht, die genau vor meiner Nase sind."

Sein Gesicht war ein offenes Buch. Ich sah den genauen Moment, als er endlich verstand. „Oh, nein." Kabore stand auf und riss die Arme in die Höhe. „Ich bin viel zu alt und zu ..."

„Du weißt alles, was ich auch weiß." Ich wackelte mit den Augenbrauen. „Du sprichst jede Sprache, die in Sobek gesprochen wird. Du weißt über mich und die Iusaaset Bescheid und du kannst mein Ratgeber und mein Maahes sein. Du wirst das ganz wunderbar machen, Kabore Nour, und du wirst Mikhail und Taj sowie Jamal und Ebere an deiner Seite haben, um dir zu helfen."

„Mein Herr, ich müsste dich begleiten ..."

„Wir alle müssen uns unseren Aufgaben stellen." Ich grinste ihn an.

„Das wird ganz großartig." Auch Yuri grinste ihn an. Damit war die Sache abgemacht.

„Er passt wirklich sehr gut zu dir", meinte Kabore schnippisch. Schließlich ergab er sich in sein Schicksal, indem er mich finster ansah und meinem Gefährten zunickte.

„Ich weiß."

10

Es war zwar spät, aber ich fühlte mich unglaublich energiegeladen. Ich setzte mich mit den anderen vor das Krankenzelt, um etwas zu essen, während ich Jamal anrief. Der frisch ernannte Menthu stimmte völlig mit mir überein, dass es eine hervorragende Idee war, Kabore zum Maahes zu machen. Außerdem ließ er mich wissen, dass Logan bei seiner Ankunft in der Villa nicht sehr erfreut darüber gewesen war, Jin nicht vorzufinden.

„Auf einer Skala von eins bis zehn?"

„Eine fünfzehn, mein Herr", meinte Jamal trocken.

Ich stöhnte. „Ist er bereits aufgebrochen?"

„Ja, mein Herr."

„Wer ist bei ihm?"

„Sein Sylvan und sein Kind."

„Seine Maahen ist nicht bei ihm?"

„Sie ist mit ihm angekommen, aber sie ist zurückgeblieben, um bei Crane zu sein."

„Yusuke Narae, die Prinzessin des Stammes Mafdet, ist dort mit meinem Maahes?"

„Ja."

„Ich werde Kabore bei meiner Rückkehr als neuen Maahes ausrufen."

„Das sind großartige Neuigkeiten, mein Herr, denn so, wie die Dame Crane Adams begrüßt hat, ist davon auszugehen, dass sie ihn mitnehmen wird."

„Sie hat sich praktisch auf ihn gestürzt, oder?"

Er hüstelte. „So ungefähr."

Ich schaltete das Satellitentelefon ab und lehnte mich gegen Yuri, der neben mir saß. Auf der anderen Seite des Platzes konnten wir Jin und Koren sehen, die sich gerade mit den Djehus der Peq und Shen trafen. Natürlich machte es Sinn, dass sie sich mit der Reah zusammensetzten, die dann das Gespräch leiten würde. Ich hatte eigentlich geplant, mich selbst mit ihnen zum Gespräch zu treffen, doch Alana hatte uns gerade etwas zu essen gebracht, und wenn eine Yareah einem Essen brachte, dann aß man.

Taj hatte den Kopf auf seine auf dem Tisch liegenden Arme gebettet und döste. Rahim saß neben ihm, den Kopf auf die Hand gestützt, während er lustlos in seinem Essen herumstocherte. Neben ihm saß Kabore.

„Rahim."

„Mein Herr?" Er klang erschöpft; das waren sie alle.

„Ich habe bereits mit Jamal gesprochen und er ist einverstanden, dass du der neue Phocal der Shu wirst."

„Danke für diese Ehre, mein Herr."

„Gut gemacht, Freund." Taj gähnte, ohne den Kopf zu heben.

„Wenn ich fort bin, musst du Jamal und die anderen beschützen."

„Ja, natürlich, aber wohin gehst du?"

„Yuri und ich werden jeden Stamm auf der Welt besuchen."

„Wie bitte?"

„Natürlich nicht immer nur einen. Ich schätze, in den USA werden wir von Staat zu Staat ziehen. Ich weiß es noch nicht. Das müssen wir alles erst noch planen."

Yuri grinste. Eine seiner Hände wanderte unter den Tisch. Sie kam auf meinem Oberschenkel zu liegen.

Er war verletzt und ich war verletzt, doch letztendlich waren wir nur angeschlagen und würden wieder heilen. Ich wollte jetzt einfach unbedingt einen ruhigen Ort finden, an dem ich ihn endlich küssen konnte.

„Wovon sprichst du?", grummelte Taj, der den Kopf hob.

„Das erzähle ich dir später. Warum legt ihr euch nicht hin?"

Sofort widersprachen alle, inklusive Rahim, der Jin erst heute Morgen kennengelernt hatte, indem sie auf die Reah zeigten.

„Um mich macht sich also niemand Sorgen?", fragte ich scherzhaft.

„Du bist der Semel-aten, der Akhen-aten", sagte Rahim. „Aber er ist eine Reah."

Jin würde immer etwas Besonderes sein, und ich war so müde, dass es mir im Moment egal war.

Eine Stunde später saß ich immer noch da und beobachtete Jin, der mit den beiden Djehus sprach. Ich überraschte mich dabei, wie ich Koren anstarrte, der neben ihm saß.

„Jedes Mal, wenn er bemerkt, dass du ihn ansiehst, denkt er, dass du noch an ihm interessiert bist", flüsterte Yuri mir ins Ohr.

Als seine Lippen mein Ohrläppchen streiften, erzitterte ich und er lächelte. Dann presste er seine Lippen auf meine Kehle. „Ich habe nur gerade daran gedacht, dass man aus dieser Entfernung auch denken könnte, dass dort Logan mit seinem Gefährten sitzt."

Yuri stöhnte. „Die Leute meinen, die beiden würden sich sehr ähnlichsehen, aber ich kann keine Ähnlichkeit erkennen."

„Du willst sie nur nicht sehen", murmelte ich.

„Wie bitte?"

„Nichts", sagte ich leise und sah ihn prüfend an. „Aber nur, dass du es weißt: Koren glaubt nicht, dass ich an ihm interessiert bin, denn das bin ich nicht und wir haben darüber bereits gesprochen. Er weiß es also ganz genau."

„Ihr habt miteinander geredet?" Das war der Teil, der bei ihm angekommen war? „Worüber habt ihr denn gesprochen?"

„Sei kein Idiot", sagte ich mit tiefer Stimme, denn ich war müde.

„Du hast ihm also zu verstehen gegeben, dass ich es bin."

„Natürlich!", plusterte ich mich auf. „Aber er will mich eigentlich nicht, nicht wirklich."

„Nein?" Er hoffte auf mehr Informationen, als er mir auf die Schulter klopfte, um mich zum Aufstehen zu bewegen.

„Nein. Ich denke eher, dass zu Hause etwas vorgefallen ist, was ihm Angst gemacht hat. Und daraufhin ist er hergekommen, um mich zu sehen."

„Warum?"

„Weil ihn niemand infrage stellen würde, wenn er sich für mich entscheidet – und das, obwohl ich ein Mann bin", sagte ich, als ich aufstand und Yuri folgte. „Ich bin immerhin der Semel-aten."

„Soll das heißen, wenn er sich für einen anderen Mann entscheiden würde, würde man ihn infrage stellen?"

„Vielleicht."

„Aber wenn er der Gefährte des Semel-aten wäre, wäre es in Ordnung?"

„Ja." Ich zuckte mit den Schultern, als er mich am Oberarm ergriff und mich unter die Markise eines Geschäfts schob, um eine Auslage herum und dann die Straße hinunter.

„Aber warum gerade jetzt?"

„Das habe ich ihn auch gefragt", schnurrte ich, weil es mir gefiel, von meinem Gefährten angefasst zu werden, der sich anschickte, mich an einen unbekannten Ort zu führen. „Wohin gehen wir?"

„Und was hat er geantwortet?" Er ignorierte meine Frage, ging mit mir zum Seiteneingang eines Gebäudes, öffnete die Tür und schob mich hinein.

„Gar nichts", sagte ich und sah mich in dem winzigen Raum um, der mit Läufern aus goldener und dunkelblauer Seide ausgekleidet war. Es gab einen Tisch, auf dem ein Krug mit Wasser und ein Glas stand, außerdem eine dunkle Schüssel mit duftendem Öl und eine Liege mit frischem Bettzeug. „Was tust du – du weißt, dass ich noch mit dem Semel sprechen muss – Yuri!"

Er drückte mich nicht unsanft gegen eine Wand und küsste mich. Sein Kuss war nicht so besitzergreifend, wie ich es von ihm gewöhnt war, sondern sanfter und langsamer.

„Was ..." Ich erwiderte seinen Kuss und begann einen Tanz mit seiner Zunge. „Was ist los mit dir?"

„Es ist vollbracht, das erkenne ich jetzt", sagte er. Er legte mir seine Hände an den Hals und öffnete meinen Mund weiter, um zu saugen und zu knabbern. Er übte leichten Druck aus und zog jeden Kuss in die Länge. „Ich mache mir keine Gedanken mehr um Koren Church."

„Warum ..." Ich stieß meine Zunge tiefer in seinen Mund, um ihn zu kosten. Ich wimmerte und das Geräusch ließ ihn lächeln. „Warum solltest du dir um Koren Gedanken machen? Ich habe doch schon ..."

142

„Ich weiß", sagte er. Seine Hände wanderten hinunter zu meinen Hüften, während ein langsamer, genüsslicher Kuss in den nächsten überging. Jeder weitere Kuss sorgte nur dafür, dass ich immer noch mehr wollte. „Es ist vollbracht."

Als er meine Beine auseinander drückte, konnte ich ein Wimmern nicht unterdrücken. Es klang viel hungriger und verzweifelter, als ich gedacht hatte. „Was ist vollbracht?" Ich versuchte, zu Atem zu kommen."

„Du und ich", sagte er und bedeckte dann meinen Mund mit dem seinem. Er öffnete erst meinen Gürtel und dann meine Hose, bevor er sie zusammen mit der Unterwäsche von meinen Hüften zog.

Er und ich? „Yuri, was ...?"

„Sei leise, sonst wird uns noch jemand hören", sagte er. Mir fiel auf, dass auch er keine Hose mehr anhatte; sie lag in einem Häuflein auf der Erde. Er streckte die Arme nach mir aus.

„Was – oh." Ich kam ihm entgegen, als seine Hand mithilfe des Öls auf dem Tisch meinen Schwanz einrieb. Es roch nach Zitrone und Moschus.

„Wir sind noch nicht fertig", raunte ich, als er meine gesamte Länge streichelte, von den Eiern bis zum Schlitz, genauso, wie ich es mochte.

„Nicht miteinander. Aber wir sind fertig mit der Sorge und Unsicherheit. Von jetzt an weiß ich, dass du mich erwählt hast."

Schmetterlinge flatterten in meinem Bauch, als ich seine Stimme hörte. Sie klang so sicher und besitzergreifend. Sein Blick suchte meinen und seine Pupillen waren vor Leidenschaft geweitet.

„Ich habe dich vermisst."

„Ich weiß." Plötzlich lächelte er und es war wunderschön, voller Vertrauen und Hingabe. „Jetzt nimm mich endlich."

Dass er sich so nach mir verzehrte, sich mir derart unterordnete, legte bei mir einen Schalter um. Ich drehte ihn um und legte ihn über den Tisch.

Er zitterte und stöhnte und das Tier in mir erkannte ihn als Beute.

„Nimm alles von mir", verlangte ich. „Spreiz deine Beine."

Er kam meiner Bitte sofort nach. Sein Wimmern klang süß in meinen Ohren, als ich meine Hände auf seinen Hintern legte und die Backen teilte, um seine rosa Öffnung freizulegen.

„Nimm deinen Schwanz in die Hand."

In dem Moment, als sich seine Hand bewegte, brachte ich mich in Position und stieß zu. Es gab keinen sanften Druck, kein vorsichtiges Eindringen. Ich stieß in ihn hinein, und das Öl machte es leichter, obwohl sich sein Körper wie eine Faust um mich schloss.

„Domin!"

Ich hielt inne, obwohl ich nichts sehnlichster wollte, als wieder und wieder in ihn hineinzustoßen. Ich wartete, bis er sich an meine Größe gewöhnt hatte. Schließlich entspannten sich seine Muskeln.

„Ich muss mich bewegen", sagte ich mit brechender Stimme. Ich brauchte ihn so sehr.

„Dann tu es", schnurrte er unter mir.

Ich ergriff seine Hüften, die glitschig vor Schweiß waren, und stieß zu. Bei jedem Stoß zogen sich seine Muskeln um mich zusammen. Ich verlor mich in dem Gefühl, so in ihm zu sein, diese Enge und Hitze zu spüren. Doch es war mehr als das, denn es war Yuri – mein Gefährte, mein Liebhaber. Noch nie hatte es sich so angefühlt.

Ich hatte das unwiderstehliche Verlangen, ihn für mich zu beanspruchen, genauso wie ich von ihm beansprucht werden wollte. Ich wollte, dass seine Hand dort war, wo meine im Moment war – nämlich auf seine Brust gepresst. Dann schlossen sich meine Finger um seine Kehle, um seinen Kopf zu drehen, damit ich ihn küssen konnte. So konnte er sich selbst schmecken, während ich ihn vögelte.

„Domin, bitte." Die Bitte kam atemlos und stockend und stieß mir mitten ins Herz. „Härter, fester …"

Doch mein Körper war nicht stark genug, um mich wie gewünscht über ihn herzumachen, also wurde ich stattdessen langsamer. Ich veränderte den Winkel und hielt ihn unter den Achseln fest. Ich nahm ihn wieder und wieder, wand mich über ihm, und meine Bewegungen ließen ihn erschauern, weil ich immer wieder seine Prostata traf.

„Ich komme gleich", schrie er fast. „Du fühlst dich so verdammt gut an. Du bringst mich fast um."

„Gut", flüsterte ich. Meine Fangzähne fuhren aus, für meinen menschlichen Mund viel zu groß.

„Oh, das ist nicht fair." Seine Stimme brach, denn mehr als diese paar Sekunden brauchte ich nicht, um mich in einen Werpanther zu verwandeln.

Ich war halb Mensch und halb Biest und meine Klauen schnitten in sein Fleisch und hielten ihn auf dem Bett fest. So konnte ich ihn in Position halten, während ich ihn weiterhin langsam vögelte. Als ich mich über ihn beugte und meine Fänge in das weiche Fleisch zwischen Schulter und Hals schlug, versteifte er sich unter mir, sodass ich noch tiefer in ihn eindrang.

„Domin!", schrie er.

Ich spürte, wie sich seine Muskeln um mich herum anspannten. Ich fühlte den Druck und hörte, wie ihm der Atem stockte, als sein Körper von Schockwellen übermannt wurde.

Ich folgte sofort, schoss meinen Samen heiß in ihn hinein, bevor ich schließlich über ihm zusammenbrach und vor Kälte zitterte, als ich mich zurückverwandelte. Nun war ich wieder nichts weiter als ein Mann, der über seinem befriedigten Liebhaber lag.

Yuris tiefes Lachen ließ auch mich trotz meiner Erschöpfung lächeln. „Was?"

„Überall auf diesem Bett ist Blut und Sperma und Schweiß."

„Und? Dann kaufe ich dem Besitzer halt ein Neues."

„Nein", widersprach er. „Ich wollte nur sagen, dass ich hier nicht wegwill. Ich will das alles auf mir. Ich liebe es, deine Zeichen auf meinem Körper zu tragen. Ich liebe es, wenn mir dein Sperma aus dem Hintern tropft und ich dein Blut auf meinen Lippen schmecke. Ich liebe es zu wissen, dass du mich gebissen hast, weil du einfach nicht anders konntest." Ich atmete scharf ein. „Ich liebe es, dass ich dich so in den Wahnsinn treibe, dass du jedem einfach zeigen musst, dass ich zu dir gehöre."

„Tatsächlich?"

„Das ist so verdammt heiß."

Ich küsste seinen Rücken. „Beweg dich nicht, okay?"

„Ich kann mich gar nicht bewegen, dein Schwanz steckt immer noch in meinem Hintern."

„Mir gefällt er da."

„Mir auch."

Mir fielen immer wieder die Augen zu.

„Du wirst langsam ganz schön schwer, Schatz."

Schatz.

Ich wimmerte vor lauter Glück. Ich war völlig erschöpft und wollte nichts weiter, als für den Rest meines Lebens so liegenzubleiben.

„Ich liebe dich."

„Und ich liebe dich auch."

Sein langes, glückliches Seufzen war ein Geschenk.

ICH ERWACHTE mit einem Steifen und als ich den Kopf hob, sah ich, dass mein Gefährte es mir gerade mit dem Mund besorgte.

Es war einige Zeit vergangen. Es roch nach Essen und mir knurrte der Magen.

„Oh", stöhnte er. Er löste seinen Mund von meinem Schwanz und ich starrte fasziniert auf die Reste von Spucke, die ich auf meiner Penisspitze sehen konnte. Er schluckte. „Du bist hungrig. Wir sollten …"

„Hör nicht auf." Ich hob ihm meine Hüften entgegen. „Lutsch meinen Schwanz."

Er sah mich mit feurigem Blick an. Seine Augen waren voller Lust, als er sich herunterbeugte und mich wieder in den Mund nahm.

„Oh, verdammt, Yuri", winselte ich. Seine Hände waren nicht untätig: Eine spielte mit meinen Eiern, während die andere über meine Öffnung strich, bis ich mich bewegte, sodass er einen leichteren Zugang hatte.

Ich hob meinen Hintern, stellte meine Füße auf der Matratze ab und ließ die Beine auseinanderfallen. Noch offensichtlicher konnte meine Einladung kaum sein.

Er schob zwei eingeölte Finger in mich hinein.

145

„Yuri", krächzte ich seinen Namen.

„Wer hat dich sonst noch gevögelt?"

„Niemand."

„Nur ich."

„Nur du."

Sein tiefes, zufriedenes, männliches Lachen ging mir durch Mark und Bein, als er seine Finger in mir bewegte. Er streichelte, drückte und massierte meine Prostata, bis ich vor Verlangen bebte.

„Du bist ganz feucht und heiß. Du wirst mich reiten, damit ich dir nicht wehtue."

„Nein, ich möchte, dass du mich hart rannimmst."

Er grinste und ich hätte ihn am liebsten angeschrien, doch in dem Moment zog er seine Finger heraus und der Verlust, die plötzliche Leere, ließen mich aufstöhnen.

Dieser Mann war so groß, so stark. Nur Sekunden später lag er auf dem Rücken und hatte mich auf sich in Position gebracht.

„Und wie weiter?", grummelte ich, während ich rittlings auf ihm saß.

„Fick dich auf mir."

Mit einem Griff nach hinten umfasste ich seinen dicken Schwanz und hob gleichzeitig meinen Po. „Ich schwöre, ich habe keine Ahnung, wie irgendjemand das aushalten soll." Ich zitterte, als ich seinen Penis in die richtige Position brachte und zwischen meine Backen schlüpfen ließ. Ich konnte fühlen, wie heiß er war, wie feucht.

„Du kannst es", keuchte er. Er fing an, schwer zu atmen, als ich ihn langsam in mir aufnahm.

„Ja, das kann ich." Ich bekam die Worte kaum über die Lippen, als ich anfing, mir selber einen runterzuholen.

„Du bist so eng", stöhnte er. Es tat weh, doch genau das gefiel mir. Manchmal war es genau der Schmerz, nach dem es mich verlangte, und Yuri wusste das.

Ich spießte mich selbst auf seinem riesigen Schwanz auf und zitterte vor verzweifeltem Verlangen.

„Domin", flüsterte er. Mein Name klang aus seinem Mund sexy und fordernd. „Reite mich."

Ich atmete schwer und schwitzte. Schauer durchliefen meinen Körper, der für jeden Stimulus besonders empfindlich zu sein schien. Ich schwankte irgendwo zwischen Leidenschaft und Schmerz.

„Oh, verflucht." Er zitterte und ich legte ihm meine Hände auf den Brustkorb. Ich erhob mich für einen Moment und ließ mich dann wieder nach unten sinken, bis er völlig in mir vergraben war. „Das war – ich will dir nicht wehtun."

„Du wirst mir nicht wehtun, solange du mich nicht erdrückst", sagte ich. Ich fühlte mich zum Bersten ausgefüllt. Yuri war so stark, so kräftig gebaut, dass er auch ohne Waschbrettbauch unglaublich massig war. Ich war süchtig nach ihm, nach seiner breiten Brust und seinem starken, festen Körper.

Er rollte uns herum, doch bevor er mich tatsächlich erdrücken konnte, stützte er sich auf seine Ellenbogen und legte sich meine Beine auf die Unterarme. Dann fing er an, in mich hineinzustoßen und jedes Mal meine Prostata zu treffen, bis ich vor Begehren aufheulte.

„Verdammt, bist du laut." Er lachte leise, weil ihm meine Reaktion gefiel, während er sich etwas zurückzog, nur um beim nächsten Mal noch kraftvoller zuzustoßen.

„Du magst es doch, wenn ich laut bin", sagte ich. Ich erkannte meine Stimme nicht wieder, so tief und rau war sie.

Er sah mir in die Augen und ich legte ihm meine Hände auf die Wangen. Ich sah, wie seine Augenlider flatterten, sah seine geweiteten Pupillen, sah ihn an seiner Unterlippe knabbern.

„Ich mag es auch, dich zu hören. Ich mag all diese kleinen Geräusche, die du machst."

„Domin", flüsterte er. Ich konnte sehen, dass er sich darauf konzentrierte, nicht zu kommen.

„Ich fühle mich so gut an?"

„Besser – dein Körper hält mich so fest. Ich kann jeden Muskel, jede deiner Bewegungen spüren. Du darfst dich auf keinen Fall bewegen."

Also zog ich ihn zu mir und hob den Kopf, um ihn zu küssen. Ich schlang meine Beine um seine Hüfte, sodass meine Erektion gegen seinen Bauch rieb. Das Gefühl war einfach himmlisch.

„Du sollst auf mir kommen, mich markieren, um zu zeigen, dass ich dir gehöre."

Mehr als diese Worte brauchte es nicht.

Ich warf den Kopf zurück und schrie seinen Namen, als mein Sperma auf seine Brust und seinen Bauch regnete.

Er fickte mich, während die letzten Wellen meines Höhepunkts durch mich hindurch flossen. Er behielt seinen Rhythmus bei, bis er selbst in mir kam. Dann hielt er inne.

„Ich fühle mich einfach zu gut, um mich zu bewegen."

Ich musste kichern.

„Oh, Gott, hör auf!", stöhnte er. Mit den Armen hielt er meine Knie fest, um weitere Bewegungen meinerseits zu verhindern.

Ich hielt still und sah zu ihm auf. Ich erfreute mich an seinem befriedigten Lächeln, an seinem zufriedenen Blick und an den roten Spuren auf seiner blassen Haut. Jeder, der uns sah, würde wissen, was wir getan hatten.

Er zog sich aus mir zurück und warme Flüssigkeit lief mir die Oberschenkel hinunter, während er sich neben mich auf das Bett fallen ließ.

„Ich liebe dich", sagte er und küsste mich auf die Schläfe. Scheinbar störte es ihn nicht, dass ich klebrig und verschwitzt war. Stattdessen sog er begierig den Geruch ein, den wir verströmten. „Und das wird sich auch nie ändern."

„Woher willst du das wissen?"

„Weil du mir gehörst", seufzte er und gab mir meine Worte von vorhin zurück.

Ich schmiegte mich an ihn, legte ihm einen Arm um den Hals und ein Bein über seine Hüfte und stieß meine Nase in seine Halsbeuge, sodass ich seinen herrlich maskulinen Duft einatmen konnte.

„Ja, du magst es, mir zu gehören."

„Ja, das tue ich", stimmte ich zu. Ich schloss die Augen und entspannte mich.

„Nein, nein, nein!" Er lachte leise und massierte mir den Hinterkopf. „Du musst aufstehen."

Ich liebte ihn zwar, aber er gab hier nicht die Befehle. „Du hältst mich fest."

„Nein, du musst aufstehen", wiederholte er, obwohl er gleichzeitig seinen Griff um mich intensivierte.

Ich schmiegte mich noch enger an ihn und seufzte zufrieden auf.

„Hörst du mir eigentlich zu?"

Ganz offensichtlich nicht.

11

Es war schon spät, darum hielten sich nicht mehr viele Leute auf dem Platz auf, als ich mich mit Yuri zu Jin gesellte. Er schien zwar müde, aber glücklich zu sein. Taj saß neben ihm am Tisch. Er hatte die Arme auf den Tisch gelegt und den Kopf darauf gebettet. Er schlief tief und fest, genau wie Koren, der ihm gegenübersaß. Er sah zufrieden aus, als wir uns an den Tisch setzten.

„Wie kannst du immer noch wach sein?"

„Ich brauche nicht so viel Schlaf wie die anderen", sagte Jin. Er hob eine Hand und winkte.

Sofort eilte eine Frau herbei, die uns einen Krug Wasser brachte. Außerdem stellte sie Eish – ägyptisches Brot –, Koshari und Lamm vor uns auf den Tisch. Ich war mir nicht sicher, was das für ein gegrillter Vogel war, den sie uns anbot, aber Jin klärte mich auf, dass es sich um Taube handelte. Außerdem brachte sie uns geschnittene Gurken, Tomaten und Hummus mit Olivenöl, sowie Datteln, Feigen und Pflaumen. Als letztes folgten Teller, Servietten und ein Dekanter mit einem schweren Rotwein.

Koren drehte sich auf der Bank um, sodass er sich lang ausstrecken konnte, während er seinen Kopf in Jins Schoß bettete.

„Logan würde ihn dafür töten", sagte Yuri. Jin streckte einfach nur eine Hand aus, um sie Koren auf die Schulter zu legen.

„Nein", sagte Jin leise. „Logan macht sich im Moment viel mehr Sorgen um seinen Sohn."

„Wie kannst du gleichzeitig so klug und so dumm sein?"

Jin winkte ab. „Kabore schläft in einem der Jeeps, Rahim in dem anderen. Der Rest der Khatyu ist auf verschiedene Häuser in der Stadt verteilt. Taj ist ganz offensichtlich hier bei mir und Koren."

„Und die Djehus?"

„Sie sind morgen früh wieder da, um sich mit dir zu treffen. Ach, und Dr. Pakhom und ihre Leute schlafen im Ärztezelt. Hanif Tarek ist bei ihr, weil sie ihm ein Beruhigungsmittel verabreichen musste."

Ich sah zu dem Käfig hinüber, in dem sein Vater gefangen war. „Er wurde mit Essen und Wasser versorgt, oder?"

„Ja, das wurde er", sagte er und verzog das Gesicht.

„Was ist los?"

„Etwas beunruhigt mich."

„Möchtest du darüber sprechen?"

Jin machte sich Sorgen, das war klar ersichtlich. „Dr. Pakhom hat auch ihm was zur Beruhigung gegeben und hat ihn intravenös mit Flüssigkeit versorgt. Sie hat auch eine sehr interessante Diagnose gestellt."

„Himmel, Jin!"

„Also, offensichtlich leidet der Semel an Syphilis im Endstadium."

„Warum sagst du das, als ob es mich kümmern sollte?"

„Weil es vermutlich alles erklärt."

„Es würde die Veränderung in ihm erklären?"

„Ja, das würde es."

„Und weiter? Soll ich ihn einfach laufen lassen, nur weil er krank ist? Soll ich ihm erlauben, es wiedergutzumachen?"

„Das wäre moralisch richtig, oder?"

Ich sah Yuri an. „Was denkst du?"

„Ich denke, dass jeder, der mit ihm Sex hatte, untersucht werden sollte. Ich muss Ehivet Milar anrufen, damit sich sein Sohn testen lässt. Ich weiß, dass Deoles derjenige war, der Garai vergewaltigt hat, aber wir wissen ja nicht, ob er es nicht auch hatte."

„Du weichst meiner Frage aus."

Er sah mir fest in die Augen. „Ich denke, du willst ihn töten, und du tust immer das, was du willst."

„Wenn ich immer das täte, was ich will, dann wärst du nie allein hierhergereist."

Yuri starrte mich an. „Das heißt nur, dass du dir Sorgen gemacht hast, ob du schwach erscheinst, wenn du mich zum Bleiben zwingst. Du hast mich tun lassen, was ich wollte, sodass es aussah, als wäre es dir in jedem Fall egal."

Ich hielt seinem Blick stand.

„Es ist wahr, und das weißt du genau."

„Das war es, aber jetzt nicht mehr."

Er küsste mich auf die Wange. „Das freut mich."

Jin hüstelte und ich konzentrierte mich wieder auf ihn.

„Und du?"

„Was ist mit mir?"

„Was denkst du?"

„Du bist so anders als er."

„Als wer?" Und dann verstand ich: „Logan."

Er nickte. „Logan fragt nie jemanden um Rat."

„Ich habe wirklich versucht, so wie er zu sein", gab ich zu.

„Warum?"

„Weil er der perfekte Semel ist", sagte ich gereizt. „Er weiß immer, was zu tun ist. Ich wollte ein Anführer sein wie er."

„Das kannst du nicht", sagte Jin. „Logan ist von keinem abhängig. Diesen Luxus hast du nicht."

„Er ist von dir abhängig", erinnerte ich ihn.

Er schüttelte den Kopf. „Nicht wirklich. Logan kann Entscheidungen treffen, ohne dabei an andere zu denken. Das ist nicht deine Art."

„Du meinst, ich bin schwächer als er."

„Nein, umsichtiger." Er erhob seine Stimme und sein Blick wurde weich. „Logan musste nie erleben, dass seine Blutlinie zu einem Ende kommt. Er musste nie das durchleben, was du durchleben musstest. Logan war immer das Gesetz, und das ist auch nie anders gewesen."

„Schon, aber an den eigenen Entscheidungen zu zweifeln, ist nicht gut."

„Aber das tust du nicht, jedenfalls nicht, soweit ich das sehe. Du fragst die Menschen in deinem Umfeld nach ihrer Meinung und triffst dann deine Entscheidung. Ich sehe daran nichts Falsches."

„Ja, aber wenn Logan Semel-aten wäre, wäre Hakkan Tarek bereits tot und die Frage nach dem Warum wäre mit ihm gestorben."

„Und inwiefern wäre das fair einem Mann gegenüber, der offenbar bis vor einem Jahr ein guter Semel war?"

„Ich …"

„Dreißig Jahre als guter Semel werden also von einem schrecklichen Jahr ausradiert?"

„Ja", mischte sich Yuri ein. „Ich weiß, dass es bei einer Reah um das Leben und um Vergebung geht, aber das, was tatsächlich geschehen ist, muss das meiste Gewicht haben."

„Außerdem", sagte Taj, der gähnte, bevor er weitersprach, „wird er begreifen, was er seiner Familie angetan hat, wenn du ihn weiterleben lässt. Ich denke, es wäre eine Gnade, ihn von seinem Elend zu erlösen."

„Das ist nicht wirklich die Frage, die sich hier stellt", sagte Kabore, als er sich zu uns setzte.

„Ich dachte, du schläfst", sagte ich.

„Ich habe die Nachricht erhalten, dass Logan Church auf dem Weg hierher ist, also bin ich aufgestanden, um dich darüber zu informieren."

„Oh", sagte ich und drehte mich um. „Kabore hat Nachricht erhalten. Ich frage mich, von wem."

Yuri rollte mit den Augen.

„Könnte es vielleicht diese brandneue Erfindung sein. Das Telefon?"

„Es war ein Versehen, dass ich das falsche mitgenommen habe", erklärte er.

„Um sicherzugehen, dass das nie wieder geschieht, sollte das andere vielleicht zerstört werden."

„Ich denke, Hakkan Tarek ist dir da zuvorgekommen."

„Und da haben wir noch eines seiner Vergehen", sagte ich an Jin gewandt. „Man kann nicht einfach das Gesetz ignorieren. Es existiert schließlich aus einem guten Grund. Kein Semel steht über dem Gesetz."

Er knabberte an seiner Unterlippe.

151

„Was ist los?"

Er zog die Augenbrauen zusammen und schüttelte den Kopf.

„Stell dich nicht so an", wies ich ihn an.

Er zeigte mir den Mittelfinger, was Kabore zu schockieren schien.

Ich breitete die Arme aus. „Also, folgendes: Egal, wo wir hingehen, egal, was wir tun: Ihr gehört alle zu meiner Familie und das Gesetz wird nie zwischen uns stehen. Also, sag mir, was du denkst."

„Sogar ich?"

Ich sah Koren an, der sich verschlafen neben Jin aufsetzte. „Vor allem du, du Idiot."

Er lächelte mich auf diese Weise an, die ich immer geliebt hatte: ehrlich und sorglos, mit leuchtenden Augen. Ich beugte mich über den Tisch und streckte eine Hand nach ihm aus. Er legte seine Hand in meine und drückte sie. Yuri neben mir machte ein Geräusch und Koren lachte. Er ließ meine Hand los und fasste nach meinem Gefährten.

„Warum schließen wir nicht Frieden?"

Yuri stand auf und ging um den Tisch herum. Koren war schon aufgestanden, bevor Yuri ihn erreichte. Ich sah, wie Tränen in Jins Augen schwammen, als die beiden Männer sich umarmten.

„Oh Mann, du bist so ein Softie." Ich musste schwer schlucken.

Wieder zeigte er mir den Mittelfinger. Ich sah erneut Kabore an. „Ja, ich bin anders. Alles an mir ist anders. Bist du sicher, dass du mich für den Job willst, über den wir vorhin gesprochen haben?"

„Oh, ja. Du bist genau der, auf den wir gewartet haben, Domin Thorne."

„Na gut", sagte ich, als er sich wieder neben mich setzte. „Was wolltest du sagen?"

„Ich wollte sagen, dass du bei Hakkan Tarek alle Aspekte beleuchten solltest. Du solltest einen Prozess abhalten, sodass jeder seine Meinung äußern kann", sagte Kabore.

„Iss etwas", unterbrach Yuri. „Du musst bei Kräften bleiben."

„Ja", sagte Jin, seine Stimme sanft und angenehm wie immer. „Iss etwas, Domin."

„Setzt euch alle zu mir."

Und netterweise taten sie das auch.

ZUERST SAHEN wir nur die Lichter. Erst allmählich hörten wir den Hummer auch, der über die zweispurige Straße in Richtung Ipis fuhr. Er hielt außerhalb des Platzes an und zehn Männer kamen auf uns zu.

Wie von meinen Khatyu zu erwarten war, hatten sie darauf geachtet, dass Logan zwischen ihnen nicht auffiel. Er war genauso angezogen wie sie. Das Problem daran war nur, dass er selbst in schwarzen Cargohosen, schwarzen Armeestiefeln, einem langärmeligen schwarzen Shirt, einer schusssicheren Weste und einem Hut, der aussah wie etwas, was die deutsche Armee im Zweiten Weltkrieg getragen hatte, noch auffiel. Seine Schritte waren ausladender und agiler, und er war es ganz offensichtlich nicht gewohnt, in Formation mit anderen zu laufen. Seine ganze Erscheinung war einfach königlich.

Ich brauchte einen Moment, bis ich erkannte, wer der kleine Mann war, der hinter der Gruppe her ging. Er hatte sich in traditionelle ägyptische Gewänder gekleidet und ich wusste auch, warum. Nichts, was in den Baracken der Khatyu oder Shu lagerte, würde ihm passen. Mit seinen 1,70m und dem schlanken Körperbau konnte man ihn einfach in keine Uniform packen.

„Verdammt, was hat sich Logan nur dabei gedacht?"

In dem Moment, als ich Danny Rayne – Jins Cousin – sah, begriff ich, was eine Reah sein konnte. Wäre er noch ein bisschen kleiner gewesen und hätte braune Augen und Haare gehabt ... Er war einfach so süß und niedlich, dass man davon Zahnschmerzen bekam.

Ich wollte gern beobachten, wie Koren reagierte, doch Jin war die eigentliche Attraktion. Ich sah, wie er die Augen schloss und tief durchatmete. Er musste Logan nicht einmal sehen, um zu wissen, dass er da war.

„Es gibt keinen Grund für irgendwelche Spielchen", beruhigte ich ihn. „Steh einfach auf und geh zu ihm."

Ich konnte sehen, dass an seinen Wimpern Tränen schimmern.

„Jin, vermisst du ihn nicht? Vermisst du nicht deinen Sohn?"

„So einfach ist das nicht, Domin."

„Doch, das ist es. Er ist der einzige Mann auf der Welt, der mit dir und deinen Dramen umgehen kann."

Er fing meinen Blick auf.

„Mach schon."

Er stand auf, drehte sich um und rannte los.

Logan hielt inne und hatte gerade noch genug Zeit, um für Jin die Arme auszubreiten.

In dem Moment, als sie sich berührten, traf uns ein Geruch nach frisch geschnittenem Gras, Jasmin, brennendem Holz und einem sanften Herbstwind. Ein Gefühl voller Glück und Zufriedenheit ergriff mich und ich musste mich an der Tischkante festhalten, um nicht vornüber zu fallen.

„Herr im Himmel, wie macht er das?", fragte Taj.

„Wer?", neckte ich.

„Ernsthaft!" Er sah mich finster an. „Was für eine Art Macht muss man haben, dass man fühlbar machen kann, wenn man glücklich ist?"

Es war wie eine Schockwelle und wir alle taumelten noch von dem kraftvollen Gefühl, das uns übermannt hatte, als die Reah ihren Gefährten erreicht hatte.

„Es ist beängstigend, sich die Nekhene wütend vorzustellen."

„Ja, das ist es", stimmte Yuri zu.

„Ist es sicher, ihm zu erlauben, Sobek zu verlassen?" Kabore machte sich offensichtlich Sorgen.

„Ja", sagte ich, während ich die Reah und ihren Gefährten beobachtete. „So lange Logan bei ihm ist, geht von Jin keine Gefahr aus."

„Er sollte dir Angst einjagen, mein Herr."

„Niemals", flüsterte ich. „Sieh sie dir doch an."

Logan hatte Jin eine Hand auf die Hüfte gelegt, während die andere mit seinem langen, seidigen Haar spielte. Er bog Jins Kopf zurück, um ihn dann zu küssen. Es war eine dominante und besitzergreifende Geste. Ein Zittern ging durch Jins Körper und er klammerte sich an Logan.

„Meinen Bruder hat noch nie interessiert, wer ihm dabei zusieht, wenn er sich nimmt, was ihm gehört", kommentierte Koren das Geschehen. „Ich beneide ihn dafür, dass es ihm einfach egal ist."

Ich sah mich um, sah in Gesichter und Augen und bemerkte, wie jeder plötzlich eine geliebte Person näher an sich zu ziehen schien. Liebe so klar vor Augen zu haben, ließ niemanden, der den Semel-netjer und seine Nekhene-Katze ansah, unbeeindruckt. Ich hatte noch nie so viel offensichtliche Bewunderung und Akzeptanz gesehen. Als Logan den Kuss beendete, öffnete Jin langsam die Augen. Logan legte einen Finger unter Jins Kinn und sah ihm fest in die Augen, bevor sie die Köpfe zusammensteckten und leise miteinander redeten. Es freute mich zu sehen, dass Jin nickte.

„Ich verstehe nicht, wie du keine Angst haben kannst", sagte Kabore plötzlich. Er klang verwirrt.

„Weil du nicht sein gesamtes Wesen verstehst", sagte ich, während ich beobachtete, wie Logan seinen Gefährten noch einen Moment länger ansah, bevor er ihn dann bei der Hand nahm und sie zu uns herüberkamen.

„Mein Herr ..."

„Jin ist kompliziert." Das war wohl eine Untertreibung. „Und nur Logan versteht ihn."

„Wo wir gerade von kompliziert sprechen ..." Yuri räusperte sich.

„Was?", grummelte Koren.

„Ach, um Himmels Willen!" Ich zeigte auf Koren. „Um Gottes willen, Koren. Du bist so ein Idiot."

Er versuchte, nonchalant sitzen zu bleiben. Diese Verzögerung ärgerte mich und sie brachte Danny schier um.

„Wenn du ihn zum Weinen bringst, verarbeite ich dich zu Hackfleisch", warnte ihn Yuri.

„Ich dachte, er wäre in Mikhail verknallt", warf Taj ein.

„Das war einmal", murmelte Koren, als er aufstand. „Er hat sich verändert. Ich habe mich verändert. Es ist einfach alles anders."

Wir alle konnten sehen, dass der entzückende, rehäugige Danny vor Vorfreude fast zu vibrieren schien, während er da beim Springbrunnen stand und auf seiner Unterlippe kaute. Keinesfalls konnte er Koren mit noch mehr Sehnsucht anschauen.

„Ach, komm schon, Church", schalt ich meinen Ex. „Es wird Zeit, dass du dich bekennst!"

„Es ist nicht so einfach ..."

„Was hast du also vor?", kicherte Yuri. „Willst du den da einem anderen überlassen?"

„Auf keinen Fall!", knurrte Koren. Das Geräusch gefiel mir. Es passte gut zu ihm – endlich bekannte er sich mal zu jemandem.

In dem Moment, als Koren aufstand, erzitterte Danny, obwohl er das Kinn anhob und sich aufrecht hinstellte.

„Das macht irgendwie Sinn", sagte ich und gähnte. „Beide Church – Männer haben Gefährten, die Rayne heißen."

„Jin heißt nicht mehr Rayne. Er heißt jetzt Church", erinnerte mich Yuri.

„Ach, stimmt ja", meinte ich und sah zu, wie Koren zu Danny hin ging.

Der jüngere Mann zögerte und beobachtete alles mit verhülltem Blick, doch als Koren ihn aufforderte, näher zu kommen, zögerte Danny keine Sekunde. Er warf sich ihm entgegen.

Korens Gesichtsausdruck, als Danny ihn mit Armen und Beinen umschlang, war für mich neu. Danny wackelte hin und her und bettelte, bis Koren ihn die Arme um ihn schloss. Eine Hand kam auf Dannys Hintern zu liegen.

„Das hast du uns gar nicht erzählt", kicherte Yuri, als Logan an unserem Tisch ankam.

Kabore sog scharf die Luft ein, als der Semel des Stammes Mafdet ihm einen abschätzenden Blick zuwarf. Logans goldener Blick lag schwer auf ihm und Kabore war für einen Moment sprachlos.

„Ich war mir nicht sicher, was Koren tun würde. Das ist bei ihm ja immer schwer zu sagen", meinte Logan völlig offen. Logan Church war immer direkt.

„Ich weiß nicht", sagte ich und beobachtete, wie sich Koren mit Danny entfernte. Eine Hand lag kreisend auf Dannys Rücken, während Danny ihn mit Küssen überschüttete. „Vielleicht ist er endlich da, wo er hingehört."

„Ja, das glaube ich auch", pflichtete mir Logan bei. „Und mir gefällt es. Danny hat einen wirklich guten Einfluss auf ihn. Er ist klug und kennt seinen Wert für den Stamm. Er wird Koren nicht alles durchgehen lassen gestatten."

„Auf der anderen Seite", fügte Jin hinzu, „macht Koren Danny selbstbewusster. Er fühlt sich beschützt. Sie passen einfach zusammen. Ich hoffe, Koren bleibt ihm treu."

„Vielleicht ist es ja Danny, der ihn verlässt", sagte ich.

Jin fand das lustig.

Ich legte den Kopf in den Nacken, sodass ich Logan ansehen konnte. „Und?"

„Ich will Crane zurück", sagte Logan ohne weitere Umschweife.

„Ja, ich weiß. Er gehört dir."

„Gut." Er runzelte die Stirn. „Du siehst furchtbar aus."

„Ich wurde mit einem Messer attackiert."

„Das hat man mir erzählt", sagte er kühl.

„Oh, nein, das war nicht meine Schuld", meinte ich defensiv. „Ich hatte keine Ahnung, dass Jin den Priester getötet hatte."

Logan entgegnete nichts. Stattdessen ließ er Jins Hand los, um einen Arm um seinen Gefährten zu legen, sodass er ihn enger an sich ziehen konnte. „Wirst du in der Lage sein, morgen hier aufzubrechen? Ich möchte gern, dass du meinen Sohn kennenlernst, bevor ich abreise."

„Natürlich."

Er wandte sich wieder Kabore zu. „Ich bin Logan Church, Semel-netjer des Stammes Mafdet."

„Es ist mir eine Ehre, Semel."

Logan nickte, als wäre das völlig selbstverständlich. Dann ließ er Jin los und ging um den Tisch herum zu Yuri. Dieser stand auf, um ihn zu begrüßen.

Es gefiel mir zu sehen, dass die beiden sich zur Begrüßung fest umarmten. Als sie voneinander abließen, stand ich auf, sodass er meine Hand ergreifen konnte. „Es ist gut, dich zu sehen."

„Ebenso", murmelte er in meine Schulter, bevor er mich losließ. „Erzählt mir, was hier vor sich geht."

Wir setzten uns wieder. Logan hielt Jins Hand und dieser lehnte sich an ihn. Es sollte wirklich Poster von ihnen geben: Jin war so wunderschön und Logan strahlte so viel Kraft und Energie aus. Aber mir fiel auch eine Veränderung an Jin auf. Diese Ruhelosigkeit, durch die er die ganze Zeit vibriert hatte, war verschwunden. Alle waren in seiner Gegenwart ein wenig auf Hab Acht gewesen. Kabore hatte recht: seine Macht, obwohl sie faszinierend war, hatte einen instabilen Eindruck gemacht. Die Nekhene war wie Nitroglyzerin. Man wusste nie, wann man sie vielleicht zu sehr schüttelte.

Jetzt, wo Logan neben ihm saß, schien es, als wäre ein Schalter umgelegt worden. Er war jetzt einfach nur er selbst – einfach nur Jin.

„Domin."

Logan sah mich erwartungsvoll an. „Ja?"

„Mein Rat wäre, den Semel von hier wegzubringen. Nimm ihn mit nach Sobek, liste ihm seine Vergehen auf und richte ihn dann hin."

„Aber Logan, er ist krank", sagte Yuri. „Wir sprechen hier über das Gesetz."

„Ja, schon, aber …"

„Ein kranker Semel verlässt sich auf seinen Gefährten und seinen Maahes. Vielleicht noch auf seinen Sheseru und Sylvan. Zwischen einem Semel und seinen Ratgebern besteht ein enges Band. Wenn der Semel dieses Band zerreißt, sind seine engsten Vertrauten aufgerufen, die Kontrolle zu ergreifen oder ihn Amok laufen zu lassen."

„Aber das Wort des Semel ist Gesetz", wandte Yuri ein. „Als du bei deinem Kampf gegen Domin verletzt wurdest, hast du allen verboten, dir zu helfen."

„Und hätte das angehalten, bis ich gestorben wäre?", verlangte er zu wissen. „Ist nicht Mikhail am nächsten Tag losgezogen, um Jin zu finden, obwohl ich allen verboten hatte, etwas zu unternehmen?"

Schweigen.

„Es scheint, dass der Sylvan die Stimme der Vernunft war, und er wurde getötet. Der Sheseru hat sich korrumpieren lassen. Seine Frau und ihre Familie haben nichts unternommen."

„Logan, sie waren machtlos", sagte ich. „Der Sohn ist ..."

„Schwach, vermute ich", sagte Logan und fällte damit sein Urteil. „Du solltest die beiden Djehus zu Sylvan und Sheseru machen, damit sie ihm helfen. Vielleicht findet der Stamm dann wieder zusammen."

Alle schwiegen.

Das war eine geniale Idee.

„Wer sollte ..."

„Der Djehu der Shen sollte Sylvan sein", sagte Jin. „Er kennt sich im Gesetz aus. Der Djehu der Peq sollte Sheseru werden, denn er ist damit vertraut, Leute unter Kontrolle zu halten, die weit verstreut leben. Ich habe bereits angedeutet, dass das vielleicht deine Lösung sein würde."

Ich starrte sie beide an.

Logan blinzelte mich an. „Was? Stimmt irgendetwas nicht?"

„Teilt ihr beide euch jetzt schon ein Gehirn?"

„Die Djehus müssen noch der Verteilung der Katakomben zustimmen."

„Wie schwer kann das schon sein?", meinte Logan. Jin rieb mit seinem Kinn über die Schulter seines Gefährten und markierte ihn mit seinem Duft, so wie Yuri es vor ein paar Stunden bei mir gemacht hatte. „Wahrscheinlich ist es absolut unerschwinglich, das Gold zu schürfen. Und wenn der Djehu Investoren von außerhalb involvieren will, müsste er zunächst nachweisen können, dass ihm die Katakomben gehören. Sie müssen sich einfach hinter den Stamm stellen und das werden sie tun, wenn sie etwas zu verlieren haben."

„Und wenn Hanif Tarek nicht damit einverstanden ist, wen ich für ihn ausgesucht habe?"

„Er hat bereits bewiesen, dass er nicht stark ist. Ich glaube nicht, dass du dir Sorgen darüber machen musst, was er denkt."

„Du weißt einfach immer, was das Beste ist, oder?"

„Immer", versicherte er mir. „Aber es ist deine Aufgabe, das auch zu verkaufen."

Rahim kam zum Tisch und beugte sich zu Yuri herab, um ihm etwas zuzuflüstern. „Alana Tarek möchte gern mit dir sprechen, Sekhem."

„Es ist schon spät, ist sie noch wach?"

„Wärst du in der Lage zu schlafen?"

„Nein", antwortete er und stand auf. Er legte mir zum Abschied eine Hand auf die Schulter.

„Ich werde am Morgen mit den Djehus sprechen", informierte ich Logan. „Oder wohl eher in ein paar Stunden."

Jin stand auf. „Da sie ohnehin wach ist, würde ich auch gern ein paar Worte mit Alana wechseln. Sie wollte mit mir sprechen, aber es hat sich heute einfach nicht ergeben. Vielleicht kann ich sie ein wenig beruhigen."

„Ich komme mit", sagte Logan und schickte sich an, ihm zu folgen.

„Nein, bleib nur", widersprach sein Gefährte. „Yuri ist ja da."

Logan zog die Stirn kraus und ignorierte mich. „Taj, würdest du Jin begleiten?"

„Klar", gähnte Taj. „Komm schon, Reah, lass uns gehen."

Jin beugte sich zu Logan herüber und küsste seine Wange. „Du machst dir viel zu viele Sorgen."

„Ich mache mir nicht genug Sorgen, außerdem muss ich dich in einem Stück zu meinem Sohn zurückbringen. Er wundert sich wahrscheinlich schon, wohin wir beide verschwunden sind. Crane hat er schließlich noch nie im Leben gesehen."

Jin war überrascht. „Du hast Ilia mitgebracht? Er ist hier?"

„Natürlich", antwortete Logan ganz sachlich.

„Und du hast ihn mit Crane alleingelassen?"

„Mit meiner Maahen und Domins Maahes, genau."

„Yusuke ist auch hier?"

„Ja", meinte er lässig. „Sie wollte Crane sehen und Danny war untröstlich, seit Koren aufgebrochen war. Ich muss in meinem Haushalt wirklich mal Ordnung schaffen."

Ich auch, aber das sagte ich nicht laut.

„Logan, wir müssen zurück zu unserem Sohn", sagte Jin, plötzlich aufgebracht.

„Und das werden wir auch", beruhigte er seinen Gefährten. „Morgen. Du bist immerhin schon eine Woche weg."

„Vielen Dank auch, dass du mich daran erinnerst", meinte er knapp mit hochgezogener Augenbraue. Dann stand er mit solcher Hast auf und eilte davon, dass Taj rennen musste, um ihn einzuholen.

„War das klug?", fragte ich meinen Freund. „Du scheinst dir Sorgen zu machen, Semel."

Er schüttelte den Kopf. „Erzähl mir von Mikhails Freundin. Ich habe ihn noch nie so gesehen. Ich wusste nicht einmal, dass er überhaupt so aussehen kann."

Ich lachte auf und erzählte ihm dann alles über Samani. Ich wiederholte, was Samani wollte und was Mikhail wollte und was ich dachte, wer sich am Ende durchsetzen würde.

Wir unterhielten uns angeregt und Kabore konnte einige interessante Details beisteuern. Als ich erzählte, wie Jin die Prüfung gewonnen hatte, hatte ich bereits Logans ganze Aufmerksamkeit.

„Da wir gerade von Jin sprechen..." Dabei sah mich Logan an. „Wie lange dauert es eigentlich, mit einer Yareah zu sprechen?"

Ich selbst schlief fast im Sitzen ein. „Kabore, lässt du bitte alle wissen, dass wir endlich etwas Schlaf brauchen?"

„Natürlich, mein Herr." Er nickte mir zu und machte sich dann auf, unsere verschwundenen Gefährten zu finden.

„Es war eine gute Idee, Jamal zu befördern", bemerkte Logan. „Er ist ein sehr ehrenwerter Mann."

„Oh, da stimme ich dir zu. Ich glaube, dass ..." Ich drehte mich um, um Kabore hinterherzuschauen.

„Was?"

„Warum kommt Taj nicht wieder?"

Logan zog die Stirn kraus. „Weil ich ihn angewiesen habe, Jin zu begleiten."

„Ihn zu begleiten, aber nicht bei ihm zu bleiben. Warum würde er bleiben, wenn doch Yuri dort ist?"

„Taj würde Jin nicht verlassen", versicherte mir Logan.

„Das würde er", widersprach ich und stand auf, „weil Yuri schon da ist."

„Was meinst du ..." Logan wirkte plötzlich angespannt. „Ich hatte angenommen, dass die Stadt sicher ist, Domin."

Ich schlug dieselbe Richtung ein, in die Kabore verschwunden war. Logan war gleich hinter mir, gefolgt von Koren, der plötzlich aus dem Nichts aufgetaucht war.

„Mein Herr!"

Ich hörte den Ruf und bog um eine Ecke. Dort traf ich auf Kabore, der sich über einen meiner Khatyu beugte. Er war tot, ihm war die Kehle herausgerissen worden, und das viele Blut erschien im Mondschein schwarz.

„Oh, nein", rief ich. Als ich bei ihm ankam, sah ich, dass er eine Pistole in der Hand hielt.

„Jin!", schrie Logan. Er schoss an mir vorbei und eilte die Straße hinunter, die zu dem Haus führte, in dem der neue Semel, seine Mutter und seine Schwester wohnten. „Domin!"

Ich erhob mich und Kabore tat es mir gleich. Wir rannten durch die Dunkelheit, um sie zu finden. Stattdessen fanden wir Rahim. Seine Augen waren geschlossen und er lag auf dem Boden, mit einer Kugel in der Seite und einer weiteren in der Schulter.

„Kabore, hole sofort Dr. Pakhom und wecke alle auf."

„Ja, mein Herr", sagte er. Er kämpfte sich auf die Füße, um meine Befehle auszuführen.

„Domin!" Logan schloss zu mir auf und ich wusste sofort, dass er nicht er selbst war. Der Mann, den ich kannte, war verschwunden. Stattdessen befand sich neben mir ein panisches, verzweifeltes Tier.

„Nein!", blaffte ich ihn an. Ich stellte mich breitbeinig hin und machte mich auf einen Fausthieb gefasst. „Wende dich nicht gegen mich. Es gab keinen Grund anzunehmen, dass ich hier noch Widersacher hatte. Außer dem Semel und seiner Familie war niemand hier und *nur* der Semel war mit meinem Eingreifen nicht einverstanden. Er war derjenige, dem der Priester aufgetragen hatte, Yuri zu töten, und ich habe ihn aufgehalten. Heute habe ich den Sheseru getötet. Sonst war niemand hier, der sich gegen mich aufgelehnt hätte."

„Du hast irgendetwas übersehen", fauchte er mich an.

„Das kann nicht sein. Das habe ich nicht." Ich schüttelte den Kopf. „Alle wollten mich hier, alle außer dem Semel."

„Dann liegt dort der Verrat!", schrie Logan. „Welches Haus?"

Ich lief los und Logan folgte mir auf dem Fuße. Als wir fast beim Haus angekommen waren, kamen wir abrupt zum Halten, als die Tür aufgerissen wurde und Alana Tarek schreiend auf uns zu lief.

Sie war blutüberströmt.

„Oh, Gott", keuchte ich, als sie sich weinend in meine Arme warf.

„Yareah", versuchte ich, sie zu beruhigen. „Was ist passiert?"

„Sie sind alle tot!", kreischte sie. Der Schock übermannte sie und sie sank ohnmächtig in sich zusammen.

Sie riss mich zu Boden. Logan rannte an mir vorbei in das Haus.

„Mein Herr!", rief Kabore, als er mit einigen meiner Khatyu an meiner Seite auftauchte.

Ich ergriff ihn am Handgelenk, zog ihn zu mir auf den Boden und schob Alana in seine Arme, während ich aufsprang. „Jemand soll sie bewachen. Wir treffen uns im Haus."

„Ich muss doch mitkommen!"

„Pass auf sie auf!", rief ich und verfolgte Logan ins Haus.

Hinter der Eingangstür fiel ich fast über eine Frau. Wie bei dem Mann zuvor war auch ihr die Kehle durchgeschnitten worden. Ich sah mich panisch um und sah Logan auf der Treppe sitzen, die in den zweiten Stock führte. Seine Hände waren voller Blut.

Ich war sofort bei ihm, legte ihm meine Hände an das Gesicht und zwang ihn, mich anzusehen.

„Hier ist niemand. Ich glaube, sie haben Yuri und Jin mitgenommen und sind über das Dach verschwunden", berichtete er.

Ich ließ ihn los und schüttelte den Kopf. „Das ist unmöglich. Wir sprechen hier von Jin. Niemand kann ihn überraschen. Es ist einfach unmöglich, dass seine Macht sich nicht gemeldet hätte."

„Oben ist so unglaublich viel Blut." Er zitterte. Der Anblick war beängstigend. Zu sehen, wie Logan die Selbstbeherrschung verlor, war wahrlich beunruhigend. „Und Jins Sachen sind … er muss sich verwandelt haben. Wenn sie Yuri hatten, wäre Jin mitgegangen. Jin würde Yuri nicht verlassen, genauso wie Yuri Jin nicht verlassen würde."

„Logan …"

„Wo zum Teufel sind deine Khatyu?"

Ich hörte, wie man meinen Namen rief, und das beantwortete seine Frage. Einen Augenblick später trampelten Männer die Treppen hoch. Kabore war bei ihnen und gab Anweisungen, woraufhin sie alle in unterschiedliche Richtungen verschwanden.

Ich legte Logan eine Hand auf die Schulter und dirigierte ihn nach draußen. Koren wartete mit einem zerstrubbelt aussehenden Danny auf uns und zog Logan auf eine Bank. Sie ließen sich beide darauf fallen und ich sah, wie der ganze Platz plötzlich von Wachen überschwemmt wurde, die Leute weckten und jede dunkle Ecke mit Taschenlampen ausleuchteten.

Kabore kam angelaufen und blieb vor mir stehen. Er musterte mich kurz, bevor er mich berührte – was er sonst nie tat. Er drückte mich sanft auf die Bank neben Koren und kniete sich dann vor uns hin.

„Ihr müsst hierbleiben – sowohl du als auch der Semel-netjer. Wir haben alle aus den Betten geholt. Dr. Pakhom ist bei Rahim. Ich habe Männer im Umkreis verteilt, die für eure Sicherheit sorgen. Bitte bleibt hier."

Ich nickte und er stand auf und war sofort wieder verschwunden.

Alles schien sich zu drehen. Ich hatte Yuri gerade erst wiederbekommen – ich konnte ihn nicht erneut verlieren. Das war einfach unmöglich. Was konnte ich nur tun?

Plötzlich hörte ich lautes Rufen. Zwei meiner Männer kamen zu uns und ihre Worte ließen mich erstarren.

„Mein Herr, wir haben deinen Sheseru gefunden."

Sofort war ich wieder auf den Beinen. Ich lief los, Logan war nur ein paar Schritte hinter mir. Man hatte Taj gefunden und in das Ärztezelt gebracht. Als wir dort ankamen, versuchte Dr. Pakhom gerade verzweifelt, die Blutung zu stoppen, während Taj gegen eine Sauerstoffmaske auf seinem Gesicht kämpfte.

Ich lief zu ihm, an der Ärztin vorbei. Ich ergriff seine Hand, die vom Blut ganz glitschig war.

„Hanif Tarek hat zehn Männer", krächzte er. Ich sah, dass seine Haut aschfahl war. Er war kurz davor, das Bewusstsein zu verlieren.

„Sie haben Jin angeschossen, als wir uns gerade dem Haus näherten. Ich habe sie nicht gesehen, und dann ging Jin plötzlich zu Boden. Yuri hat sich zwischen eine Machete und Jin geworfen und … oh, Gott, Domin! Er ist tot. Es tut mir so leid, aber er ist tot."

Meine Knie gaben nach und ich sank neben seiner Liege zu Boden. Es war dieselbe Liege, auf der Yuri vorhin noch gelegen hatte.

„Aber du musst Jin retten. Jin! Rette ..."

„Raus!", rief Dr. Pakhom. „Ich kann so keine Leben retten! Raus mit euch!" Alles drehte sich. Jemand griff nach mir, hob mich hoch und zog an mir. Ich begriff, dass Logan mich festhielt und ich hinter ihm hergezogen wurde. Dann waren wir plötzlich wieder draußen in der heißen, stickigen Nacht.

„Wo?", wollte Logan wissen. „Sag mir, wo sie sind!"

„Ich weiß nicht ..."

„Domin!"

Da fielen mir Jamals Worte wieder ein, als wir über den Stamm Feran gesprochen hatten.

„Ihn verbergen?"

„Ja", nickte er. „Wenn sie ihn zum Beispiel in den Katakomben verstecken oder ihn einfach dort aussetzen, wäre es für uns, die wir mit der Gegend nicht vertraut sind, schier unmöglich, ihn ausfindig zu machen..."

„Domin!", rief er wieder.

„Sie haben sie zu den Katakomben gebracht", meinte ich. „Hanif rechnet nicht damit, dass wir dorthin gehen, da wir uns in den Höhlen nicht auskennen. Dort werden sie sein."

„Bist du sicher?"

„Das bin ich."

„Na gut", sagte er und plötzlich kehrte sein Verstand zurück. Die wilde Panik verließ seinen Blick, als er einen tiefen Atemzug nahm. Er beruhigte sich wieder.

„Kabore!", rief ich meinem Verwalter zu. „Besorge uns Schlüssel für ein Auto und triff mich bei den Katakomben. Sofort!"

„Natürlich, mein Herr!"

Er stellte meine Worte nie infrage. Als wir bei den Wagen ankamen, wartete er dort schon mit fünf Männern auf uns. Logan und ich stiegen in den Hummer ein, auf den Kabore zeigte. Koren schloss sich uns an, während Kabore sich auf den Beifahrersitz setzte. Einer meiner Männer setzte sich hinter das Lenkrad, bereit loszufahren.

„Wohin müssen wir?", rief Kabore.

„Zu den Katakomben", rief Logan zurück. „Domin meint, sie sind dorthin geflohen."

„Woher willst du das wissen?", rief Koren, als der Motor rumpelnd zum Leben erwachte. Vier weitere Männer stiegen ein, bevor wir losfuhren.

„Ich weiß es einfach", sagte ich mit gedämpfter Stimme, weil ich hoffte, dass alle anderen dann auch leiser sprechen würden. Ich hielt den Fahrer zur Eile an.

„Logan, wir sollten erst mit der Yareah sprechen oder abwarten, ob entweder Rahim oder Taj aufwachen ..."

„Nein, Domin ist sich sicher", beruhigte Logan seinen Bruder.

„Das ist verrückt", wandte Koren ein. „Das kannst du nicht wissen ..."

„Domin", unterbrach Logan seinen Bruder, „Yuri ist genauso wenig tot wie ich", verkündete er. Als ich in seine goldenen Augen blickte, war er wieder ganz er selbst: Stärke und Kraft.

„Hast du eigentlich eine Idee, was es brauchen würde, um Yuri Kosa zu töten?"

„Eine Knarre reicht schon, Logan. Und die haben sie."

„Ja, aber das ergibt keinen Sinn", sagte er nachdenklich. „Wenn sie vorgehabt hätten, Yuri zu töten, hätten sie auf ihn schießen können. So wie auf Rahim und Taj. Das wäre nur logisch gewesen."

Ich schloss die Augen und atmete tief durch. Ich versuchte, meinen Kopf einzuschalten und nicht mein Herz bestimmen zu lassen.

Der Hummer erreichte die Spitze des Hügels und das Licht seiner Scheinwerfer fiel auf einen schwarzen Panther.

„Mein Herr!"

Logan war schon aus dem Auto gesprungen, bevor die Reifen überhaupt zum Stehen gekommen waren. Er ruderte mit den Armen und rannte mit aller Kraft, bis er schließlich neben Jin zu Boden fiel. Ich war nur ein paar Schritte hinter ihm. Ich hoffte, Yuri zu entdecken, doch leider war er nirgends zu sehen.

„Seht überall nach!", befahl ich den Männern, die aus dem Auto sprangen.

„Jin!", heulte Logan und ich sah zu, wie er die Arme um seinen Gefährten schlang und das Gesicht in dessen Fell vergrub. „Nein, nein ... bitte, nein."

Ich hatte Jin noch nie so regungslos gesehen und es war schmerzhaft zuzusehen, wie Logan den großen Pantherkopf in seinen Schoß bettete.

„Ich brauche dich! Dein Sohn braucht dich!"

Nichts geschah und ich bemerkte, dass Logans Hemd mittlerweile vor Blut troff.

„Logan, er blutet."

„Ich weiß verdammt noch mal selbst, dass er blutet", brachte er angestrengt hervor. Seine Stimme klang völlig fremd.

„Irgendetwas?", rief ich den Männern zu.

„Hier ist Blut, mein Herr ... so viel Blut."

Ich war nicht bereit, Yuri zu verlieren. Vielleicht in fünfzig Jahren. Vielleicht. Aber nicht jetzt, nicht hier.

Logan brüllte und plötzlich war die Luft schwer vom Geruch nach Sex.

„Was hast du ..." Meine Knie gaben unter mir nach, nicht, weil ich dagegen ankämpfte, sondern weil mich die Hitze, die über mich hinwegschoss, so viel Energie kostete.

Seine Pheromone schienen mich einfach zu überrennen.

Koren fiel neben mir auf die Knie. „Domin, Yuri ist ..."

„Nein", sagte ich und krallte meine Hände in den schmutzigen Boden. Ich ließ den Kopf sinken und versuchte, einfach nur zu atmen.

Alle meine Männer, Kabore eingeschlossen, waren erstarrt. Die Kraft, die von Logan Church ausging, war überwältigend. Es hätte mir etwas ausmachen sollen, mein Körper hätte auf den chemischen Anreiz reagieren sollen, doch das tat er nicht. Ich war ein Semel und damit genauso stark wie er. Logan und ich waren äußerlich verschieden, doch innerlich – worauf es ankam – waren wir gleich.

„Was zur Hölle ist das?", keuchte jemand.

„Verflucht." Koren rang nach Atem und seine Hände, mit denen er sich an mir festklammerte, taten mir weh. „Domin, pass auf."

Ich sah gerade noch rechtzeitig auf, um Zeuge zu werden, wie sich Jins Körper verbog, sich erhob und dann wie ein Messer zusammenklappte.

Ich kämpfte mich auf die Beine, zog Koren mit mir und ergriff dann Kabores Arm, um ihm ebenfalls aufzuhelfen. Ich wollte nicht dichter an das Schauspiel heran.

Ein feiner Schauer aus Blut regnete auf uns nieder, dann wurden große Tropfen daraus, als Jin schrie. Flügel – riesige Drachenschwingen – wuchsen ihm aus dem Rücken.

Meine Männer waren klug genug, sich auf den Boden fallen zu lassen. Ihre Gesichter blickten zu Boden, sodass niemand von den riesigen Schwingen enthauptet werden konnte, die wie Schwerter durch die Luft schnitten.

„Oh Logan", stöhnte ich. Ich hatte solche Angst um ihn.

Die Kreatur, die sich erhob, war nicht mehr Jin. Alles, was ich sah, waren die riesigen, grünen Augen eines Vogels, so etwas wie der Kopf eines Falken, etwas, das einem Schnabel ähnelte, reptilienartige schwarze Haut und Klauen, so lang und gebogen wie Krallen. Ich hätte in Panik verfallen sollen, so wie alle außer Logan. Dieser erhob sich langsam und streckte eine Hand aus.

Da war etwas … Bekanntes.

„Komm zu mir", sagte Logan mit einer Stimme süß wie Honig.

Doch ich brauchte Hilfe und ich hatte Angst, dass ich die nicht bekommen würde, wenn Jin sich zurückverwandelte.

„Yuri!", schrie ich.

„Nein", rief Logan, als die Kreatur, die einmal Jin gewesen war, sich von ihm abwandte und dann plötzlich vor mir stand. Mir war klar, dass er gesprungen oder geflogen sein musste, doch die Bewegung war zu schnell vonstattengegangen, als dass man sie mit dem bloßen Auge hätte wahrnehmen können.

„Guter Gott", stöhnte Kabore. Ihm war anzuhören, dass er sich fürchtete.

Die Kreatur bewegte ihren Kopf wie ein Vogel, fast schon roboterhaft. Als sie mir gegen das Kinn stieß, legte ich meinen Kopf in den Nacken, um meine Kehle zu entblößen. Wenn die Kreatur mich töten wollte, dann war ich so gut wie tot.

„Himmel, Domin", flüsterte Logan kaum hörbar, als er näherkam.

Ich schloss die Augen und versuchte, nicht zu zittern, als der Schnabel langsam mein Gesicht untersuchte.

„Beweg dich nicht, beweg dich nicht, beweg dich nicht", wiederholte Koren immer und immer wieder. Er atmete flach und ich fühlte, wie er meinen Oberarm ergriff.

Er versuchte, seine Kraft mit mir zu teilen, aber ich hatte Angst, dass Jin sich erschrecken und mich töten würde, wenn Koren zu sehr an mir ziehen oder mich aus dem Gleichgewicht bringen würde.

„Domin, du Blödmann", hauchte Logan.

Die Krallen schlossen sich um meine Schultern und ich fühlte, wie sie mir in die Haut stachen, ohne sie wirklich zu verletzten. Sie schlossen sich um mich, ohne Druck auszuüben.

„Domin", bat Logan, „bitte schicke ihn nicht in diese Höhle …"

„Yuri", sagte ich und setzte damit alles auf eine Karte. Ich neigte den Kopf und streichelte mit der flachen Hand über den gebogenen Schnabel. Ich erschauerte, als Jin meinen und auch Yuris Geruch einatmete. Er roch den Schweiß seiner Haut, den Duft, als er mich markiert hatte, und den Sex. Ich beobachtete die Nekhene-Katze und verstand, woher der Begriff Falken-Katze einmal gekommen sein musste. Vielleicht hatte sogar der Gott Horus hier seinen Ursprung.

Seine Augen blickten hierhin und dorthin, doch er konnte mich klar erkennen. Als er den Kopf neigte, als würde er mir zuhören, packte ich ihn an der Schulter. Er reagierte instinktiv und schloss seine Krallen um meine Schulter.

Messerscharfe Krallen stießen durch Haut und Muskeln und trafen schließlich auf Knochen. Als sie knackten und brachen, schrie ich auf.

„Domin!"

Ein Windsog und dann war ich plötzlich in der Luft. Ich baumelte an den Resten meines Schlüsselbeins und meiner Schulter.

„Jin!", brüllte Logan unter uns und ich sah, dass er anfing zu rennen.

Warum verwandelt er sich nicht, damit er mit uns Schritt halten kann? fragte ich mich, als mein Kopf zurückfiel und wir langsam an Höhe gewannen.

So fühlte es sich vermutlich an, wenn man von einem Raubvogel gepackt wurde. Ich konnte mir die Geschwindigkeit nicht einmal vorstellen, mit der wir uns durch die Luft auf den schwarzen Felsen zu bewegten. Im letzten Moment ließ Jin sich nach unten fallen und wir flogen an Felsvorsprüngen und Höhlen vorbei. Ein Fehler seinerseits, ein Moment, in dem er seine Geschwindigkeit falsch einschätzte, und wir wären tot. Immerhin würde es schnell gehen, wenn wir an den rauen Felsen zerschellten.

Ich hörte Waffenlärm. Schüsse hallten von den Felsen wider, trafen uns aber nicht. Sie konnten uns nicht sehen, denn es war zu dunkel und wir bewegten uns zu schnell. Nur das Brüllen der Nekhene-Katze verkündete unsere Anwesenheit.

Er ließ mich los, als er auf dem Boden der Höhle landete. Mit seinen Flügeln enthauptete er zwei Männer, als er aufsetzte. Weitere Männer warfen sich auf den Boden, um sich zu schützen.

„Verteidigt mich!", schrie Hanif Tarek und da sah ich ihn – den neuen Semel.

Ich krabbelte trotz meiner verletzten Schulter vorwärts und sah, wie sich einer der Männer erhob und mit einem Gewehr auf Jin zielte.

Ich trat nach ihm und traf ihn heftig am Kopf. Er ging zu Boden und ich taumelte vorwärts, um Tarek zu erreichen.

„Nein!", schrie er und ich sah, dass er sich nicht vor Jin, sondern vor mir fürchtete, als ich mich blutend und verletzt auf ihn stürzen wollte.

Er hob eine Pistole.

„Wo ist mein Gefährte?", rief ich.

„Ich werde ihn töten. Du bist abscheulich und unrein. Es entweiht das Amt, dass du Semel-aten bist."

Ich kämpfte mich weiter vorwärts. „Ich tausche deinen Vater gegen meinen Gefährten ein", log ich. Er würde den nächsten Sonnenaufgang nicht mehr erleben. „Sag mir, wo er ist!"

„Bleib stehen oder ich erschieße dich."

„Wo ist mein Gefährte?", brüllte ich ihn an. Hinter mir hörte ich etwas aufheulen. Seine Männer, abgesehen von dem einen, den ich getreten hatte, wurden gerade ausgelöscht.

„Ich werde …"

„Dein Vater für meinen …"

„Dummkopf!", krächzte er und betätigte den Abzug.

Er traf meine bereits verletzte Schulter, was wohl mein Glück war.

„Jag es in die Luft!", kreischte er in ein Walkie-Talkie, das ich erst jetzt in seiner Hand bemerkte.

Wir befanden uns tiefer in der Höhle, als mir klar war. Ich konnte die Explosion hören, aber ich spürte keine Detonation.

Ich warf ihn gegen den Felsen, vor dem er stand, und schloss meine Hand fest um seinen Hals, während er mir seine Pistole auf die Brust setzte.

„Der Priester hat mir aufgetragen, deinen Gefährten zu töten, Semel-aten, und genau das werde ich auch tun."

„Warum?" Ich zitterte vor Schmerzen.

„Nur der Priester war ein ehrenvoller Mann, an ihn konnte ich glauben. Es war alles nur ein Albtraum – mein Vater, die Dinge, die er meinen Sheseru tun ließ, alles. Aber er hat gesagt, dass alles vorbei sein würde, sobald ich deinen Sekhem getötet hätte. Alles würde vorbei sein. Der ganze Horror – einfach vorbei."

„Oh, es wird vorbei sein", versprach ich und verwandelte mich in meine Werpanthergestalt. Mit einem festen Schlag zerschmetterte ich ihm die Kehle.

166

Alle vergaßen immer, dass ich ein Semel war. Doch was auch immer sie sagten, wie oft sie mich auch als *khadish* bezeichneten, das war ich nicht. Mein Blut war das Blut Menhits und ich war ein Werpanther.

Hanif Tarek war überrascht gewesen und diesen Ausdruck trug er auch im Tode noch auf dem Gesicht. Der Priester hatte gelogen, als er ihn davon überzeugen wollte, dass ich kein wahrer Semel war. Doch ich war es und er hatte für diesen Fehler mit dem Leben bezahlt.

Ich ließ seine Leiche los und fiel rückwärts hin. Ich war nicht in der Lage, in meiner Halb-Mensch/Halb-Panthergestalt zu verharren, und rief nach Yuri, bevor ich plötzlich in die Augen der Nekhene-Katze sah.

„Bitte", flehte ich ihn an.

Ein Zittern ging durch seinen Körper und ich konnte sehen, dass auch ihm die Kräfte schwanden. Ich hatte keine Ahnung, welche Wunden er erlitten hatte, bevor Logans Pheromone ihn zur Verwandlung gezwungen hatten. Plötzlich erfasste mich Panik und ich zitterte.

Mir wurde kalt.

„Jin", sagte ich mit brechender Stimme. „Yuri."

Er war so plötzlich verschwunden, als wäre er nie da gewesen. Er hinterließ kein Geräusch, kein Zeugnis seiner Anwesenheit. Und mir wurde schlagartig bewusst, warum Logan sich vorhin nicht verwandelt hatte: Wenn er Jin zurückbringen wollte, musste er es in seiner menschlichen Form tun. Seine Fähigkeit, inmitten dieses ganzen Chaos noch klare Gedanken fassen zu können, beeindruckte mich.

Es war alles meine Schuld.

Dass sich Jin in eine neue, furchteinflößende Nekhene-Gestalt verwandelt hatte, war meine Schuld. Dass sich Logan draußen völlig außer sich die Stimme wund schrie, war ebenfalls meine Schuld. Sie alle wären gar nicht in Ipis gewesen, wenn sie mir nicht gefolgt wären. Ich trug für all das die Verantwortung. Ich hatte Rahim und Taj und all die anderen in den Tod geführt. Es war einfach nur schrecklich.

Ein kurzer Windstoß und dann war die Kreatur zurück. Sie hielt auf mich zu.

Meine Knie wurden weich und meine Kehle trocken. Mein Brustkorb zog sich zusammen. Ich spürte seine Augen auf mir. Ich fragte mich, ob ich jetzt sterben würde.

„Jin."

Er atmete tief ein und dann sah ich plötzlich einen blutigen, schwer verletzten Jin Church.

„Oh, Gott."

Das war noch schlimmer. Wenn ich hätte wählen können, wäre ich lieber selbst gestorben, als zusehen zu müssen, wie er litt. Ich fürchtete, dass ich nicht in der Lage sein würde, ihn aus der Höhle zu schaffen. In seiner verwandelten Form hätte er hinausfliegen können, aber nun war er nur Jin. Was sollte ich tun?

Ich fiel zu Boden und lief zu ihm, bevor ich überhaupt bewusst realisierte, dass ich mich bewegte.

Ich ließ mich neben ihm auf die Knie fallen und zog ihn auf meinen Schoß. Ich umschloss ihn mit meinem Körper wie eine warme Bettdecke und versuchte, ihm meine verbliebene Körperwärme zu schenken.

„Domin." Jins Stimme, die Stimme, mit der ich ihn immer aufgezogen hatte, war jetzt das schönste Geräusch, das ich mir vorstellen konnte. „Weine nicht."

Ich brachte kein Wort heraus.

„Ich habe alles abgesucht und keine Spur von Yuri gefunden. Ich spüre ihn hier drinnen überhaupt nicht."

Ich sah ihn prüfend an.

„Ich schwöre dir, er ist nicht hier."

Das konnte er unmöglich wissen.

„Schließ nicht die Augen", flehte er. „Bitte, Domin."

Doch in meinem Blickfeld tanzten weiße Punkte.

Er drehte sich in meinen Armen um und berührte mein Gesicht. „Du bist eiskalt."

Doch er war derjenige, der fror. Immerhin war er nackt. „Du bist jetzt so stark. Dieser Drache war neu."

Er schüttelte den Kopf. „Ist er nicht. Ich habe mich schon einmal so verwandelt, Logan hasst es."

„Ich kann verstehen, warum." Ich hustete und mein ganzer Körper schmerzte. „Da drüben bei Hanif muss irgendwo ein Walkie-Talkie sein. Wenn du es findest, können wir versuchen, jemanden zu erreichen."

„Du solltest dich in einen Panther verwandeln, dann wäre dir nicht so kalt."

„Aber ich bin nicht wie du", sagte ich leise. „Ich bin nicht ich selbst, wenn ich ein Panther bin."

Er diskutierte nicht weiter mit mir, sondern erhob und verwandelte sich von einer Sekunde auf die andere in einen Panther. Der Anblick war jedes Mal aufs Neue beeindruckend.

Ich konnte ein Seufzen nicht unterdrücken. Er brachte mir das Walkie-Talkie und ließ es auf meinen Bauch fallen. Dann stupste er mich leicht in die Seite und legte seinen Kopf auf meine Brust.

Ich betätigte den Knopf an dem Gerät, rappelte mich ein wenig auf und sagte dann: „Ist da jemand? Bitte. Irgendjemand."

Nichts.

„Yuri." Mir brach das Herz.

Nur Rauschen.

Ich sah Jin an. „Nur, damit du es weißt: Ich habe deinen Vater getötet, nicht Yuri. Ich meine, vermutlich hat Crane dir das erzählt, aber er war nicht mit im Raum und weiß darum nicht, was Yuri getan hat und was ich getan habe. Wir haben es nie jemandem erzählt. Nicht einmal Logan. Aber nur, dass du es weißt. Ich war es."

Er hob den Kopf und sah mich an.

„Am liebsten hätte ich ihn zurückgebracht, damit ich ihn noch einmal töten könnte. Jin, ich habe ihn gehasst. Du hast etwas Besseres verdient. Ich wünschte, alles wäre anders gekommen. Ich wünschte, er wäre anders gewesen, und ich wünschte, dass er am Ende seinen Fehler erkannt hätte."

Er stupste mich unter dem Kinn an.

„Du bist ein Geschenk, Jin, also bitte lauf nach draußen zu Logan."

Er presste sich nur enger an mich.

„Nie hört jemand auf mich", grummelte ich. „Und dabei bin ich der Akhen-aten."

„Domin!"

Ich hatte mich getäuscht. Die Stimme meines Gefährten war das schönste Geräusch, das ich je vernommen hatte.

„Domin Thorne!"

Ich hob das Walkie-Talkie auf.

„Domin, verdammt! Bitte!"

Ich drückte auf den Knopf und presste hervor: „Yuri!"

„Oh, Gott sei Dank", keuchte er am anderen Ende.

Trotz der schlechten Verbindung klang er so gut, dass ich am liebsten losgeheult hätte.

„Wo bist du?", fragte er.

„Bei Jin."

„Bei Jin? Gehts es ihm gut?"

„Nein, uns geht es nicht gut. Bist du verletzt?"

„Nein, Schatz. Das ist nicht mein Blut und auch nicht Jins Blut. Ich war immerhin der Sheseru meines Stammes."

Manchmal vergaß ich das. „Du bist nicht verletzt?"

„Mir geht es gut", tröstete er mich. „Mach dir keine Sorgen."

Und dann wurde alles um mich herum dunkel, doch das war schon in Ordnung. Ich musste nichts sehen, um die Knöpfe des Walkie-Talkies bedienen zu können. „Hanif ist tot. Hier ist nur noch einer seiner Männer am Leben, aber der ist bewusstlos."

„Gut, wir kommen rein. Wir müssen nur mehr Leute und Bulldozer herbringen. Die Höhle ist eingestürzt, das wird uns ein Weilchen aufhalten. Dir geht es doch gut, oder? Du bist nicht verletzt?"

„Komm und hole Jin."

„Wir kommen und holen euch beide."

„Ich kann vielleicht nicht … Jin ist ganz kalt", sagte ich und dann hörte ich, wie der Panther an meiner Brust leise wimmerte.

Und dann war da nichts mehr.

12

ICH HÖRTE die Stimme meines Gefährten. Er klang hysterisch.

„Er muss sich verwandeln."

„Wenn ich ihn dazu zwinge, könnte ihn das töten."

„Er stirbt auch, wenn du es nicht tust!" Das kam von Logan.

„Yuri." Jins Stimme war sanft und geduldig. „Was soll ich deiner Meinung nach tun? Es ist deine Entscheidung."

„Versuche es", brachte Yuri unter Anstrengung hervor. Ich konnte hören, dass er weinte.

„Mach mal Platz", befahl Jin und es entstand kurz Unruhe. „Domin Thorne, du wirst dich für mich verwandeln."

Doch das würde ich nicht tun, denn Jin hatte keine Macht mehr über mich. Außerdem war er nicht mein Gefährte. Vor Yuri Kosa hatte es nie jemanden gegeben, der nur *mich* gewollt hatte. Alle anderen hatten mich verlassen – Yuri hingegen blieb.

Ich spürte, wie Jins Macht über mich hinwegrollte, mir heiß und kalt über den Körper lief. Sie drang tief in meine Knochen ein und vertrieb die Kälte. Ich hieß sie willkommen, nahm sie in mich auf und versuchte, mehr davon anzuziehen.

„Oh, verflucht." Jin klang überrascht.

„Schatz." Da war Furcht in Logans Stimme.

„Ich brauche – dich."

„Hier, ich bin dein."

Ich wollte sehen, wie dieser große, starke Semel seinen Gefährten in den Arm nahm. Noch mehr als das wollte ich in Yuris wunderschöne, blaue Augen sehen.

„Ich kann ihn nicht zur Verwandlung zwingen. Er ist jetzt wie Crane. Meine Macht erkennt ihn. Durch meinen Beset läuft sie einfach hindurch, aber Domin nimmt sie in sich auf." Er klang erschüttert. „Oh, Yuri, es tut mir so leid. Ich kann Domin zu nichts zwingen. Er ist zu stark."

Yuri wimmerte und als er schließlich sprach, konnte man hören, dass er weinte. „Ich brauche ihn."

Jin weinte. Ich hätte ihm gern gesagt, dass alles gut werden würde, aber ich war so unglaublich müde. Ich würde es ihm später sagen.

ES WAR still, doch irgendetwas kitzelte meine Nase. Es war ein Geruch, den ich kannte. Ein Geruch, den ich mochte. Als Atem auf mein Ohr traf, bekam ich Gänsehaut.

„Domin." Die Stimme meines Gefährten war ein tiefes Schnurren. „Du musst dich verwandeln, damit du heilen kannst, denn es gibt Dinge, die ich dir sagen will und die du sehen solltest."

Ich fühlte mich, als wäre ich unter Wasser und müsste mich zur Oberfläche zurückkämpfen, um mit ihm sprechen zu können.

Und ich wollte unbedingt mit ihm sprechen.

„Wir sind wieder zu Hause. Alle sind hier."

Ich war *zu Hause.*

„Ich muss dir erzählen, was Logan getan hat", sagte er so, als würde er mir gleich ein Geheimnis verraten. „Das wird dir gefallen."

Die Neugier brachte mich schier um.

„Ich habe alle hergebracht. Sogar Koren war hier, um mit dir zu sprechen, aber ohne Erfolg", sagte er, immer noch schnurrend.

Ich hätte ihn so gern berührt.

„Und dann hat Jin bemerkt, dass ich nicht ein einziges Mal allein in deinem Zimmer gewesen war", sagte er und ich spürte, wie er seine Hand auf meinen Bauch legte. „Ich muss mich doch über meine fehlende Intuition wundern. Jin weiß einfach, was Logan braucht, aber das ist nicht nur bei ihnen so. Jedes Paar geht davon aus, dass der Ehemann oder die Ehefrau – oder eben der Gefährte – derjenige ist, nach dem man sich verzehrt. Also dachte ich mir, ich sehe vielleicht nur das Offensichtliche nicht."

Seine Hand arbeitete sich zu meinem Brustkorb vor und er drückte mir einen Kuss auf den Bauch. Es fühlte sich so gut an, dass ich ein leises Geräusch von mir gab.

„Oh, das gefällt mir", knurrte er. Es klang tief und dunkel und absolut dekadent.

Mein Schwanz erwachte zum Leben und mir stockte der Atem.

„Ich hatte ja keine Ahnung", sagte er und seine Stimme drückte seinen Hunger aus. „Ich meine, ich wusste schon, dass du gern mit mir ins Bett gehst – man kann schließlich nicht vortäuschen, was wir miteinander tun –, aber mir war nicht klar, dass es um den Sex herum noch so viel mehr gibt. Bitte verzeih mir, dass ich daran gezweifelt habe. Ich wusste, dass du mich liebst. Ich wusste auch, dass du fast gestorben bist, um mich zu finden, aber mir war nicht klar, dass du wirklich genau das meintest, wenn du von deinem *Gefährten* sprachst. Ich bin ein Idiot. Zu meiner eigenen Verteidigung kann ich nur anführen, dass du alles bist, was ich mir jemals gewünscht habe. Die letzten sechs Monate waren wie Weihnachten für mich. Ständig befürchte ich, dass ich gleich aufwachen würde."

Als sich eine heiße Hand um meinen Schwanz schloss, stöhnte ich auf.

„Frau Doktor sagt, dass dein Gehirn irgendwie keinen Kontakt zu deinem Körper aufnimmt. Sobald es das täte, würdest du aufwachen."

Ganz instinktiv bog ich mich seiner Hand entgegen.

„Willst du mich?", flüsterte er und seine Stimme war flüssig wie Honig, während er mich so lange streichelte, bis ich steif wurde. „Liebst du mich?"

Ich wollte antworten.

„Ich werde gehen, wenn du nicht die Augen öffnest und es mir sagst."

Es fühlte sich an, als würde ich mich durch einen dichten Nebel vorwärts kämpfen.

„Na gut", sagte er und zog seine Hand zurück. „Ich komme wieder."

„Nein." Meine Stimme war rau und kratzig, und als ich probehalber die Augen öffnete, schloss ich sie sofort wieder, weil es so hell war.

„Oh, Schatz." Seine Hände waren sofort wieder da. Ich spürte sie auf meinem Gesicht. Er überschüttete mich überall mit kleinen, federleichten Küssen, die sich auf meiner kalten Haut warm anfühlten.

Ich lächelte, denn ich konnte es in seinen Händen spüren, die mich berührten. Ich konnte es auf seinen Lippen schmecken, die Küsse auf mich hauchten. Ich konnte es in seinem Atem fühlen: Er liebte mich.

„Domin?"

„Ich verlasse dich nicht."

„Versprich es", verlangte er.

„Ich schwöre es", sagte ich und öffnete wieder die Augen, um zu sehen, wie glücklich er war. Und wie müde.

„Warum siehst du mich so finster an?", fragte er und Tränen rannen ihm über die Wangen.

„Weil du furchtbar aussiehst."

Er legte mir seine Hände aufs Gesicht.

„Ich bin aufgewacht, damit du es mir besorgst", scherzte ich, obwohl schon dieses Gespräch mich ermüdete.

Er beugte sich über mich, um mich erneut zu küssen. Gleichzeitig lachte er, weil er so glücklich war. Ich öffnete meine Lippen, um ihn einzuladen, und er kostete und schmeckte mich.

„Du hast mich vermisst", sagte ich, als er meine Augenlider küsste genauso wie meine Nase, meine Wangen, meine Stirn und mein Kinn. Dann fanden seine Lippen wieder meinen Mund.

„Schlaf", befahl er. „Du wirst dich verwandeln, wenn du das nächste Mal aufwachst."

„Bleib bei mir", bat ich. „Genau hier. Ich will dich riechen können, wenn ich aufwache."

„Ja, mein Semel."

„Und dann erwarte ich auch ein bisschen Action."

Wieder küsste er mich und es war alles gut.

ICH WACHTE völlig ausgehungert auf.

„Verwandle dich", sagte Yuri in dem Moment, als ich die Augen öffnete.

Es tat weh, weil sich meine Muskeln überanstrengt anfühlten, aber ich schaffte es. Wie immer kam mir das Gefühl für die Zeit abhanden, wenn ich mich in einen Panther verwandelte. Ich hatte schrecklichen Hunger, und da man Fleisch und Wasser bereitgestellt hatte, aß und trank ich, soviel ich konnte. Als ich satt war, sah ich, dass mein Gefährte draußen in der Sonne lag. Ich kroch zu ihm herüber, um bei ihm zu sein. Er lag im Gras auf einer Decke. Es roch angenehm, wir lagen im Schatten und ich konnte einen Springbrunnen hören. Ich schmiegte mich an ihn und schlief ein.

Als ich das nächste Mal aufwachte, lag ich wieder im Bett. Man hatte mich offensichtlich gebadet, denn ich stank nicht mehr nach Blut, Schmutz und Schweiß. Ich hatte mich unrein gefühlt, doch frisch gebadet, sauber und duftend unter frischen Decken fühlte ich mich viel besser. Das Beste war jedoch, dass ich feststellte, dass Yuri neben mir auf der Decke schlief, als ich mich auf die Seite drehte. Er war barfuß und in Jeans und trug ein fadenscheiniges, altes T-Shirt. So leicht zerzaust war er ein echter Hingucker. Am liebsten hätte ich ihn aufgeweckt, damit er mich in den Arm nahm, doch als ich hörte, wie sich jemand räusperte, ließ ich das lieber. Dr. Pakhom sah mich an.

„Oh", sagte ich gähnend. „Hallo."

Sie holte tief Luft.

„Was?"

Sie schüttelte den Kopf.

„Meine Güte, Frau! Du solltest dich unter Kontrolle bringen", grummelte ich.

„Du hast mich zu Tode erschreckt", sagte sie und ihr Mund war nur noch eine schmale Linie. „Aber ich schätze, das wirst du noch öfter tun."

„Ich hoffe doch nicht."

Sie ergriff meine Hand, ohne um Erlaubnis zu bitten.

„Das ist ein sehr schmaler Grat", stöhnte ich.

„Ich möchte deine Hand halten", sagte meine Ärztin.

Ich schüttelte den Kopf.

„Hast du wirklich vor, jeden Stamm auf der Welt zu besuchen?"

„Ja."

„Hast du vor, mich und mein Team mitzunehmen?"

„Ja, wenn du bereit für ein Abenteuer bist."

„Das bin ich."

„Dann bist du herzlich eingeladen."

Sie brach in Tränen aus.

„Ach, komm schon", beschwerte ich mich.

„Selber komm schon!", brachte sie hervor. „Wie kannst du es wagen, mich so zu erschrecken. Ein gebrochenes Schlüsselbein, tiefe Stichwunden, eine Kugel und natürlich noch nicht von dem Messeranschlag geheilt. Wer bist du, bitte?"

Ich atmete tief aus, damit sie sah, dass mich das selbst nervte. „Und? Konntest du Taj retten? Und Rahim?"

„Natürlich habe ich Taj und Rahim gerettet!"

„Wo sind sie?"

„Es ist die Aufgabe deines Verwalters, dir das zu erklären", meinte sie und fing an, mit der Naht ihrer Bluse zu spielen.

„Musst du mich etwa umarmen, um sicher zu sein, dass es mir gut geht?"

„Ja. Macht es dir was aus?" Sie klang absolut praktisch.

„Nein."

Sofort beugte sie sich zu mir herunter, um mich für eine unendliche Minute zu umarmen. Als sie sich wieder aufsetzte, machte ich ihr ein Kompliment, indem ich ihr sagte, dass sie für eine Ärztin wirklich schön war.

„Nun ja, ich habe Hunderte Semel gesehen, die besser aussahen als du."

Ich grinste und sie meinte, ich solle mich auf Besucher einstellen.

„Nicht in meinem Zimmer", argumentierte ich ungehalten.

„Nein. Sieh dich doch mal um."

Und sie hatte recht. Ich war gar nicht in meinem Zimmer. „Warum sind wir umgezogen?"

„Es ist nur für die Zeit deiner Genesung. Dein Sekhem wollte nicht, dass alle Besucher durch euer Privatquartier spazieren. Sobald du wiederhergestellt bist, kannst du auch wieder umziehen. Es ist ein ganz schöner Aufstieg bis dorthin, ist dir das je aufgefallen?"

„Nicht wirklich." Ich seufzte, zufrieden, dass unser Wohnbereich auch weiterhin nur uns gehören würde. Ich hätte es ganz genauso gemacht.

„Das ist also nur übergangsweise. Bis wann?"

„Bis du die Treppen schaffst, ohne außer Atem zu kommen."

„Das schaffe ich schon jetzt."

Sie sah mich prüfend an. „Wir warten lieber noch ein paar Tage. Mir zuliebe."

Ich sah sie finster an.

„Der Semel-netjer würde gern mit dir sprechen. Ich gehe ihn holen."

„Danke."

Sie verschwand und ich drehte mich zu Yuri um. Ich legte ihm eine Hand auf die Wange und stellte fest, dass er dort eine Prellung hatte. Unter seinen Augen hatten sich dunkle Ringe gebildet und über seiner rechten Augenbraue hatte er eine neue Narbe. Jetzt sah es so aus, als hätte jemand seine Augenbraue in der Mitte durchgeschnitten. Ich wollte wissen, was geschehen war.

Als ich den Mund öffnete, um ihn zu wecken, betrat Logan den Raum. Jin, der ihm folgte, hatte ihren Sohn auf dem Arm.

„Lass mich euer Kind sehen", befahl ich.

Jin lächelte breit und beugte sich zu mir herunter. Ich betrachtete diese kleine Kopie von ihm, die jedoch Logans eckiges Kinn und seine römische Nase hatte. Der ganze Rest – die Augenbrauen, die langen Wimpern, die vollen Lippen und das schwarze Haar – war Jin.

„Weck ihn auf, sodass ich seine Augen sehen kann."

„Nein", sagten Logan und Jin gleichzeitig.

„Was?", neckte ich sie.

„Dein Verwalter wirft uns raus", meinte Jin scherzhaft. „Wir dürfen nicht wiederkommen, bis *er* – damit ist Ilia gemeint – seine Kraft kontrollieren kann."

„Was hat er angestellt?"

„Offensichtlich sind viele deiner Angestellten ziemlich regelmäßig zur Verwandlung gezwungen worden, als er mit Yusuke und Crane hier war."

„Oh, wie wunderbar", sagte ich mit sarkastischem Unterton. „Und Kabore möchte, dass ihr verschwindet? Ich kann mir gar nicht erklären, warum."

Jin gab Ilia an Logan weiter, bevor er sich setzte und mich umarmte. „Danke, Domin."

„Wofür? Du hast mich gerettet, nicht andersherum."

„Nein", sagte er und hielt mich fest umarmt. „Crane erinnert mich daran, wer ich bin. Du zwingst mich dazu, es auch wirklich zu akzeptieren. Und du lenkst mich auf den richtigen Weg."

Ich löste die Umarmung, sodass ich ihm in die Augen sehen konnte. „Es gibt nur einen Ort auf der Welt, an den du gehörst."

„Ich weiß. Es ist nur so, dass du mir nichts durchgehen lässt. Logan ist da genauso. Ich rechne es dir hoch an, dass du mir geholfen hast, meine Krise zu überwinden."

„Danke, dass du mir das Leben gerettet hast."

„Du hast mir auch das Leben gerettet", versicherte er mir. „Frag Logan."

„Steh auf", brummelte der Semel-netjer seinen Gefährten an.

Jin erhob sich und Logan gab ihm wieder das Kind. Sobald seine Hände frei waren, kämmte er mit den Fingern durch Jins lackschwarze Haare, genauso, wie er es immer machte. Logan konnte die Finger einfach nicht von seinem Gefährten lassen.

„Was ist passiert?"

„Ich habe dich nicht umgebracht, als du Jin mit in die Katakomben genommen hast. Und ich habe dich auch nicht umgebracht, als wir dich dann gefunden hatten, während mein nackter Gefährte seinen Körper um dich drapiert hatte."

„Danke. Ich sollte tot sein."

„Ja, das solltest du", sagte er und legte mir eine Hand auf die Wange. „Aber über die Jahre habe ich dein Gesicht lieb gewonnen."

„Und?"

„Und es würde meinen Gefährten aufregen, wenn ich beschließen würde, dich zu Kleinholz zu verarbeiten. Ich bevorzuge es, meinen Gefährten nicht aufzuregen."

„Das ist gut zu wissen."

Er tätschelte mir die Wange und stand dann auf. „Crane hat Kabore zum neuen Maahes des Stammes ernannt. Das war dein Wunsch, oder?"

„Ja."

„Crane wird mit uns nach Hause kommen, aber das wusstest du schon."

„Ja, das wusste ich schon."

Er räusperte sich. „Ich nehme auch Koren mit."

„Oh, wie tragisch."

Er grunzte amüsiert. „Ihr habt ihn sehr fair behandelt, sowohl du als auch Yuri."

„Wir geben unser Bestes." Ich grinste ihn an, lupfte dann die Bettdecke und machte mich daran aufzustehen.

„Was machst du da?"

„Ich werde euch zum Abschied umarmen."

„Ah, gut." Das schien ihm zu gefallen. „Dann schauen wir mal, ob du aufstehen kannst. Du hast ganze zwei Wochen gelegen, wusstest du das?"

„Du bist so ein Arschloch!", warf ich dem Semel-netjer an den Kopf.

Logan machte ein Geräusch und zeigte dann auf Yuri. „Wecke ihn nicht auf. Bitte wecke ihn nicht auf. Der Mann war ununterbrochen …"

„Er hat dafür gesorgt, dass alles perfekt vorbereitet ist für den Moment, in dem du aufwachst. Erst einmal musste er sich aber sicher sein, dass du überhaupt wieder aufwachen würdest. Und ich erinnere mich noch, was ich gedacht habe, als ich gesehen habe, wie er deine Khatyu und deinen Sheseru diszipliniert hat."

„Worüber haben sich Yuri und Taj gestritten?"

„Sie konnten sich nicht darauf einigen, wie viele deiner Khatyu in Ipis stationiert werden sollten."

„Das verstehe ich nicht." Offensichtlich war ich immer noch leicht verwirrt. Mein Gehirn fühlte sich an, als wäre es mit Federn gefüllt.

„Mach dir darüber keine Gedanken", mischte sich Logan ein. „Yuri hat gewonnen und ich bin mit der Anzahl einverstanden. Bis die beiden Djehus wieder Ordnung in den Stamm gebracht haben, brauchen sie Unterstützung."

„Die Djehus?" Jetzt war ich wirklich verwirrt.

Er nickte und half mir, mich aufzusetzen. Das erwies sich als schwerer, als ich angenommen hatte.

„Sei vorsichtig", warnte Jin seinen Gefährten.

Logan hob eine Augenbraue.

„Sei nett."

„Na gut", meinte Logan. „Dann werde ich eben freundlich sein."

„Die Djehus?", fragte ich erneut nach. Ich zog ein Bein an und erhob mich. Ich atmete tief ein, als sich Logan neben mich setzte.

„Ich habe ihnen die Kontrolle über die Stadt überlassen", erklärte er. „Das Haus von Feran ist am Ende."

„Hast du Hakkan Tarek dort getötet?"

„Nein. Crane hat Kabore zu deinem neuen Maahes ernannt. Seine erste Amtshandlung war, die Anklage zu verlesen und dann hat Taj ihn in der Arena exekutiert."

„Kabore konnte damit also allen zeigen, dass mit ihm als Maahes nicht zu spaßen ist."

„Genau. Und dass er dir und den Gesetzen folgt."

„Er wird das gut machen, glaubst du nicht auch?"

„Oh, ja. Ich bin beeindruckt. Er ist sehr fähig und loyal. Niemand wird in der Lage sein, ihn hinsichtlich des Protokolls, der Tradition oder der Sprache etwas vorzumachen. Eine hervorragende Wahl."

„Danke."

„Und indem du zuerst Crane mit nach Sobek gebracht hast, hast du ihn aufgebaut, bewiesen, dass er kompetent ist, und ihm die Wahl gelassen, nach Hause zu gehen oder zu bleiben. Er weiß, dass es sehr wichtig ist, Beset seiner Reah zu sein. Und für andere ist es sogar noch wichtiger, weil Jin eine Nekhene-Katze ist."

„Gut."

„Er würde dich gern sehen. Schaffst du es bis in die Haupthalle, um dich von allen zu verabschieden?"

„Ich denke schon", sagte ich und ergriff die Hand meines ältesten Freundes.

Logan packte mich an der Hüfte, und indem ich mich langsam an ihm hochzog, kam ich schließlich zum Stehen.

„Ich könnte dich auch tragen."

„Vielleicht gibt es ja ein Universum, in dem ich das zulassen würde."

Er ließ ein kehliges Lachen hören, als er mir half, das Zimmer zu verlassen. Als wir schließlich die Haupthalle erreichten, war ich in der Lage, ohne Hilfe zu gehen. Ich genoss den marmornen Fußboden unter meinen nackten Füßen.

Ich sah Mikhail und Samani, Koren und Danny sowie Kabore, Taj, Rahim, Ebere und Jamal.

Es war eine nette Geste, dass sie alle applaudierten, als ich mich, eingeklemmt zwischen Logan und Jin, langsam auf sie zu bewegte.

„Ach, hört schon auf", verlangte ich.

Ebere kam mit flinken Schritten an meine Seite und ich legte einen Arm um sie, sodass ich mich auf sie stützen konnte.

„Du hast mir einen ziemlichen Schrecken eingejagt."

„Das wird vermutlich nicht das letzte Mal gewesen sein."

„Oh, bitte, nein." Sie klang müde. „Das hat mich Jahre meines Lebens gekostet."

„Bitte vergib mir."

„Vielleicht", bot sie an. „Aber es gibt so viel zu erzählen."

„Ich sollte mich zuerst von all diesen netten Menschen verabschieden", sagte ich und winkte Koren zu mir.

Er kam der Einladung nach und schlang mir die Arme um den Hals.

„Pass auf dich auf", sagte ich und küsste ihn auf die Wange. „Und pass auch auf deinen kleinen, zuckersüßen Gefährten auf."

„Das werde ich", sagte er. „Und du solltest dasselbe tun."

Wir trennten uns und es tat gut, ihn so glücklich zu sehen.

Danny trat vor und bot mir seine Hand an. Er konnte ein Zittern nicht unterdrücken. „Möge dein Haus gesegnet sein, Akhen-aten", sagte er, den Tränen nahe.

„Danke." Ich lächelte und legte eine Hand auf die seine.

Er trat zurück und Koren nahm seine Hand, hob sie an die Lippen und küsste seine Fingerknöchel. Es war eine sehr zärtliche Geste und nichts, was ich ihn jemals zuvor hatte tun sehen. Es war gut, die Bewunderung und Zuneigung auf seinem Gesicht zu sehen. Mir gefiel es und ich hoffte von ganzem Herzen, dass er dem Jungen nicht das Herz brechen würde.

Ich drehte mich um und sah, wie Crane und Yusuke auf mich zu kamen.

„Oh, Maahen, du siehst wunderbar aus", sagte ich mit ehrlicher Bewunderung.

Sie errötete und ließ Cranes Hand los, um mich in den Arm zu nehmen.

„Danke, dass es Crane hier gut ergangen ist, Akhen-aten. Und danke, dass du ihm jetzt die Freiheit schenkst, sodass er mit mir nach Hause kommen kann. Dann können wir unsere Verbindungszeremonie feiern."

Ich drückte sie fest an mich. „Herzlichen Glückwunsch. Schickst du mir eine Einladung?"

Sie ließ ein leises Geräusch hören und vergrub ihr Gesicht in meiner Halsbeuge.

Ich sah auf und hielt Crane meine Hand hin.

Er nahm sie fest in die seine und sah mir in die Augen. „Von Yuri habe ich mich schon gestern Abend verabschiedet. Du kommst zu unserer Hochzeit?"

„Das werde ich."

„Bringe ihn und den Rest deines Haushalts mit, mein Semel."

Ich seufzte und ließ seine Hand los. „Pass auf deine Reah auf."

„Immer."

„Geh." Ich neigte den Kopf.

Er nahm Yusukes Hand und verabschiedete sich von den anderen, während Jin zu mir kam.

„Danke noch mal."

„Ich nehme und ich gebe zurück", sagte ich neckend. Ich beugte mich zu ihm vor und küsste ihn auf die Stirn. „Und jetzt raus mit dir aus meiner Villa."

Er lächelte mich breit an, und als er zur Seite trat, nahm Logan Church seinen Platz ein.

„Du kommst zur Hochzeit." Es war keine Frage, sondern eine Feststellung. Aus dieser Nummer kam ich nicht mehr heraus, selbst wenn ich gewollt hätte.

„Das werde ich."

„Und wenn du zu deiner Weltreise aufbrichst, ruf mich von unterwegs an und ich treffe mich mit dir."

„Wirklich?"

„Ja, das würde mir gefallen."

„Da ist noch mehr … ich habe mich da auf eine ziemlich große Sache eingelassen. Ich weiß nicht, ob du Gelegenheit hattest, mit Kabore zu sprechen, während ich bewusstlos was?"

„Das hatte ich", versicherte er mir und nahm seinen Sohn von Jin entgegen, um Ilia an mich weiterzureichen. „Ich werde also an deiner Seite sein, wenn du dein Abenteuer beginnst. Danke, dass ich dabei sein darf."

„Es wäre nicht dasselbe, wenn du es wärst". Ich seufzte und sah auf Ilia herab. Mir fiel erneut auf, was für ein hübsches Kind er war. „Warum habe ich dieses Kind auf dem Arm?", fragte ich und sah Logan an.

„Weil du ihm einen Abschiedskuss geben musst."

„Weißt du, man verlangt nicht von anderen Leuten, dass sie deinem Kind Aufmerksamkeit schenken."

„Nicht?"

Ilia war so klein und zart und in dem Moment, als seine winzige Hand sich um meinen Finger schloss, hatte ich das Gefühl, als würde jemand eine Stimmgabel in mir anschlagen.

„Was war das?", fragte ich überrascht.

„Oh, hast du es bemerkt?" fragte Logan. Sein Blick war warm, als er mich ansah. „Das ist so seine Art. Es ist ein bisschen so, als würde er die Stärke dessen testen, der ihn hält. Er sendet ein Signal aus und wartet auf eine Reaktion. Wenn er keine Antwort bekommt, weint er. Aber bei dir gab es eine Reaktion und er ist zufrieden."

Ilia gähnte und ein paar Augenblicke später war er eingeschlafen.

„Er mag dich."

Ich sah ihn finster an. „Ach, hör auf. Er ist ein Baby."

„Trotzdem." Logan war sehr zufrieden mit mir, das war offensichtlich. „Er findet dich in Ordnung. Und das ist der Grund."

„Der Grund wofür?"

„Du weißt schon."

Ich hatte Angst nachzufragen. „Logan?"

Er atmete tief durch. „Wer sonst sollte den Sohn des Semel-netjer und einer Nekhene-Katze aufziehen? Wer sonst könnte so etwas überhaupt auch nur versuchen?"

Ich war absolut sprachlos. „Du machst Witze!"

„Es ist mir todernst. Wann mache ich schon mal Witze?"

Niemals. Logan war nicht der Typ, der Späße machte. Er lachte zwar – nicht oft, doch es kam vor. Und er tat es öfter, seit er Jin gefunden hatte. Trotzdem beschrieben ihn Worte wie *reserviert* oder *ernst* am besten. Ich wusste also, dass er mich nicht auf den Arm nahm. Sollten er und Jin sterben, würde Ilia bei mir leben.

179

„Ist es eine kluge Entscheidung, mich zum Paten zu machen?" Ich schluckte schwer. „Ich meine, was werden deine Eltern sagen und Koren und …"

„Ich habe mich entschieden", sagte Logan. Jin schloss zu ihm auf und legte eine Hand auf seinen Arm. „Und Jin hat zugestimmt. Ich vertraue dir und Jin tut das auch. Außerdem ist da ja noch Yuri. Ich würde Yuri mein Leben anvertrauen, genauso wie Jins. Natürlich würde ich ihm auch mit meinem Sohn vertrauen."

Mir wurde schwarz vor Augen und ich brachte keinen Ton hervor.

„Ohhhhh." Jin stupste mit der Nase an meine Schulter. „Du bist so ein Softie, Domin."

Ich ignorierte ihn und versuchte, ihn und seine Aufmerksamkeiten wieder loszuwerden.

„Doch, das bist du", bekräftigte Jin, der sich gar nicht davon abbringen ließ, mich zu betüddeln. „Ich weiß, dass ihr perfekt wärt, um euch um Ilia zu kümmern."

Ich räusperte mich. „Ich bin mir völlig sicher, dass Yuri einen großartigen Vater abgeben würde."

„Und du auch, Domin", versicherte mir Logan.

Ich sah wieder Ilia an, der in meinen Armen schlief. „Hat Yuri ihn gesehen? Ihn gehalten?"

„Natürlich", sagte Logan, als ich ihm sein Kind reichte.

„Und ihr habt euch alle von ihm verabschiedet?"

„Ja", versicherte mir Jin. „Es ist wunderbar, dass du sichergehen willst."

Ich sah ihn finster an.

„Ach, Domin." Seine Stimme brach und er setzte erneut an. „Du liebst ihn wirklich."

„Könnt ihr jetzt bitte einfach gehen?", meinte ich knapp.

Logan lachte und küsste mich auf die Wange. Dann legte er mir einen Arm um die Schulter. „Ich werde immer an deiner Seite sein."

Das beruhigte mich mehr, als er ahnen konnte.

Auch ich schlang für einen Moment die Arme um ihn, um seinen erdigen Geruch einzuatmen. Dann schob ich ihn von mir fort. Er ergriff Jins Hand und ging ohne ein weiteres Wort die Treppe hinab.

Koren und Crane standen mit ihren jeweiligen Partnern immer noch da und starrten mich an.

„Ihr solltet sie besser einholen", riet ich.

„Ja", stimmte Koren zu. Dann wandte auch er sich ab.

„Domin", sagte Crane. „Ich …"

„Ich weiß", unterbrach ich ihn. „Beeil dich. Du weißt, dass Logan nicht gern wartet."

Er eilte ihnen nach und führte Yusuke die Marmortreppe hinunter, die vom zweiten in den ersten Stock führte.

Nachdem ich einige Minuten tief in Gedanken versunken dagestanden hatte, fiel mir auf, dass mich einige Leute, die sich in der Haupthalle befanden, anstarrten. Es handelte sich um die ganz normalen Besucher, die sich die Bücherregale ansahen, an Tischen saßen und zu den Gärten unterwegs waren. Man konnte fast den Eindruck gewinnen, dass wir uns in einem College befanden. Als einige ihre Hand hoben, um mir zuzuwinken, winkte ich zurück.

„Hör auf, dich lächerlich zu machen." Kabore war irritiert. Er gestikulierte in meine Richtung, dass ich mich aus dem öffentlichen Bereich der Villa, in dem jeder mich sehen konnte, zu einem Alkoven zurückziehen sollte.

„Du siehst gut aus", sagte ich, bevor ich mich umsah. Ebere, Jamal, Taj und Rahim waren da.

„Du auch", sagte Mikhail, als er sich zu uns gesellte.

„Wo ist Samani?"

„Sie schreibt sich in einer Schule ein. Sie nimmt Onlinekurse, um ihren Master abzuschließen."

„Das ist ein guter Kompromiss."

„Das war ihre Idee, nachdem ich eingeknickt bin und ihr die Wahrheit gesagt habe."

„Die da wäre?"

„Dass ich sie wirklich gern heiraten und Kinder mit ihr haben würde."

„Hat sie das glücklich gemacht?"

„Ja", meinte er. „Ich habe allerdings keine Ahnung, wieso."

Es war einfach süß zu sehen, wie blind er gegenüber seinen eigenen Vorzügen war. „Hat Logan die Zeremonie durchgeführt?"

„Ja, das hat er." Mikhail war überrascht. „Woher wusstest du das?"

„Es ergibt Sinn. Du würdest Jin und Crane als Zeugen dabeihaben wollen. Ist Yuri als dein Trauzeuge aufgetreten?"

„Ja."

„Und haben euch viele Leute gratuliert?"

„Ja." Er klang völlig fassungslos.

Aber ich verstand. Die Menschen im Stamm respektierten Samani Baro. Man kannte sie als kluge und ehrenhafte Frau, und jetzt war Mikhail ihr Mann. Für einen Sylvan war das eine kluge Wahl, und in den Stamm einzuheiraten würde ihm Vorteile bringen.

„Gut." Ich klopfte ihm auf die Schulter und sah dann wieder Kabore an. „Logan sagte, er hätte mit dir gesprochen."

„Ja, das hat er."

„Das freut mich."

„Wie ich bereits vermutet hatte", flüsterte er mir zu, während er sich zu mir beugte, „werden Mr Morris und Mr Yadin von der Iusaaset nächste Woche hier sein." Mit normaler Stimme fuhr er fort. „Ich werde sie wissen lassen, dass es dir gut genug geht, um dich mit ihnen zu treffen."

„Ich freue mich darauf, sie kennenzulernen."

„Das beruht auf Gegenseitigkeit, wie man mir versicherte."

Ich sah in seine dunkelbraunen Augen. „Es tut mir leid, dass ich die Exekution von Hakkan Tarek dir überlassen musste."

„Nein." Er schüttelte den Kopf. „So war es *maat*."

„Ja", stimmte ich zu und ergriff Eberes Hand. „Sagt mir, wo ihr alle hingeht. Ihr seht aus, als wärt ihr im Aufbruch begriffen."

„Ich bin auf dem Weg nach Ipis", berichtete Ebere und drückte meine Hand. „Der Phocal der Shu reist mit mir dorthin, um zu sehen, wie die beiden Djehus vorankommen."

„Wunderbar", sagte ich und streckte eine Hand nach Rahim aus, der näherkam, sodass ich seine Schulter ergreifen konnte. „Und dir gefällt deine neue Position als Phocal?"

„Ich schätze, mir geht es da wie dir. Ich taste mich langsam voran."

„Es freut mich so, dass es dir gut geht."

„Dieses Kompliment kann ich zurückgeben, mein Herr."

Ich klopfte ihm auf die Schulter, küsste Ebere auf die Wange und wünschte beiden eine gute Reise. Sobald sie außer Hörweite waren, konzentrierte ich mich auf Taj und Jamal.

„Was ist mit der Yareah und ihrer Tochter?"

„Sie wurden nach Sobek gebracht, mein Herr. Masika wird gerade untersucht und soll dann zur Schule gehen. Alana Tarek hat darum gebeten, umziehen zu dürfen. Sie möchte, dass ihrer Tochter alle Möglichkeiten offenstehen. Sie hat keinen anderen Wunsch, als ihr alles, was geht, zu ermöglichen."

„Gut."

„Ich bin auf dem Weg zurück nach Satis", berichtete Jamal. „Es gibt dort einiges zu organisieren."

„Wie viele Shu sind dort bei dir?"

Er berichtete, dass er fünfundzwanzig Männer bei sich habe und alles gut voranginge. Shahid Alon sei von seiner Reise in die Mongolei zurückgekommen, wo er Elham El Masry und Rahab Bahur abgeliefert habe, und dass sich seine Frau und seine Zwillingsmädchen auf seine Rückkehr freuten.

„Zwillinge?", fragte ich nach.

„Ja."

„Aha. Wie geht es Shahid?"

„Rahim hat mir erzählt, dass es ihm gut geht. Dein Phocal denkt sogar darüber nach, ihn zu seinem Stellvertreter zu machen. Ich denke, das ist eine gute Idee. Shahid behält immer einen kühlen Kopf, und es wäre kurzsichtig von Rahim, ihn für die Position nicht zumindest in Frage zu ziehen. Abgesehen von seinem ausgeglichenen Temperament gibt es wohl außer Jin Church keinen Panther, der schneller ist als er."

„Ich denke, man kann Shahid vertrauen", sagte ich und gähnte.

„Dann sind wir uns alle einig", schloss Jamal.

„Du bist gerade erst von deinem Krankenlager aufgestanden", sagte Kabore. „Wenn du dich in der Lage fühlst, würden Taj, Mikhail und ich heute gern mit dir und deinem Sekhem zu Abend essen."

„Das ist eine gute Idee", sagte ich und sah dann Mikhail an. „Bringst du Samani mit?"

„Das werde ich. Danke, Domin."

Ich hatte keine Ahnung, warum er mir für etwas dankte, was doch selbstverständlich war.

„Es bedeutet mir einfach sehr viel, dass du mit ihr einverstanden bist."

„Natürlich."

„Das ist nicht selbstverständlich für einen Semel-aten. Das ist dir doch bewusst, oder? Du siehst uns als deine Familie und nicht nur als Sylvan oder Sheseru oder Maahes. Ich weiß, dass du Logans Vorbild bezüglich seines eigenen Stammes vor Augen hast. Doch dass ein Semel-aten seinen Haushalt genauso führt, ist trotzdem außergewöhnlich."

„Da stimme ich zu", mischte sich Taj ein. „Du siehst alle hier als deine Familie an und wir fühlen uns geehrt, als solche betrachtet zu werden."

„Anders könnte ich es mir gar nicht vorstellen. Ich vertraue euch mit meinem Leben."

„Und darauf sind wir stolz." Taj lächelte mich an. „Dein Sheseru sein zu dürfen, ist ein großes Geschenk."

„Ja, angeschossen zu werden, war sicher großartig."

„Das ist passiert, während ich dir gedient habe. Ich hoffe, ich darf dir auch noch in Zukunft dienen."

„Das darfst du", sagte ich und sah dann Mikhail an. „Keiner von euch geht irgendwo hin. Ich muss meinem engsten Kreis blind vertrauen können."

„Das kannst du", beruhigte mich Mikhail. „Und du solltest wissen, dass Kabore sich hervorgetan hat, weil Taj und ich Angsthasen sind."

„Das ist ein sehr starkes Wort", unterbrach ihn Taj.

„Aber passend."

„Du hast es nicht getan, soviel ich weiß."

„Wovon sprechen wir jetzt?" Ich hatte keine Ahnung, worum es gerade ging.

Kabore verschränkte die Arme vor der Brust. „Es tut mir leid, mein Herr, aber es musste getan werden. Ich weiß, dass du den Semel-netjer und seine Reah als deine Familie ansiehst, aber da waren nicht nur das Baby und ihre lauten Diskussionen, sondern auch ihre," er räusperte sich, „anderen Aktivitäten. Sie haben hier alles durcheinandergebracht. Alle hier wollten, dass sie so schnell wie möglich abreisen."

Ich versuchte, nicht zu lachen. „Alle wollten, dass sie verschwinden?"

183

„Mein Herr, ich denke, ich kann für alle hier sprechen, wenn ich dir versichere, dass sich alle Bewohner der Villa einig sind, dass wir froh sind, dass *du* den Sepat gewonnen hast."

Taj grinste, Mikhail hüstelte und Kabore fügte hinzu: „Sehr froh."

Es war nett, wenn man wertgeschätzt wurde.

ALS ICH in mein Schlafzimmer zurückkehrte, stellte ich fest, dass Yuri immer noch fest schlief. Allerdings waren eine Obstplatte und ein Krug Wasser bereitgestellt worden, während ich weg war. Ich verriegelte die Tür und krabbelte dann wieder ins Bett.

Er schien erschöpft zu sein und ich hätte ihm seinen Schlaf gegönnt, doch als er die Augen aufschlug und ich in seine klaren, blauen Augen schaute, war ich einfach zu glücklich, als dass ich ihm sagen wollte, dass er weiterschlafen sollte.

„Du bist wach", bemerkte er erfreut. Er klang verschlafen und seine Stimme war kratzig.

„Das bin ich", sagte ich und berührte seine Wange. Dann strichen meine Finger über sein Kinn.

„Erzähl mir, wie du zu der Narbe an deiner Augenbraue gekommen bist."

„Oh. In der Nacht, in der Hanif Tarek versucht hat, mich zu töten, hat einer seiner Panther mich mit seiner Klaue im Gesicht erwischt. Ich habe mir ehrlich gesagt mehr Gedanken um das Auge als um die Braue gemacht."

„Das ist mir vorher gar nicht aufgefallen."

Er lächelte mich lasziv an und mein Herz tat einen Sprung. „Du hast so neben dir gestanden, dass dir die meiste Zeit vermutlich nicht einmal bewusst war, dass du mit mir gesprochen hast."

„Warum bist du so müde?", fragte ich und legte ihm eine Hand auf die Hüfte. Ich schmiegte mich enger an ihn, bis ich unsere Beine miteinander verschlingen konnte.

„Ich wollte einfach nur, dass alles für den Moment vorbereitet ist, wenn du aufwachst, das ist alles. Außerdem habe ich in der Villa einige Veränderungen angestoßen. Ich habe dafür gesorgt, dass der Eingang mit einem Rollstuhl zu bewältigen ist, ebenso wie das Lager. Außerdem werden Samani und ich eine Unterkunft für obdachlose Jugendliche, verlassene Frauen und generell all diejenigen bauen, die Hilfe benötigen. Ich denke, weil wir Panther sind, gehen wir davon aus, dass man sich immer an den Semel oder den Stamm wenden kann. Aber wenn man mal genauer darüber nachdenkt, fällt einem auf, dass sogar so eine außergewöhnliche Person wie Jin aus seinem Stamm ausgeschlossen wurde. Das Zuhause des Semel-aten muss immer ein Ort sein, in dem ein Panther Zuflucht finden kann."

„Aber Kinder aus, sagen wir Omaha, werden nicht bis nach Sobek reisen, weil sie etwas zu essen und einen Platz zum Schlafen brauchen, nachdem sie zu Hause rausgeflogen sind."

„Nein, deshalb sollte es solch einen Ort in jeder Stadt geben", flüsterte, als er eine Hand unter mein T-Shirt schob. Er genoss das Gefühl meiner nackten Haut und ließ seine Hand dann an mein Kreuz wandern. „Das ist eine der Veränderungen, die du anstoßen kannst."

„Ich … was?" Dass mich seine warme Hand an meinem Rücken auf ihn zuschob, brachte meine Gedanken ganz durcheinander.

„In jeder Stadt, die du besuchst, gibst du dem Semel Geld, damit er eine solche Zuflucht bauen kann. Wir werden sie Menhit Haus nennen, nach deinem Stamm."

Es war zwar ein netter Gedanke, aber Menhit stand für all das, was ich einmal gewesen war, und nicht für das, was ich jetzt war. „Nein, wir nennen es die Sekhem Zuflucht, denn so wie du mein Arm bist, wird es dort Arme geben, um die zu umarmen und zu beschützen, die es nötig haben."

Tränen stiegen ihm in die Augen.

„Komm her."

„Ich kann nicht – du bist noch so schwach und …"

„Mir geht es gut", sagte ich und breitete einladend meine Arme aus.

Er rollte sich auf mich und umschloss mich mit seinen Armen. Dann schob er eine Hand in meine Unterhose.

„Ich weiß, wie Freudentränen aussehen", sagte ich in dem Versuch, mitfühlend zu sein, sogar während sich mein Hintern ihm entgegenschob. „Aber es sieht dir gar nicht ähnlich, sentimental zu werden."

„Ich bin einfach nur müde", grummelte er und legte sich mit einer Hand mein Bein über die Hüfte. „Und du sagst mir so nette Sachen wie zum Beispiel, dass du mich liebst und …"

„Ach, Schatz, ich liebe dich", lachte ich leise und verspielt. Ich konnte nicht stillhalten und schubste ihn nur so weit von mir weg, dass ich meine Jeans öffnen konnte. „Ich liebe dich so sehr."

Er sah mich finster an, was mich zum Lachen brachte. Ich war glücklich und erleichtert.

Es war unglaublich, dass es alles veränderte, mit diesem Mann ins Bett zu gehen. Dafür schuldete ich ihm etwas auf und mit Freuden würde ich ihm diese Schuld für den Rest seines Lebens zurückzahlen.

„Du liebst mich nicht", meinte er schnippisch. Er zog mir die Jeans und meine Unterwäsche von den Hüften und warf sie beiseite, während ich mir mein T-Shirt über den Kopf zog. „Du willst nur, dass ich mit dir schlafe."

„Und ob ich dich liebe", meinte ich ehrlich. Er drehte mich so weit, dass ich den Nachttisch erreichen konnte, und ich hörte, wie seine Gürtelschnalle klapperte.

„Das Gleitgel ist unter deinem Kopfkissen."

Ich sah in seine lustvollen Augen. „Ist es das?"

„Was? Warum neckst du mich jetzt?"

„Weil es einfach unglaublich ist! Du beschwerst dich bei mir, dass ich nicht romantisch genug bin, und dann versteckst du das Gleitgel unter dem Kissen!"

„Ich … wie bitte?" Er stand auf, um sich leichter die Jeans ausziehen zu können.

Ich kramte das Gleitgel hervor und warf ihm die Tube zu.

„Ich? Bist du sicher?"

„Oh ja", flüsterte ich und sah, welchen Effekt meine Worte auf ihn hatten. Alles Spielerische wurde sofort ersetzt von leidenschaftlichem Hunger. „Bitte."

Er gelte sich mit schnellen Handgriffen den Schwanz ein. Ich ging nie so nachlässig mit seinem besten Stück um, denn er gehörte mir. Allerdings verstand ich sowohl seine Eile als auch sein Bedürfnis.

„Komm her." Seine Stimme war tief und rau und ich krabbelte zu ihm hinüber und hob einladend die Beine.

Er ließ das Gleitgel fallen, fasste mich an den Oberschenkeln und zog mich dann zu sich. Er spreizte meine Beine und brachte sich selbst in Position.

„Alles in Ordnung", versicherte ich ihm. „Du musst mich nicht mit Samthandschuhen anfassen."

„Doch, das muss ich."

„Nein, wage es nicht, vorsichtig zu sein."

Er legte sich meine Knie über die Unterarme und stieß dann probehalber gegen meine Öffnung. „Du gibst hier nicht die Befehle, mein Semel." Seine Stimme brach, als er sich langsam vorarbeitete. „Hier nicht."

Ich bog den Rücken durch und legte den Kopf in den Nacken. Mein Mund war geöffnet und ich atmete schwer, als er in mich eindrang.

„Du gehörst mir, Domin Thorne", knurrte er, und eine feurige Hitze durchbohrte mich. „Und nur mir."

„Ja", keuchte ich, als er tief in mich eindrang und mein Körper sich öffnete und ihn willkommen hieß. „Ich habe immer nur dir gehört."

„Das ist der Eid, den du mir leistest", sagte er, als er mich höher anhob und seine Arme um meine Oberschenkel legte. „Dein Versprechen."

„Oh ja", hauchte ich. Ich hob die Arme und streckte sie nach ihm aus. Ich verzehrte mich nach ihm, wollte ihn berühren. „Gib mir alles von dir."

Sein Lächeln – diese strahlende, herrliche Freude, die ich auf seinem Gesicht sah – ließ mich wissen, dass alle verbleibenden Zweifel weggeblasen waren. Als er sich herabbeugte, sodass ich ihn umarmen und ihn küssen konnte, wusste ich, dass er wirklich und unwiderruflich mein Gefährte war.

„Du gehörst mir", flüsterte er.

Daran gab es keinen Zweifel.

MARY CALMES lebt mit ihrem Mann und ihren beiden Kindern in Lexington, Kentucky. Sie liebt alle Jahreszeiten, abgesehen vom Sommer. Sie hat ein Studium der englischen Literatur an der University of the Pacific in Stockton, Kalifornien, mit dem Bachelor abgeschlossen. Da es sich um ein Studium der englischen Literatur und nicht der englischen Grammatik handelte, sollte man sie nicht nach Rechtschreibregeln fragen. Sie liebt das Schreiben, taucht mit Begeisterung in ihre fiktiven Welten ein und geht völlig darin auf. Sie weiß sogar, wie ihre Charaktere riechen. Sie kauft liebend gern Bücher und nimmt gern an Conventions teil, um ihre Fans zu treffen.

Veröffentlicht von DREAMSPINNER PRESS
www.dreamspinner-de.com

WANDEL
DES HERZENS
Mary Calmes

Buch 1 in der Serie – Wandel des Herzens

Als ein junger Mann, der schwul ist und noch dazu ein Werpanther, wünscht sich Jin Rayne nichts sehnlicher als ein normales Leben. Er ist seiner Vergangenheit entflohen und möchte einfach neu anfangen. Aber Jins altes Leben will ihn nicht loslassen. Als seine Reisen ihn in eine neue Stadt führen, begegnet er dem Anführer eines örtlichen Werkatzen-Stammes. Logan Church ist ein Schock und ein Rätsel für ihn und Jin ist voller Sorge, dass Logan der Gefährte ist, den er so sehr fürchtet, aber auch die Liebe seines Lebens. Jin möchte mit den Traditionen nichts mehr zu tun haben und die Verbindung mit einem Gefährten würde ihn unwiderruflich daran fesseln.

Aber Jin ist genau der Gefährte, den Logan an seiner Seite braucht, um seinen Stamm erfolgreich zu führen, und deshalb wird er Jin nicht einfach gehen lassen. Jin wird Zeit und Vertrauen brauchen, die Freude zu entdecken, die darin liegt zu Logan zu gehören und seine Liebe ohne Einschränkungen zu erwidern.

www.dreamspinner-de.com

BUND DES VERTRAUENS

Mary Calmes

Forsetzung zu *Wandel des Herzens*
Buch 2 in der Serie – Wandel des Herzens

Jin Rayne hat Schwierigkeiten damit, sich in seinem neuen Leben zurechtzufinden, das er eigentlich lieben sollte. Anstatt sich daran zu gewöhnen, dass er der Gefährte des Stammesführers, Logan Church, ist, kann Jin sich einfach nicht mit der Tatsache abfinden, dass der hetero war, bevor sie sich trafen. Er hat erfahren, was für ein Glück es ist, zu Logan zu gehören, fürchtet sich aber gleichzeitig davor, das sein neues Leben sich in Sekundenschnell auch wieder in Luft auflösen könnte, auch wenn Logan nicht müde wird, ihm zu versichern, dass so etwas niemals geschehen wird. Punkt.

Jin möchte Logan so gerne glauben, aber dieses Verlangen wird auf eine harte Probe gestellt, von einem rivalisierenden Clanführer und einer erschütternden Enthüllung über Jins Existenz. Jins Leben und sein Platz im Stamm sind in Gefahr. Wenn er überleben sollte, um Logan wiederzusehen, muss er seine Angst überwinden und das Band zwischen ihnen akzeptieren, denn nur dann kann er wirklich vertrauen.

www.dreamspinner-de.com

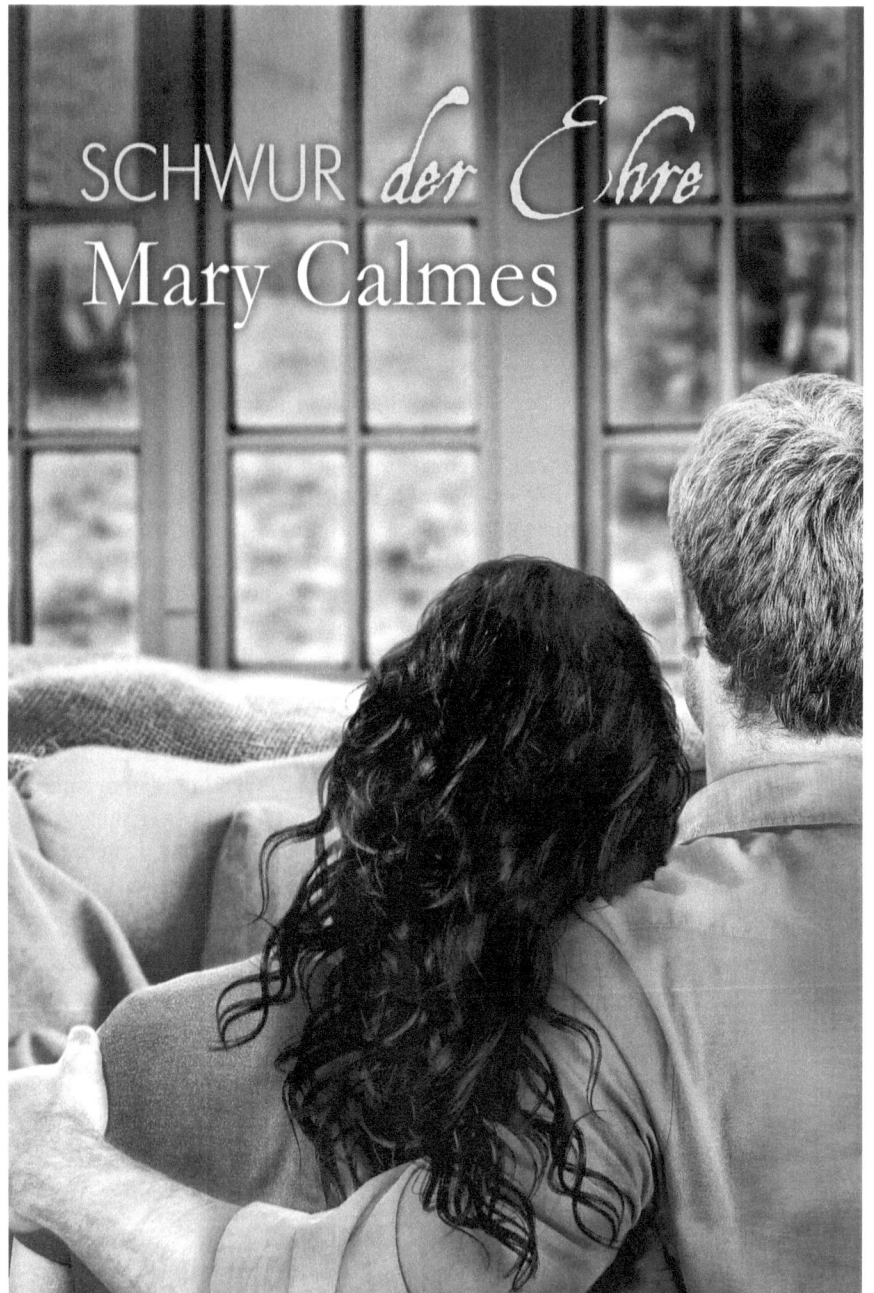

SCHWUR *der Ehre*
Mary Calmes

Fortsetzung zu *Bund des Vertrauens*
Buch 3 in der Serie – Wandel des Herzens

Jin Rayne ist immer noch damit beschäftigt, in seine neue Kraft als Nekhene-Katze und seine Position als Reah von Logan Churchs Stamm hineinzuwachsen, als er erfährt, dass ein Sepat ausgerufen wurde. Logan, der nie etwas anderes wollte, als seinen eigenen kleinen Stamm zu führen, muss um die ganze Welt in die Mongolei reisen, um sich einem Kampf zu stellen, in dem der mächtigste Anführer der Werpantherwelt ermittelt werden soll.

Logan wird diese Reise nicht allein antreten. Als sein Gefährte muss Jin an seiner Seite kämpfen, um seine Treue zu Logan und seinem Stamm unter Beweis zu stellen. Doch die Prüfung ist lang, zwingt sie zu einer langen Trennung und gefährdet Logans Menschlichkeit. Um diesen Albtraum zu überstehen, müssen Jin und Logan ihr Schicksal akzeptieren, einander vertrauen und das Bündnis ehren, das zwischen ihnen herrscht – egal, zu welchem Preis.

www.dreamspinner-de.com

MARY CALMES

Eine neue
Chance

Vor sechs Jahren begab sich Noah Wheeler zum Flughafen, um seinen Partner, Dante Cerreto, zu treffen, und seine Welt brach zusammen. Dante küsste jemand anderen und teilte ihm mit, neu verliebt zu sein. Noah nahm sein gebrochenes Herz – und auch das Ultraschallbild ihres von einer Leihmutter ausgetragenen Kindes – und schloss die Tür hinter dem, was er bisher als sein Leben angesehen hatte. Von nun an konzentrierte er sich auf den Teil seines Traumes, der ihm geblieben war: Vater zu sein.

Während eines Urlaubs in Las Vegas trifft Noah zufällig auf die Cerreto-Familie, und somit auch auf Dante. Er erfährt, dass nicht nur er betrogen worden war, sondern auch Dante. Dieser möchte nun die verlorene Zeit wieder gutmachen. Um jetzt die Chance auf sein Glück zu bekommen, braucht er Noah, den einzigen Mann, den er je geliebt hat, und Grace, die Tochter, von der er bislang nichts wusste. Dante muss alle verfügbaren Überredungs- und Verführungskünste aufbieten, denn Noah wird sich nicht erneut auf eine Liebe einlassen, nur um dann wieder mit gebrochenem Herzen da zu stehen.

www.dreamspinner-de.com

MARY CALMES

Weber Yates's Traum berühmt zu werden, ist im Begriff, sich auf einen Job als Ranchhelfer in Texas zu reduzieren. Seine einzige Beziehung besteht zu einem Mann, der für ihn eigentlich so weit außerhalb seiner Reichweite ist wie der Mond. Oder zumindest wie San Fransisco, wo Weber einen Zwischenstopp einlegt. Er will ihn ein letztes Mal sehen, bevor er sich mit dem einfachen, einsamen Leben abfindet, dass ein Frosch wie er seiner Meinung nach verdient hat.

Cyrus Benning ist ein erfolgreicher Neurochirurg. Details entgehen ihm daher nie. Vom ersten Tag an hat er den Prinz in der Kleidung des gescheiterten Bullenreiters erkannt. Doch dabei zuzusehen, wie Web ihn stets auf Neue verlässt, wird immer schwerer und er ist nicht sicher, wie viel sein Herz noch ertragen kann. Jetzt hat Cyrus eine letzte Chance, Weber zu beweisen, dass es nicht dessen Job ist, der ihn zu Cyrus perfektem Mann macht, sondern Weber selbst. Mit der Hilfe der vor kurzem zerbrochenen Familie seiner Schwester ist er bereit, Weber zu zeigen, dass das Heim, das der Mann immer gesucht hat, schon immer genau hier – bei ihm – war. Cyrus hat vielleicht einmal ein Ultimatum gestellt, doch jetzt hat es sich zu einem Schwur gewandelt: Er wird Weber nie wieder aus seinem Leben lassen.

www.dreamspinner-de.com